谈正衡

著

这里是江南

中国出版集团　现代出版社

图书在版编目（CIP）数据

这里是江南 / 谈正衡著；孙博雪，张雨萌绘 . ——
北京：现代出版社，2022.2

ISBN 978-7-5143-9679-9

Ⅰ . ①这… Ⅱ . ①谈… ②孙… ③张… Ⅲ . ①散文集
—中国—当代 Ⅳ . ① I267

中国版本图书馆 CIP 数据核字 (2022) 第 026579 号

这里是江南

作　　者　谈正衡
责任编辑　刘全银　王志标
绘　　图　孙博雪　张雨萌
出版发行　现代出版社
地　　址　北京市安定门外安华里 504 号
邮政编码　100011
电　　话　010-64267325　64245264（传真）
网　　址　www.1980xd.com
电子邮箱　xiandai@vip.sina.com
印　　刷　三河市国英印务有限公司
开　　本　710mm×1000mm　1/16
印　　张　17.5
字　　数　227 千字
版　　次　2022 年 3 月第 1 版　2022 年 3 月第 1 次印刷
书　　号　978-7-5143-9679-9
定　　价　52.00 元

目录

第一辑　江南美食

第二辑　江南人物

第三辑　江南古镇

第四辑　江南风物

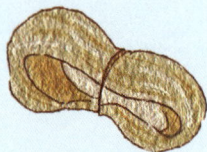

第一辑

江南美食

螺蛳喽喽

螺蛳挺文静的，待哪里就不动窝。青鱼为了吃它，喉眼处专门生成两块磨盘一样的硬骨；鸭子是囫囵吞下，由嗉子下到肫里将其磨碎。人食它，非为填肚，而是要品咂味道。

"清明螺，赛老鹅。"是说清明时螺蛳大补，且味美。这个时候螺蛳刚由冬眠中醒来，少泥腥气，壳屁股里无子，用姜丝喷酒爆炒，放少许水磨红辣椒，再撒上些葱花，那种紧致而又柔嫩的螺蛳肉，滋味实在不错。亦有以葱头椒丝爆炒，喷酒加糖，再放少许红酱油，后加宽汤，汤一开即出锅。这种做法比较清淡，着力突出螺蛳自身的鲜味，不仅螺蛳好吃，汤也鲜美，鲜美的汤里还含有缕缕沼泽清凉气。若是讲究的，螺蛳连壳焖，佐以火腿丁、鲜笋条、东北木耳、鲜辣椒丝和姜丝，让它们都浸在汤里，弄成咸甜口味，这就是江浙那边餐馆里算得豪华之作的"上汤螺蛳"了。

事实上，螺蛳在圩乡，根本算不上一道菜。打撒网的，拉拖网的，用稠网推虾子的，经常连泥带青苔将螺蛳弄上来，这里一堆那里一堆，也没见谁来拾取。初夏天，走在水塘边，荷叶还有慈姑叶随风翻卷，下面隐约可见水草纷披，这些水草和插在水底的荷叶秆上，附着的螺蛳历历可数，有时能看清它们结成长串缓慢爬行，伸手一捋可捞上来一捧。

倒是我离乡出外营生后，吃螺蛳的机会反倒多了起来。除了在餐馆里点菜时来一盘，当然事先得看好，一要新鲜，二要干净，偶尔也从菜场买回现成螺肉（那是螺蛳烫过后把肉挑出来）自家烧。螺蛳炒韭菜，是最易拿出手的。三月螺蛳对三月新韭，犹似好心情对好天气，清新鲜美，自可想象。只是这螺肉不是那么容易洗净，里面常常夹杂着一些鳞盖片、尾肠和草屑，最好放淘米水中洗，淘米水去腥去黏，且能让螺肉变嫩。螺肉下锅爆炝，火候一定要掌握好，既要炒透入味，又不能过老难嚼。

街头常有卖五香螺蛳的。通常是推个小车，车上焐个煤炭炉子，炉子上坫只大号钢精锅，里面是热腾腾香喷喷的五香螺蛳，红尖椒和乌黑桂皮杂在其中胜过鲜艳广告。有一次，我仿其法，买一堆青壳螺蛳来家做。先将螺蛳放在清水里养两三天，漂几滴生菜油让它们吐脏。待灰色棉絮状的秽物吐尽，淘净外壳再用老虎钳子一个个剪去螺尾，放油锅喷酒哗唧爆炒，加入姜、蒜头、盐、糖、红椒、五香和少量水，五六分钟后起锅撒上葱花就成了。其诀窍，务要汤少，成黏稠状，方能锁住螺蛳鲜味。

螺蛳最好吸着吃，壳里的肉和汁同时吸进嘴里，滋味丰润。拿牙签挑虽然方便，却是显得生拙了。螺蛳剪去后壳两头通风，方吸得动，这需要一点巧劲，倘嗍吸过猛，会把屁股里屎肠子也吸出来……要让壳头先进嘴，牙尖轻轻截住后半身，舌尖裹住一吮，一团螺肉挟着鲜美汤汁轻妙滑出。若是吮不动，可用筷尖将螺肉往里顶一顶，再一吮，就出来了。有人用一双筷子把一盘螺蛳吃得烟消云散，手指头干干净净。也常有人戏称食螺如接吻，惯会食螺的人，接吻功夫准定一流。更有邪乎的，传说吸窍高人舌上收肉后，再抿嘴嗍口用力一吐，噗一声，螺壳直钉门板上，简直如同武侠小说中杀人于无形的独门暗器！尤佩服浙人吮吸螺蛳的本事，和吮吸钞票的本事一样了得，但不知他们是否还记得自己乡土岁月时的民谚："毛豆剥剥，螺蛳嗍嗍……"他们彼时的人生惬意，不过也就如此吧。

在街头，那些嘴馋的吊带衫女孩，常常买它三五元钱的，拿个塑料袋或硬饭盒子一装，卖螺人再送上几根牙签，然后不甚文雅又不顾环境卫生地边走边吃。自然，也有三两衣衫品相上佳的女孩子，先寻到湖边一处长椅坐下来，铺一方餐巾纸收拢螺壳，翘着蔻丹兰花指，边挑边吃，巧笑倩兮，路人为之侧目，尤觉花草生情。

夏夜，于习习凉风中选一大排档，打手机叫来二三友，炒上一盘螺蛳一盘龙虾，要上几瓶冰镇啤酒，相与对坐，便能将不尽的话题聊到深夜。有时正说着或听着，不幸遭遇一颗晦气的"炸弹"："呵……呸！呸！"真是臭到肚肠根里去了。于是赶紧用杯子里剩余的啤酒漱口，高声叫来老板，老板一个劲地打烟赔笑脸，连说再免费送上两瓶冰啤。摇一摇头，想想算了，人一生不就这样嘛，顺也好背也好，总少不了有几桩霉事糗事搅搅局……于是就结账，挥别朋友，趿拉着拖鞋踉跄走人。

遮眼大法的"水菜"

就像你不看下文，怎么也想不到周作人文章标题《水里的东西》说的是水鬼，我们这里所谓"水菜"，外地人想痛了脑子，恐怕都想不出究竟是什么菜。

水菜便是河蚌肉。觉得怪异吧，为何有此称呼？如果凡是水里出产的都能叫水菜，那为何又只有河蚌独享此称呼？大概是河蚌这东西剖开后，淋淋漓漓露出仿佛动物内脏那般滑腻腻、水歪歪的一团，看着让人不舒服，干脆就来个遮眼法吧。

不过，说归说，如果烧法对路，倒也不失为一道特色菜。水菜以煲汤居多。冬日，菜市上有现成干品，买回后，先剪开硬肉，温水反复浸泡，直至漂尽污物。然后放入切块的咸鸭或是咸腊肉，同炖，炖到几近酥烂，再投放几块笋片起鲜，最后撒上些葱花、胡椒粉，热气腾腾端上桌，香味飘入鼻孔，诱人食欲大开！

如果吃新鲜的水菜，和螺蛳一样，最好在清明前。此时水中蚂蟥还未曾出来，河蚌没有蚂蟥来叮，最干净，且肉质清纯肥厚。卖蚌人用镰刀剖开蚌壳，将裙边一样的鳃肠收拾干净。回到家再用清水洗净，切成长条，肉突处有点硬挺，得用刀背捶扁。热油爆炒后入砂锅，投以姜丝、黄酒，然后放入豆腐，大火烧上热气，改小火焖，直焖到豆腐起孔，汤呈纯白色，和鲜奶无异。水菜属大腥之味，姜一定要放足，至汤味微辣，方才浓酽鲜美。

水菜、火腿、香菇烧青菜，算得上是一种不错的美食。选那种不大不小的青菜，开水烫过，菜头十字形划开，备用。咸鸭切块与水菜同煲，至烂，沥去多余汤汁再略勾上点芡。青菜码垫盘底，以水菜、香菇做浇头，深入浅出，相得益彰，不光河蚌好吃，青菜也异常鲜美可口。若是把青菜换成焯过水的豆腐丁，做法大致相同。纯白的豆腐丁，褐色的蚌肉块，还有鲜红的火腿片，再撒上碧青的芫荽末或是葱花，目注之下，岂能不食指大动！

　　乡谚曰"清明喝碗水菜汤，不生痱子不长疮"，性凉之物多能消肿利尿。江南有的是小桥流水，凡为水泽皆生蚌。水蚌待在水底，是为了做它该做的事。哪一处水塘快要干涸了，残水里弯弯绕绕爬出一圈套一圈的泥槽，犹似天书，那便是河蚌在寻找逃生的线路。通常的河蚌，也就是手掌大小，外壳红亮清爽的是年轻蚌，肉肯定好吃一些。小时见过最大的河蚌，个头儿骇人，足有洗脸盆大，浑身长满深黑的苔藓和一圈一圈密密的纹，这种河蚌江湖走老了，肯定肉硬似铁嚼不动。二十世纪七十年代中期，我在下放的生产队一户人家稻仓上方见过一扇形似澡盆那般巨型蚌壳——当时就想，不知那扇壳中可曾走出过烧饭做菜的美丽河蚌精？

　　汪曾祺在他那篇《受戒》中，曾策动过一个很有地方色彩的用词"歪荸荠"。其实我们孩童时就常在沟塘河汊里扎猛子"歪河蚌"，只是我们家乡话将河蚌发音成"河刮子"，"歪河蚌"也就成了"歪河刮子"。夏天我们在水里闹腾够了，便比赛踩河蚌——稍稍在水底烂泥用脚一歪一扫，嗯，一个圆溜溜的疙瘩，脚指头勾一勾，屁股一撅扎入水底，用手一抠就出来了。有时摸上来的竟是一只老鳖，则会引来一片欢叫。也有的孩子专门在身后拖了一个澡盆，"歪"到"河刮子"手一扬丢入盆中，要不了一时三刻就是满满一盆。不过，这些河蚌弄回家全都是做了喂鸭子的饲料。我们那块圩里到处是丰盈的水面，正经的鱼虾多得都吃不过来，螺蛳河蚌只在清明前后那几天才上饭桌稍露一下脸。

我自识得菜花蚬

早先，河蚬大量生长在南方的湖泊池塘和沟渠内。"菜花蚬子清明螺"，蚬子和螺蛳一样，都是到了油菜开花时近清明天气，味道才好。

我的朋友黑白，在他那本《文人的美食》书中专门讲到蚬子："蚬子一般长在荷叶的反面或河蚌壳上，是寄生的贝类……池塘边多的是，用手在荷叶上捋一下，便是满满一把蚬子。"这倒有点把我给弄糊涂了，在我的印象里，只在有泥沙的水域才长蚬子，蚬子通常都是把自己埋在沙中，所以蚬子又被喊作"沙蚬"，也有地方喊"沙河蚌"，江河沙滩上常能看到许多被水浪冲洗得发白的蚬壳。沙蚬怎么会一起结伙跑到"荷叶的反面"去了呢？或许那是另有的一种蚬子。看过汪曾祺《故乡的食物》，原来通晓好多世情的汪老先生也是这样写的，他甚至说蚬子"只有一粒瓜子大"。

蚬子到底有多大，我想我是不会在这个问题上出差错的。蚬子像蚕豆那般大小，壳顶鼓胀突出，或略呈三角形，玲珑又丰满。蚬子属淡水双壳贝类，壳有光泽，或黄或褐，黄色者肉最鲜嫩。蚬子确实喜欢结伙群居，要是运气好，碰到蚬子窝，是最令人开心的事，一下子能扒出大半筐蚬子。

我们在酒店常会吃到一道菜蒸鸡蛋，鲜美蛋羹中夹有许多带圆壳的小蚌，若是蚌壳小到只有纽扣大，那就是蚬蒸蛋了。沉没在蛋羹里的蚬子，壳皆大开，或仰着或反扣着。有时候，伸出汤匙舀来却是几个空壳，便有点悻悻然。但你心里清楚，这些壳里一定都是有肉的，只是在沉入蛋羹里的那么多蚬肉中，已找不出哪个是它们曾经的原配了……好在蛋羹因为有了蚬的加盟，滋味便深长了许多。

剥了壳的蚬子肉炒韭菜，算得上是清苦人家的一大美味。捞回来的蚬子养在水

盆里，让它们悄悄地张开嘴，一夜吐尽泥沙。再放锅里沸水中一"哈"，一个个小扇子似的壳全都张开来，用手轻轻一抹，蚬肉就下来了。蚬肉除了炒韭菜外，烧豆腐，炒鸡蛋，炒蒜苗，炒青菜头，都是有着不可言说的妙味。要是将蚬子连壳洗净煮沸，煮到一只只都张开嘴，露出雪白腴嫩的肉，加上姜、葱、盐、味精，以及酱油、糖、黄酒、麻油一拌，夹一个放嘴里轻轻一嗍，肉就鲜鲜地落舌头上了。煮蚬子讲究火候，煮嫩了，蚬子门户紧闭，吃起来不爽，蛮硬弄开，里面半生不熟，鲜味明显没提上来。倘是煮过了头，蚬壳大开，鲜味都溶到汤水里去了。只有煮到蚬壳刚开一条细缝，作料渗得进，鲜味跑不出，蚬肉色泽晶莹，口感一流，才是恰到好处。

那年油菜花金黄时，我在吴江吃过一回蚬子，是产自元荡里的所谓黄蚬，像烧高汤螺蛳那样烹饪出来，辣、咸、甜、鲜、嫩，风味齐聚。就是将蚬子配以红尖椒、姜、蒜、豆豉、盐糖等作料，猛火翻炒到蚬口张开，再喷上料酒，搁点猪油，入一勺高汤后勾少许芡，香鲜袭人，味道浓郁。黄蚬很容易熟，受热过度，肉就会缩到极小难嚼，所以一定要大火快炒。有人说最好是蒸着吃，原汁原味，保留了蚬的浓鲜。只是蚬子入锅前一定要提前洗净从水里捞出，沥干水，要不然，入锅后会渗出来很多水，那就很难有浓郁的味道了。蚬子是腥物，清蒸时，少了醋辣压不住阵脚，故姜葱要舍得放足，加上一些陈皮丝，起锅时橘香四溢。

蚬子煮汤也很棒。以丝瓜、冬瓜什么的配上蚬子，煮成乳白的一盆汤，微腥里透着甜丝丝的鲜香，一口气能喝下大半盆。一盆蚬子汤喝完了，桌上留下了一大堆的蚬子壳。想到此前伸筷子在汤里捞蚬壳，捞上来有的附了肉，有的却空空如也……就如同我们做着每一件事情时的那份结果之于希望，你不知道哪些会怎样，哪些又会怎样，却不会放下筷子。

在我早年的乡村岁月里，最惯常吃法，就是蚬肉炒咸菜。饱吸咸气的蚬肉，个个缩得紧致，比黄豆米还小，却又如同胶饴一样软中透绵有嚼头。蚬子和螺蛳一样命贱，都是根本不值钱的东西，有时白送人家都不要。春天到了，通着长江的小河里会进来许多捞蚬子的小船。船尾都拖着一张钢丝焊制的勺形蚬网，在有沙的河段贴着河底慢慢往前超行，隔一段，起一下网。有时船会在某一处河湾泊下，下来几个穿着那个年代笨重防水衣的人，端个铁畚箕样的物件，像淘金沙那样一畚箕一畚箕地淘着河蚬。他们忽而弯腰，忽而挺身，在波光粼粼的水面上辛苦劳作，一兜兜的蚬子倒入船舱，再装进半人高的竹篓中。当地人都认为这些下江佬是为了得到蚬壳运回去做纽扣，没有谁相信这么多的蚬子肉会卖得出去。哪里不长蚬，为了吃点蚬肉，至于如此一番折腾吗？

眼下的长江到内河，蚬子几乎绝迹，沙滩上，再也看不到那一个个白生生的纽扣般大的蚬壳了，十来岁的孩子已不知蚬为何物。要吃河蚬，只有往太湖边去……我们真的早已喝干了自己的那碗蚬子汤吗？

又至油菜花黄到天边的时节，想来，真有隔世之感。

世间犹有桃花痴

在万顷碧波的奎潭湖上碰巧淘得二三斤黑不溜秋的桃花痴子，亦算一次际遇。我是个喜欢凭感觉做事的人，好天好水好景致，心头自然是不在话下地宽绰了。想想也是，即便如鲁迅那般冷硬的心，在感叹湘水的柔波蜜意时，亦写出了"湘灵妆罢照湘水，皓如皎月窥彤云"这样的性感文字。

痴呆子鱼耐活，长时离水亦不死。因是只有周日中餐在家，赶紧收拾了几只痴呆子先饱口福。关于痴呆子的烧法，那天在湖边，已同一位执业厨师讨教过，他主张不经油煎直接吊出奶白的鲜汤。但我素不喜汤汤水水的湿湿念一套，我是油煎焦黄，起锅，再下姜、葱、干椒加豆瓣酱煽香，下一小碗水，投盐、鸡精烧开，倒下煎好的鱼，文火煮半小时，自然是鲜透了！

桃花痴子，亦有喊作"痴巴罗""痴哺呆子"的，就是吐哺鱼。有点像身带吸盘的观赏鱼清道夫，但比清道夫短而肥，肚腹圆大，黑乎乎的傻气十足，很是好抓获，握在手里圆嘟嘟的。春季里桃花放后菜花开，乡下小孩喜欢去河塘边抓胀满一肚子子的桃花痴子，故又得来一个浑名"菜花痴哺"。桃花痴子产卵于蚌壳、碎瓦片、树根上，尤喜爱在水跳背底的石板上产一摊黏糊糊的卵，然后就守着巢，直至小鱼孵出。

早晨，拿个篾箩放些饭米粒沉到水跳下，就会有懒洋洋的桃花痴子游进来。以前烧柴草的灶门口，都要吊一个焐水的陶炊壶，这壶要是裂了或破了小洞不能用，就被小孩拿去，拴根绳扔到水塘底。一夜过了，扯上壶来，肯定有一两只这种天下最痴的呆鱼躺在里面。我们那时要是捡到一只破胶鞋，就寻块砖头用草绳一起绑了，扔到有老柳树根的池塘向阳的浅水区，太阳出来水温转暖时，桃花痴子就会钻进里面产卵，只需把破胶鞋慢慢提起，一对傻乎乎的吐哺鱼就到手了。也有人把自己的脚趾或手指伸到水跳石板和木桩下骚扰它守护的巢，这呆鱼有一口细而密的牙，咬住脚趾或手指头，你将它吊出水面都不松口。

其实，桃花痴子真正学名叫塘鳢鱼，是江南水乡寻常鱼，平时都在深水塘底待着，专食撞到口边的小鱼虾，故肉厚味美，用盐渍了再抹点水磨大椒，搁饭锅头上蒸熟了，透着一股清香。桃花痴子的鳞麻糙糙的，有点拉舌头，一定要刮尽。那种尚未长成的拇指般大小的桃花痴子炖蛋最好吃，清明前后几乎是我们那里人家的家常菜。而晒过的腌鱼，几乎就是浓缩的风味肉干，有着够嚼的咬劲，即使在一碗混杂的小咸鱼里，也不会埋没才干，总是被人最先捡走。桃花痴子与螺肉、河虾、竹笋、芦蒿，同被誉为江南五大春菜名鲜。桃花痴子外表黑傻但肉洁白细嫩，少腥气，显示着优秀的本质。尤其是头部两片似豆瓣的面颊肉，更是滑嫩鲜美。曾看过一篇回忆文章，说是二十世纪七十年代初，柬埔寨流亡国王西哈努克游苏州，在那人间天堂尝了一道名为"咸菜豆瓣汤"的汤菜，大为赞叹。所谓"咸菜"实乃莼菜，"豆瓣"就是桃花痴子的面颊肉，再加配上金华火腿片、春笋片和鸡清汤，可以想见其鲜美之异常了。只是这一碗"咸菜豆瓣汤"，不知要抹下了多少条桃花痴子的脸面。

其实，个头儿大的桃花痴子肉较板实，如果不能烧入味，是不太好吃的。我有一个做医生的朋友，业外画画写文，皆生动别致有个性。数年前某日，他在家宴请我和同事荆毅君，烧了满满一大盆肥胖的桃花痴子同我们喝干红。可惜一点厨艺含量都没有，根本没烧入味，淡歪歪的甚难下咽。偏偏这朋友文人自负秉性，一个劲自吃自夸，且不断夹入我们碗中，弄得我同荆毅君皆苦不堪言。由此可见，治文与烹鲜，有时很难靠谱，就像同床异梦的夫妻。

前不久，外地一领导委托我代为请客并物色食府，就一个电话打给百年老店耿福兴酒楼老板高女士，将菜肴一并转托了，只叮嘱我喜食鱼，务必私下给夹带个特色味。结果没想到上了一道红烧桃花痴子，着实令人口舌称快！鱼是先经油炸过再红烧的，勾了点芡，色泽油黑红亮，入口滑爽。尤其重用蒜瓣片，鱼香蒜香勾人食欲大动。鱼肉入嘴，只需用舌头抿出那根脊柱大刺，其肉嫩如乳酪，咸中带甜，甜中微酸，真是回味无穷。让我没想到的是，三五日后，和几个朋友在城南一家食府竟然又吃了一回桃花痴子。我不知道是谁点的菜，或许根本就是歪打正着吧？有几人能正儿八经叫出桃花痴子的学名来，或许点的也就是一盘普通的红烧鱼，但那端上来的的确是清一色的桃花痴子。这回是放足了水磨大椒，连油汤都是红汪汪的，也是先经油炸香，甚是入味。

一位精于厨艺的老大姐，曾传授我一道酱烧桃花痴子的技巧：

桃花痴子宰杀洗净沥干水，用 5 克老抽拌匀上色，猪肥膘切小丁。下鱼入锅煎至两面黄色，盛出。锅留底油，甜面酱、白糖炒香，下入煎好的鱼和肥肉丁，烹入绍酒，放进姜片，炒匀后掺少许清水，调入剩下的老抽。烧约 3 分钟至鱼肉熟透时，调入味精，再勾芡收稠卤汁，撒进葱段，淋入香油即装盘，未上桌，香味就已无孔不入地四溢开来。

同事荆毅君写过一篇《闻香识女人》，经多家报刊转载很挣了一把碎银子。我不行，就算有点心里小跳的雅爱也只敢私藏着，如若非得让我循味去辨识什么，充其量只能"闻香识鱼性"。信乎哉？信乎也。

小麻条也有春天

麻条本是一两寸长的芝麻条糖，此鱼也就这么点大，头小而尖，身子细圆，鳞青白，有点像微型青鱼。又因形同麦穗，有的地方就称作"麦穗鱼"，也有喊作"车键子""毫末筒子"的。

小麻条是水中极多且烦的一种小鱼，但凡钓鱼人都领教过对这小鱼的无奈。鱼浮子动了，一下一下地触，一点一点地动——仿佛有戏了，你猛一提竿，鱼线出水亮亮一闪，却是轻飘飘一条小鱼。小到你摘下它时都弄不明白，如此秀气的一张小嘴竟然也会贪饵吞钩……而且贪得不可理喻。你换了饵，它照例又来骚扰，若是不理，钩上的饵立马就给啃尽，若是有动静就提竿，这种小鱼似乎让你应对个没完。

不过，在所有的小鱼里，最好吃的还数这小麻条。小麻条不但肉多细嫩，吃时也方便，肉里几乎无刺，仅中间一道脊刺而已。其鱼鳞细到不必批去，肚子里也就一根细肠，掐不掐都无所谓。清一色的小麻条很难得，因为钓鱼不可能钓的全是这玩意儿——除非让人发疯。所以，小麻条都是和别的小杂鱼一起烩。但烧出来端上桌后，细长圆润的小麻条总是被那会吃的人先下筷子搛走。有经验的人在买小杂鱼时，总是尽可能多地挑拣小麻条。

早年乡村冬日，常会弄来一堆有小麻条的杂鱼，一番收拾，煮进锅里，搁上板酱和水磨大椒，煮到汤极稠极浓。出锅前撒上些葱绿蒜苗或芫荽叶子，香气极是诱人。一般都要煮上好几碗，一碗现吃，余下冻成鱼冻。次日早饭时打开碗柜端出来，已凝成那种半透明的琥珀色，鲜红的辣椒与深碧的嫩蒜苗叶全被裹在鱼冻之中。天气越冷，鱼冻凝得越厚，用筷子颤颤挑起一块，入口爽滑，舌头一抿就化了，满嘴的鲜美，夹杂着快心的辣感。无论是小鱼还是鱼冻，均是至鲜，特别能下饭。

小麻条还有一种妙吃：用盐稍微码上一天，晒成半干油炸，类似椒盐做法，入口极脆，骨肉皆酥，那真是一道下酒的好菜。在物资匮乏的年代，隆冬时节，一碗小麻条鱼冻就上半瓶山芋干老酒，外加一碟盐豆子，一对老哥儿俩就会拉呱出许多掏心窝子的话来。

小麻条喜石隙，在一些石头驳岸的水域，常能见着成群的小麻条周游往来，翕忽悠然。有时竟不忍心看到有人用丝网将这些灵动的小鱼大把大把地从水里捕上来。

数年前暮春，我去牯牛降风景区参加省副刊会。报到的当晚，有两个印象殊深：一是暴雨倾盆，将刚下车的我们淋成落汤鸡；另一是餐桌上颇丰盛的菜肴中竟然有盘清一色的小麻条，且为道地的农家烧法，心中欢喜，如遇见久别的童年好友。此后数日，有幸又吃着一次这种风味小鱼。牯牛降是深山区，何来那么多的小麻条？当我独自下到一条布满乱石的涧溪中寻趣时，才发现无论是深潭还是浅流中，都有许多小麻条灵动的身影在飘忽。只是这些生在灵山涧溪里的小麻条稍有变异，身形更狭长，胸鳍和尾巴超常大，想必是长期适应山间激流湍水的结果。我甚至还在一处石窝里，捉住一条身着美丽迷彩环纹的小麻条。

当时，西斜的阳光顺着峡谷照进来，柔和地照彻一沟淙淙溪流，美得不可收拾。在这个世界上，知道美丽迷彩环纹小麻条的能有几人呢？生命的节奏固定了一种形态，而流水的节奏又是如此的平和、安宁……我几乎是怀着一种对大自然虔敬的心情，将那条身披许多道彩虹绶带的小鱼放回水流中。

后来我才知道，那已非小麻条，而是皖南山溪中大名鼎鼎的石斑鱼。

如闻有唼喋之声的琴鱼茶

从芜湖开车南去泾县琴溪，两个小时就到了，可以在那里漂流，看竹海，吃农家饭菜，买很好的茶叶。

琴溪产一种小鱼，叫琴鱼，上过中央电视台，虽然只有小指头粗细，名气却够大，自古以来，一直与宣纸并称为"泾县二绝"。泾县位于黄山东北，峰峦如黛，林木深秀，每一条清溪都透明。琴溪水尤清莹浅碧，灵水出灵鱼。琴鱼虽为鱼，却从不作盘中看，而以饮茶精品享有盛名。

茶与俗事游离，茶涤杂尘，拒腥荤之物……茶清，鱼腥，这两样东西怎会搅到一起？外地人肯定摸不着头脑。但琴鱼的确是当茶泡饮的，可以单独泡，也可同俚呼"老鼠屎"的极品绿茶涌溪火青一起冲入沸水中。沸水冲入，杯中会腾起一团绿雾，晃一晃杯，绿雾散去，清澈的茶汤中，琴鱼们齐刷刷头朝上，尾朝下，嘴微张，眼圆睁，背鳍徐立，尾翼轻摇，随茶汤漾动，似在杯中游，精灵一样，甚至如闻有唼喋之声，堪称奇观。啜饮一口这样的茶汤，压舌下稍稍含漱，只觉得一股醇和清香四散溢开，一点也没有鱼的腥腻味……如此啜饮，有情有味，妙趣盎然，确非一般品茶可比拟。喝完茶汤，再慢慢咀嚼泡开的鱼干，清甘咸鲜，茶香浓郁，味道饱满新奇。

琴溪，又称琴高河。溯着琴高河，可以进入幽远的历史传说：宽袍大袖的晋代名士琴高曾隐居于此炼丹修仙，饱吸日月精华和天地灵气的那些丹渣弃入溪中，就化成一条条小鱼。后人为了纪念他，遂将一座临溪峭壁、绿树葱郁的石峰取名"琴高台"。琴高台旁近有隐雨岩，岩下有丹洞，深不可测。据说每至夜深人静，便可听到悠悠琴声随淙淙水流传来，这便是琴高在抚琴，无数指头长的小鱼便随着琴

音，自台下丹洞旁近岩隙中源源而出。

琴鱼形状奇特，身不满寸，却是虎头凤尾，龙鳍蛇腹，重唇四腮，眼如菜籽，鳞呈银白，很是像缩微版的清道夫鱼和超缩微的四鳃鲈鱼。运气好时，站在清溪边能觅到琴鱼身影。它吃东西时，嘴两旁稀疏的"龙须"时不时滑稽地抖动着，令人忍俊不禁。这些小东西也怪，一样绿树葱郁的清溪流水，它们却只衍生于琴高台上下数里路一段水域。每年清明前后，琴鱼长肥并浮上水面嬉戏，于是当地人便会准时捕捞。以特制三角渔具，从深涧中一点一点耐心地往前划拨，赶鱼入网。如果此时你来到琴溪桥镇，就会看到一片繁忙景象，两岸村民持篓操篮的，张三角网的，更有挥锨筑坝的，在琴溪滩头张捕。有那七八岁的小孩子，也会在浅滩上筑一条小坝，拦住水流，再在坝下掏出一条小沟，在沟中张开一张细密的网，坐待琴鱼落网。

捕获的琴鱼，除去内脏，投入佐以茴香、桂皮、茶汁、食糖的盐水中焓熟，铺于竹器上晾干，再用炭火烘焙。精制成深黑的琴鱼干，藏于特制锡罐中，可长贮，不会变形和走味。琴鱼远在唐代就被列为贡品，北宋时，诗人梅尧臣曾写下不少诗赞美家乡的琴鱼："古有琴高者，骑鱼上碧天；小鳞随水至，三月满江边。"而在另一首诗中则说："大鱼人骑上天去，留得小鱼来按觞。"意思是仙人琴高骑着大鲤鱼上天去了，留下这些旷世奇才的小鱼在人间弹奏琴音……同朝的欧阳修知道了梅家有这等奇妙干货，忙不迭奉上《和梅公议琴鱼》："琴高一去不复见，神仙虽有亦何为。溪鳞佳味自可爱，何必虚名务好奇。"这位大官人深知此鱼好吃，便劝说梅诗人不必去浪得虚名，有美味雅逸的琴鱼相伴就够了。

自古以来，琴鱼茶便蒙上了一层神秘色彩。直到今天，产量仍是无法突破，最高年成也就在二三百千克，市场上非轻易能见到。能品到琴鱼茶，当是一件幸事。近年来，每至春草萌绿的阳春三月，琴溪河东岸便红裳飞衣，游客如云，路一侧停满车，许多人扛着"长枪短炮"纷纷赶来，围观捕鱼和制作鱼茶。

早些年，泾县的朋友送我的琴鱼茶，都是装在做成工艺品的竹筒里。现在市场上又多了一种元宝竹篮的精美包装，提柄是由一对竹根做成，很是精巧养眼。地头熟络的人，仍喜欢直接钻到村民家中淘货。主人为你双手捧出的琴鱼干，色泽明洁，不焦不暗，放嘴里稍嚼，脆中带绵，淡淡幽香，隽永而悠长。倘若能把话谈深入了，主人就将干鱼冲入玻璃杯中让你品尝……琴鱼复生，摇尾游弋，如在戏水，口微张，有一种似笑非笑的嫣然。

既饱口福又饱眼福的"冷水鱼"

行走在徽山深处的村落，常能看到一方方养鱼池，或在村口，或在屋子旁，还有的在高墙院落内，皆巧借地势，利用落差，适当筑碣。池子大的有二三十个平方米，小的仅比一张床大不了多少，四周青石砌岸，有的还用树枝和草帘遮顶，旁植葡萄架，水清见底。群鱼往来游动，似与游者相乐，映着天光云影，更显从容、悠闲与淡定。

养在这些池中的，就是大名鼎鼎的冷水鱼。

池中水，下连泉眼，或外通山溪，因为山高岭峻，水温很低，尤显清洌。徽州人善于利用环境，借用景观，连养鱼也是如此，既饱口福又能饱眼福。你看那些池子里，通常是一二十条草鱼配上三五条红鲤，犹似锦上添花，更有一大群幽灵一样的小鱼如影相随。这样搭配是有道理的，草鱼进食量大，每天吃完一大堆割来的青草，然后拉下好多像鹅屎一样暗绿粪便漂浮水面，营养了水蚤，水蚤正好又成了红鲤和小鱼的食物。那些鱼甚是有趣，高度团结，巴掌大地方，游动一律结队，忽东忽西，同来同去，没有一个思想异端唱反调的。

那一次，我们先上浙岭山脉，但见岗峦相接，逶迤而来又逶迤而去，苍苍莽莽，宛如一条绿龙。"上八里下七里"山路，走了两个小时，到岭脚的时候，大家纷纷跑到溪流中泡脚，好爽！只是时已近午，腹中饥肠辘辘，便打电话给休宁县城一个朋友。电话那头让我们就近去梓坞村吃"冷水鱼"，并详告行径和一个业已联系好的店名。梓坞村有"梓里八景"，都是文绉绉的四字头，本想寻宋氏宗祠一看……结果，却歪打正着摸进了相距不算太远的徐源村。徐源村不大，挂在沂源河尽头，狭狭的，弯弯的，绵延一里有余，左右两山相夹，一是浙岭，一是高湖山。

君子好色食红鱼

婺源荷包鲤鱼红艳迷人，简直就是游动在水中的鲜花。在风景胜地和公园池塘里，锦鲤是常见的。但荷包红鲤鱼与身形灵动的锦鲤却有很大差异，荷包红鲤鱼头小尾短，背高体宽，脊部隆起，大腹似袋，故以"荷包"名之。

鲤鱼、金鱼是近亲，荷包红鲤鱼就是明代深宫中的金鱼变化而来的。说是某年一位婺源籍高官告老还乡，皇上多少有点恶作剧地赐给他水湿湿活鱼一对。以后，这对千里迢迢小心呵护着捧回家乡的鱼，就在婺源繁衍生发，花团锦簇，民间互赠，香火延传。婺源曾属徽州，山明水秀，松竹连绵，飞檐翘角的民居或隐现于崖峰青林之间，或倒映于溪池清泉之上。徽州除了牌坊匾额这些帝王敕封外，连鱼中也有皇亲国戚。大户人家喜在院中掘池或置大水缸蓄养好看的鱼，亦观亦食。荷包红鲤鱼同那些古树茶亭、廊桥驿道一样，展示的正是一种地域的风雅。徽州还有许多很特别的东西，就拿做菜来说，多喜欢蒸，清蒸、粉蒸、干蒸，从蹄髈到荠菜，不问荤素没有不可以拿来蒸的。弄得做徽菜的厨子到哪儿都背着屉笼，虽是外人有点看不懂，不过你也别说，这蒸菜就同那些明山秀水一样，最能保住原汁原味。清蒸荷包红鲤鱼是婺源风味鱼馔，以"池中芳贵，席上佳肴"闻名天下。

二十年前，我带队省副刊会采访团去婺源，午后到达，第一餐在县委招待所，就享受了清蒸荷包红鲤鱼的美味。白盆红鱼，真有点让君子好色了。初见之下，感觉鱼肉很厚实，特别是肚子上的肉几呈透明状，鼓鼓囊囊，以为里面全是鱼子，没想到筷子拨开来全是肉。迫不及待尝上一口，果然名不虚传，鱼肉肥美嫩滑、甘腴香鲜，鱼刺细小柔弱到可以忽略不计，特别是一点腥味都没有，就像吃爽口的嫩豆腐一样。众人边吃边呼过瘾，风卷残云一扫而空。剩余残汤，用汤匙舀了入口，也

是鲜美异常。主人慷慨，我们受益，以后每天都有荷包红鲤鱼佐餐。鱼先在油里煎一下，然后与咸肉豆腐大蒜一起炖制，亦为当地常见的食法，只是一定要放入足够的紫苏调味。

隔了六七年，一个暮春时节再去婺源。彼时旅游开发正热，到处可见形形色色的旅游者。在县城或那些热闹场所路边店门前的水池里，红彤彤一片，全是红鲤鱼的身影，无环肥燕瘦之分，大小都差不多，一条一斤多点，二三十元左右，现抄现烧。这价格比早先贵了两倍还拐弯，水涨船高，像我们这样的地市级媒介，也不再如先前那般享受优渥待遇了。好在我们亦有经验，凭着记忆，自己拿张地图开着车子跑，倒也自在。比如想吃不是饲料喂出的鱼，就往偏远乡村跑。原生态红鲤鱼长在深山人未识，市面上很少能见到，其真伪识别，看看那个明显瘪多了的鱼肚子就大致知晓一二了。

那回在里坑往东北的一处深山，找到一户人家，在山潭里撒网现捕，稍经等待，一锅热腾腾的清蒸荷包红鲤鱼就端上桌来。做菜时，我跑到厨间看。当家的瘦高中年人姓汪，据称是在上海打工时经高人点拨，才回家专做野生红鲤鱼营生。他十分利索地刮鳞、挖鳃、去内脏，洗净拿抹布揩干水，在鱼身两边剞斜形刀花，抹精盐、料酒腌片刻，香菇、葱、姜摆上鱼身，倒入半碗泛着油花的清汤，再挖一勺熟猪油搁上，上笼用旺火蒸，十来分钟就上桌。

据介绍，那清汤是用山泉熬制的，无此泉水，做不出真正美味的婺源荷包红鲤鱼。汪师傅说，清蒸除了好吃，也好看，炖烩稍稍破坏鱼形，要真正品出味道来，还是红烧的好。于是那个下午我们就在周边转，晚上在他家店里品尝了红烧的正宗味道。还根据推荐，要了当地传统名菜拳鸡和掌鳖，即拳头大小的子鸡和巴掌大的幼鳖，十分鲜嫩。暮春三月，江南草长，正是婺源油菜花弥眼黄灿的时候，山蕨、野芹、小笋这样的天赐野蔬，最能调养口味，无论凉拌或与腊肉同炒，都是无与伦比的美味。

太好看的东西，就是天珍，将天珍吃到肚子里，近似暴虐。曾将带露的金黄南瓜花摘了投开水锅里焯了，切碎炒鸡蛋，尽管味道不错，但把太漂亮的东西投之锅镬，总是有点顾忌和惭愧。我家阳台上放有一口半人高的景德镇产彩绘山水观赏鱼缸，养着一条足有半斤重的琉金鱼，通体鲜红，也是头小背隆，大腹便便，同荷包红鲤鱼甚是相像。曾有朋友开玩笑让我烹吃了，说味道一定不错。

……哦哦，是吗？我有点怔怔地看着他。

千年的鱼子　万年的草根

　　鳅的家族里，最多的是泥鳅，圆珠笔一般长短粗细，弄上来后到处乱钻乱溜，滑黏黏的逮也逮不住。抓泥鳅，可以放干水用手扒尽烂泥一个个抠出来，也有一种像粪筐一样的叫泥鳅蹚子的专捕工具，拦在田沟里，用权棍从另一头往里驱赶。夏天的水稻田里泥鳅最多，招引得白鹭飞起又落下。还有一种生活在大江大河里的刀鳅，暗褐色身子过于瘦削细长，尖嘴猴腮的，扁平的背上有一排刺，极不安分，一副到处惹是生非的模样。黄梅初夏发大水，扳起横跨河面的拦河罾，罾网起水时，一些网眼里银亮亮地一闪，是被嵌住的小鱼，倒霉的刀鳅因了背上那排惹祸的刺也给挂在网眼上。至于布鳅，肥而扁，有一拃长，脑袋圆润且有两撇胡须，背青腹黄，着布纹一样暗斑花色，极有肉感，是鳅中最味美的。

　　布鳅不爱钻泥，爱的是小水沟和水坑。一场雷雨，四野哗哗流水，在淌水的草地上或细小的沟缝里，你常会看到正奋力逆流而上的饱胀胀怀满一肚皮子粒的布鳅。奇怪的是，这个传宗接代的季节之外，你很少再能见到它们。而且居住在坑里的布鳅似乎并不需要同外面世界沟通。取土挖了个大坑，与周围水塘相距甚远，但几场雨注满，待四周长上绿草，某一天，你走过水坑边，发现水坑里竟然游着一群活泼的小鱼。过若干时日你再来，弄干坑里的水，肯定能收获到肥美的布鳅。

　　大自然的造化，也正应和了一句乡谚：千年的鱼子，万年的草根。鱼子和草根都很贱，很贱的东西生命力强，好养活，只要是农田里一口水，山脚下一洼潭，它们就能自生自长。

　　其实，在鱼米丰盛的江南，无论是泥鳅还是刀鳅、布鳅，都是微不足道的，上桌露脸机会并不多。它们与鳜鱼、鲇鱼有天壤之别，比起蟹鳖之类的美味，更是上不了台面。光顾它们的，只有草根家庭，弄点油盐寻常地一煮了事，乡下不闻有椒盐泥鳅、炖糟泥鳅、泥鳅煲或泥鳅钻豆腐之说……除此之外，其命运下场更多的是用来喂鸭子。鸭子吞了鳅，好半天嗉子里都还一钻一鼓地蠕动。

春末的一天，朋友开车带我去宣城军天湖附近吃农家菜。都是事先电话预订好了的。走进农舍，灶头瓦罐里炖着土鸡，香气扑鼻，锅里炒着腊肉蒜苗，还有难得一见的腊味猪脚蹄蒸霉豆子，洗净的菜薹就搁在一边。后院有一老头儿守着一口大铁锅，焖着柴火锅巴饭。柴火堆上蜷缩着一只肥大的麻栗色狸猫，守着这么多美味大白天竟能上下起伏肚皮扯动酣畅地打呼噜。最让我眼睛一亮的，是旁边一个小姑娘正在收拾小半篓布鳅……嘿，布鳅，真是暌违已久了！

随之就有一高个儿的中年美妇人走过来，给我们烧小姑娘收拾好的布鳅。她将那些布鳅煎得两面焦黄，个形完整，加上酱醋辣子水焖。后院的老头儿也给喊过来，接了小姑娘的活儿，不说话，满腹心思地往灶洞里续着柴草，时光仿佛溯回从前……锅里透出的鱼香到了无以复加时，中年妇人终于在热气腾腾中揭开锅盖，将布鳅盛入一个粗瓷盘里端了上来。虽然烹调谈不上精致甚至稍嫌粗糙，只放了姜蒜和辣椒，却不掩鲜美的本味。鳅类的刺一般都很硬扎，不易煮酥烂，但肉质细嫩而丰满，撩一条过来，顺着大脊一抿，满口肉。那就叫鲜哪！

吃刀鱼、鲥鱼是吃，吃鳅也是吃，只要有味，就能怡情。有一个说法，叫"鳅不如鳝，鳝不如鱼"，在我老家那里，是不把鳅算作鱼的。我年少的时候，放过绷钓、桩钓、麦卡、丝网，撒夹子网和拖老母猪网（又称"棺材网"）的机会也很多，因而，除了有鳞的鱼，各种鳅也吃得多。只有那蛇一样的刀鳅从来不吃新鲜的，而是和小杂鱼一起腌后晒干蒸了吃，咸鲜又耐咬嚼，极是下饭。如今远离乡村，想吃粗盐板酱水焖泥鳅，就偶尔从菜市场买点养殖的鳅回家自己做。尽管大食坊里体面人物点菜绝不可能点到它，然而，微不足道的鳅，却时常给我平淡的生活带来久远的回味。

此时的乡村，又是楝树开花的初夏。那些像一朵朵云一样的白鹭，该是在哪一片天空下飞起又落下？我想，白鹭停歇的地方，总是泥鳅们的家园吧……

石斑鱼：一个美丽的误会

　　旅住三亚时经常自己动手烹制石斑鱼，多为老虎斑和东星斑。鱼养在水箱里，指哪条抓哪条，也可在鱼档现抓现做，每斤七十元，一口价。它们长得像鳜鱼又像鲈鱼，有一排细尖牙齿的下唇朝前伸出，一副凶残相，绝非吃素的。看着厨师将石斑鱼在砧板上拍晕，放热水中略烫，打清鱼鳞，于肛门处开一刀，割断鳃根，拿根筷子从口里往下一插，再一搅，将鱼鳃和内脏一起拉出，洗净鱼身用盐抹匀。再取一长盘，横架上竹筷两根，放鱼，搁姜丝，淋一大勺油，入蒸笼旺火蒸熟，撒一撮葱花，淋上熟油和豉油即给端上桌。看那鱼，两颗灰白眼珠暴出眶外，阔嘴长吻，犹自狰狞……

　　一直以为"黄山三石"之一的石斑鱼就是同这近似的一种淡水石斑，体形肯定要小得多吧。

　　约是二十年前，我在天柱山还误导过诗人沈天鸿一回。山庄晚宴上了一盘清蒸鱼，大家说这么高的海拔弄了鱼来吃，有点偏题，接着一帮文人七嘴八舌就说起鱼来。我说这是白鱼，在沪上身价不菲。沈天鸿说不对，这叫翘嘴餐。我说翘嘴餐就是白鱼，一回事。我们这两个渔民出身的家伙就有点抬杠了。后来又上了一盘小杂鱼……我说这叫小麻条，以水磨大椒加农家酱板辣烧出来才是王道。沈天鸿是正规的长江渔民，捕的都是大风大浪里的鱼，这小杂鱼不在视野之内，是他的盲点，于是也就附和我，说这等小鱼都是喂猫吃的。

　　还有一次，是在牯牛降开省副刊会，一连好多天餐桌上都有一大盘小杂鱼，稍经油炸过再红烧出来，辣椒放得也够多，酥脆有味。别人看不上这小鱼，筷子很少朝这儿光顾，我也乐得"不足向外人道也"。后来独自一人在深山沟里溜达，抓

了好多条这样的小鱼，一直当是小麻条，还像煞有介事地写了一篇《小麻条也有春天》……

直到那年初夏，顺着新安江跑了一趟，才搞清楚，原来我在天柱山上和牯牛降幸遇的那些小杂鱼，就是大名鼎鼎的山区石斑鱼！南方山涧溪水里石斑鱼，包括天柱山、庐山，甚至张家界和井冈山的石斑鱼，都是一个阵营阶级兄弟，只是稍有身长身短、色深色浅不同。说来难以置信，不论山有多高，涧有多陡，只要有流水的地方，就有石斑鱼的身影。我甚至在雁荡山溪间的石板缝里，见到过一种身披独特黑色条斑、腹部呈红色的石斑鱼。

千帆阅尽，美味的背后总是传奇。在离三潭枇杷不远的新安江边一个古味缈缈的小镇，风吹杨柳，拂动着绕镇而流的一条清澈见底的溪水，景致迷人。举目细看，水底下有一群群、一阵阵、无所事事慢悠悠游弋的小鱼，时聚时分，各自觅食和逗乐。甚至还有两只水瓶塞大的小螃蟹也跟在一边凑热闹……问别人，告知那些小鱼即是石斑鱼。为什么没有人捕呢？原来是这里已制定乡规民约保护石斑鱼，过去只捕不养护，加上环境恶化，石斑鱼越来越少，几近绝迹。直到近年有人牵头，专门成立了保护石斑鱼的一个什么委员会。

以鱼护水，水清鱼欢。石斑鱼在清澈见底的溪水里成群出没。美丽的溪流吸引了许多游客来观光休闲，镇上相继开起了十多家农家乐，石斑鱼成了招待游客的招牌菜。

出了镇子往上走，山路抬高，溪流落差渐大。溪水湍急，犹如乱石击珠，水声哗然。几处水潭，皆可以观赏到石斑鱼。潭的四周，分布着几家民宿。溪水绕屋，游鱼成群，或相互追逐嬉戏，或钻在石缝里觅食……千姿百态，煞是动人。突然，一大群石斑鱼在一处卷成了一个大鱼团，一会儿全散了，一会儿又卷成一团，聚聚散散，太神奇有趣了！

后来，我在店堂里吃饭时看到了洗净待烧的石斑鱼，它们或深青或棕褐色，腹部较浅，体侧两边有一道道漂亮的条纹花斑，鳍黄大。据介绍，石斑鱼生长奇慢，五年也长不到一两。这里的石斑鱼，比别处个头儿小、体瘦，但健壮有力，善逆激流而上，正是这一特性成就了其独特的美味。犹如顽童一般的幼鱼常常无所顾忌地在浅滩里戏水，稍长后就躲在山涧的深潭里不肯示人。石斑鱼喜食荤腥，用细嫩的米虾或红头白颈的蚯蚓垂钓，很容易上钩。

石斑鱼整天在湍急的山溪中穿行，练就了一副发达体魄。其肉紧紧的，刺不多，无论是红烧还是清蒸，都难掩鲜美。我在农家乐吃的是清蒸，看他们蒸前在鱼身上抹一点盐和油，腹内塞一根小葱和数根姜丝去腥，就知道这比红烧要简单得多了。随着温度的升高，一股浓浓的鱼香已经弥漫了整个厨房。

还有一种好吃的做法就是油炸，拌上一层薄薄的米粉，用本地山茶油炸得金黄，外酥里嫩，咬一口唇齿留香！石斑鱼很娇贵，出水即死，山民由水中捕上来后，批尽肚肠，洗后码盐，或直接放在低温处储存。听当地人说，早先山上树多，水贮得多，鱼也多，捕的鱼一次吃不完，就用炭火焙干，客人登门，取一把鱼干或炒酸菜或炒青椒，又好吃又方便。

海石斑是那般相貌狰狞，而山区这些灵动小鱼却也与其共有一个姓名，堪称跨界传奇。

田螺脚的风味

　　田螺是螺蛳族群里的腕儿，超级大块头，最小的也比鹌鹑蛋大。螺类都有个螺旋形的外壳，那是它们的标志性房屋，走到哪儿都把宅屋背到哪儿。"螺蛳壳里做道场"是说在逼仄空间里极尽腾挪之事，十分了得。乡下人把田螺壳喊作"仓"，螺肉紧粘的那个塑料片一样的圆盖子，就叫"仓门盖子"。通常看到田螺伸出外面带有两根夸张的尖长触角的肉身，实际上只是它们赖以行走的脚，一有动静，这团像是长了眼睛的肉脚就收回壳里，"仓门盖子"随之严实关紧。在动物分类学上，螺蚌都属软体动物。软体动物可食部分，就是发达的足肌。它们在水底走过之处，会留下弯弯绕绕如同天书一样理不出头绪的印痕。

　　三个指头捡田螺，意味着手到擒来。这田螺也着实好捡，唾手可得，从清明过后小秧上苗床的秧田沟里，到初夏天的刚刚分蘖的稻棵脚边，它们一个个心平气和静伏在清明如鉴的浅水下，特别是早上太阳刚升起时最多，多得你走完两三条田埂就能捡拾半篮子。有时还能见到两个亲热热粘在一起的，正在行百年好合之事，似乎人间风月，连田螺也能搔到痒处。那时田里不打农药和除草剂，也不施用化肥，黄鳝、泥鳅、小鱼秧子，还有青的黄的蚱蜢，以及带条纹的拇指大的灰褐色小土蛙，活泼乱跳，到处都是。

　　在清澈流动的小溪中，也很容易找到田螺。通常，这些田螺的外壳上长满长长的绿苔，随水漾动，仿似有人养的小绿毛龟。如果外壳淡黄而薄明，仓房鼓圆，就表明是品质优良的年轻螺。田螺也跟人一样，年轻的好动，尽管行走迟缓，但毕竟能看出点变化；纹丝不动的累世老螺，虽然"仓门盖子"一样是打开的，却如打着瞌睡坐禅的老僧，以长时间的一动不动来讲述沧桑，讲述生命的隐忍与不易。

那时，田螺的吃法很简单。让田螺养在水中吐尽灰色絮状秽物，再投入滚水中汆去"仓门盖子"，剔尽螺尾胃肠，挑出那团肉足，洗净，切成硬币厚的薄片，舀上点酱豆子、磨大椒涂上，淋几滴香油，放饭锅上蒸出来，除了略有点泥腥外，味道十分不错。我的祖母却惯常做成渣粉田螺，做法同粉蒸肉一般，只是事先要用刀背把田螺肉拍松，否则那团极有韧性的足肌太硬，断难蒸烂。

半个世纪时光流去，留给了我们太多的世事翻新。眼下，田螺早已成了大排档和星级酒店的风味美食。其实，要是想学一学围裙丈夫，家厨做田螺也不难。锅里油热，投入朝天椒、姜、蒜、炸出香味，再倒进事先煮过的田螺翻炒数分钟，放酱油、黄酒和白糖、大香等调料翻炒几下，加点水改小火略焖煮片刻，最后放味精拌炒几下起锅，一道鲜辣兼具、红艳四射的快感美味就出来了。如我这等接近沪浙口味者，就少放辣料，多些淋漓尽致的酸甜，只要不是过火走老，一样的是螺肉脆爽，回味悠长。

现在的一些食场食府，爆炒田螺很是走俏。以至在北京的夏天傍晚街头，也常能见到端着啤酒杯大嗉田螺的膀爷食客。田螺本是江南风物，北方的田螺，大都是人工养殖出来的，是异化的田螺。我在北京光明桥那边劲松地面风味大排档上看过爆炒田螺，小工用老虎钳子一个个剪去螺尾，淘净，沥干，递给大师傅倒入油锅，喷上酒哗啷哗啷一顿爆炒，加入姜、蒜头、盐、糖、红干椒、五香、味精和少量水，焖五六分钟后起锅，撒上葱花，就香辣味浓地上桌了。其诀窍，务使汤少，成黏稠状，田螺才入味。有的食客吃法却古怪，用牙签挑出田螺肉搁汤料里蘸蘸，然后放到嘴里细嚼，再举起啤酒杯咕咚一番痛饮……你会想象到，那是一种星级酒店无法体验到的逍遥自在的品食妙处。

上海老城隍庙，糟田螺做得最入味。一是剔出净肉带上白糟渣清蒸，另有以糟汁连壳卤。味皆忠厚绵柔。去年暮春，儿子来到南京参加一个国际会议，我们亦赶了过去。晚上，特意选在流光溢彩的秦淮河边吃饭。菜上来后，儿子又分别给我和他老妈各叫了一盅燕窝和雪蛤。但我感兴趣的却是干锅田螺鸡，实际上那也就是子公鸡切成小丁炒田螺肉，再下底料汤锅，以金针菇和黄豆芽作配菜，姜和蒜放得重，汤红油亮，螺肉鸡肉皆鲜嫩爽口。

田螺塞肉也算得上是一道蒸菜，非常好吃，且有别具一格的精致意味。但我却从未自己动手做过，只是在一本烹调书上看过介绍：将田螺肉拌猪腰眉肉中，加鲜虾仁（或是蟹肉）一起剁成糜，放入调料，制成馅儿。再将糜馅儿塞入田螺壳内，逐个置于有香葱段、姜片、料酒铺垫的深碟中，入蒸锅蒸上十来分钟即可。书上特意指出，田螺肉嫩，千万不能蒸过了头。

如果说，虾仁蟹肉是阳春白雪，田螺是下里巴人，那么，循着田螺塞肉的香鲜，去追忆当年酱油豆子蒸田螺的滋味，似乎当是在繁华之后的一次精神回归。

记得当时年少，因为羡慕连环画上沙和尚胸前那串髑髅佛珠，我曾将田螺壳涂红，用毛笔画上眼口鼻黑洞，再在螺壳底锥出细眼，用线穿起一串髑髅田螺壳项链，既恐怖又有趣。挂在赤膊的胸前到处炫耀，专吓一些小屁孩儿，撵得鸡飞狗跳，得意极了。

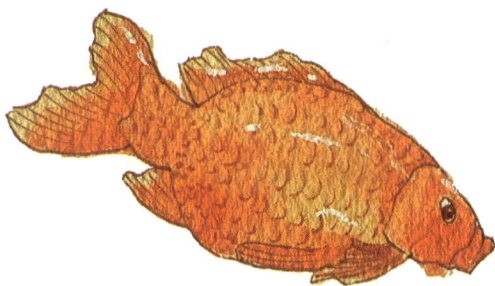

有多个名字的安丁佬

昂丁亦可写作安刺，听来则为"安鸡"，安庆方言区则称其"安丁佬"或"安丁胡子"。

昂丁通体着鲜黄色，有点形似鲇鱼，而较鲇鱼小得多，上下唇两边同具四根口须，鲇鱼在乡下被称作"鲇胡子"，昂丁就成了"昂丁胡子"。它们都有刺，不过鲇鱼只在胸鳍两旁长了两根不甚明显的刺，昂丁却支棱着三根大刺，特别是背上那根刺极大极尖利，呈锯齿状，有毒，倘一不小心扎着手，又疼又胀，令你抱着手吁吁倒吸冷气。然而这昂丁亦有趣，当你恶作剧地捏住背刺将它提起来，它不怎么扭动挣扎，却会瓮声瓮气发出"嘎嗡嘎嗡"的叫声。因我们那里乡下人称外祖父为"嘎（家）公"，所以常看到昂丁被人提在手中，在哄笑声中追着哪个倒霉蛋迫其喊"嘎公"。

或许是那三根支棱着的大刺碍事，昂丁游姿笨拙，左支右绌的，同时，它也是水中最有名的老实头。钓过鱼的人都知道，最好钓的鱼便是昂丁。昂丁大大咧咧一点心数也没有，咬了饵后就一根筋朝水底拖，很少有脱钩的。早年农家每到春二三月里都要捞塘泥积肥，呆头呆脑的昂丁时常会夹在黝黑的塘泥中被那如畚箕状罱夹子夹上来。我小时候，每个春夏之交的傍晚都要抱一把绷绷钓去塘口插放。有一回，将三张钓忘在一处塘梢湾里，三日后想起来去寻时，每张钓上竟都拉起一条大昂丁，约有三四两重——与通常所见明黄色昂丁不同，这几条昂丁浑身作青绿色，圆滚滚肉嘟嘟的，甚是少见。

昂丁觅取活食，和鲇鱼一样，其肉如蒜瓣无刺，尤适宜喂幼儿吃。无论在高档酒店还是路边小饭馆，昂丁都是一道极受欢迎的菜肴。昂丁除了红烧、烧酸菜，还

有余汤，汤极白，肉细腻嫩白。芜湖人颇爱"安鸡笃（炖）豆腐"，特别是在冬天，几个朋友叫上一个咕嘟嘟冒着热气的"安鸡锅子"，再配上红椒、青蒜和绿芫荽，外加三两盘炒菜，脱去外衣，细酌慢饮，嘘去块垒，品尽世情，额上微汗涔涔……味道的厚薄，便这般融入在人情冷暖的领略里。

扬州人爱把昂丁跟臭豆腐（他们叫臭大元）放一起红烧。其法是将昂丁煎透，加臭豆腐烧至入味，再倒进铺有黄豆芽底料的砂锅中，小火慢炖，直至臭豆腐发泡起孔。上桌后，揭开砂锅盖，仍自颤颤地沸腾不已。撒些葱花、芫荽末，红绿相间，未动筷子便有鱼香与臭歪味一起扑入鼻孔。鱼与臭豆腐均极嫩，香鲜甜臭，诸味杂陈，犹如五味人生。

那年的烟花三月，去苏南天目湖旅游度假村参加一个苏浙皖三省的联席笔会，品尝了极具特色的昂丁余汤。据我分析，他们是将昂丁加料先腌入味，然后投沸油中炸透定型，再倒砂锅中用重姜的汤水文火慢炖，直至汤色浓白如牛奶，上桌时撒放胡椒、葱花……吃肉也好，喝汤也好，那真是入口难忘，其味之鲜美，此时想起，都不禁食指大动。

昂丁的学名的写法，是鱼旁加"央"，和鱼旁加"斯"，按认字认半边规则，可念为"央斯"。但是《新华字典》未收录这两个字。在汪曾祺的文章里，他是写作"昂嗤"，大约亦是缘于昂丁的那颇为有趣的叫声。记得汪老还在一篇文章里说过，世上最美味的，便是昂丁眼眶斜下的腮帮上两小粒黄豆瓣般大的活肉，这让我一下就记住不忘。此后凡有机会，我总是将筷子直取目标，但从来没有吃出特别的滋味，只是作为保留在心底的对这位有趣老人的一点心仪而已。

四川、重庆和云南那边，则称作黄腊丁。黄颡（应该是鱼字旁加桑），则是昂丁的另一个学名（学名竟然有两个，够派的）。二十世纪八十年代中后期，我读过一篇叫《黄颡老太》中篇小说，布局诡奇，笔力雄浑，给我留下极深印象，可惜没记住作者名字。

之所以称作安丁佬，我以为，"昂"或"安"皆为其叫声的谐音，"丁"者，乃三叉戟刺之支棱状也，"佬"者拟人化，足见此鱼之有趣。

长胡子的鱼

长胡子的鱼，有昂丁佬、鲇鱼、鲶鱼和鲤鱼，大家都是出来混的，胡子能显派，甚至泥鳅也长两撇胡子。昂丁佬嘴唇上下共蓄着四根胡子，上唇的胡子半截白半截黑，下唇的胡子则与体色一样是明黄色。鲇鱼胡子要长得多，鲤鱼胡子最短，嘴角两旁一边一根，肉红的，有时还会一翘一翘地动，那种怪异的样子让你心生疑惑，忍不住要细看它。

我一位姓汪的朋友，是开茶叶店的，却文人气十足，常涂抹一些很民俗情景的画子，悬在那些茶叶桶上方与香茗一起出售。他画的鱼，都是大头宽嘴的所谓"丰鲇（年）鱼"，拖着两茎夸张的长胡子，透出一种世俗的喜气。他以浓墨绘鱼背、鱼鳍，以淡墨绘鱼肚，只几笔点染，数条滑溜溜嬉戏于清流中的鲇鱼便跃然纸上。他也画一些大嘴巴鳜鱼，题款时总是写作"贵鱼"。但我以为，那些死脑筋的鳜鱼，根本比不上活灵活现、首尾灵动的鲇鱼那般讨人喜欢。

鲇鱼在我们家乡谓之"鲇胡子"，这就不会与那种常见的毫无趣意的鲢鱼（长江四大家鱼之一）喊混淆了。也有喊作"鲇胡狼子"的，盖因鲇鱼不是吃素的，它与水中暴徒黑鱼一样，专门狩猎小鱼虾。它的小鱼秧子是金黄色，也像黑鱼那般聚群，有老鱼在水底下看护。"鲇鱼效应"这个词，算得前些年经济学和经管学科最常见的时髦词汇——在长途贩运的鲫鱼或其他什么鱼的水箱中放入一条鲇鱼，与狼共舞，谁敢掉以轻心打瞌睡？鲇鱼生命力特别顽强，在鱼群中左冲右突，以"搅活一潭水"而得名。

鲇鱼昼伏夜出，力气极大，是很难钓到的。在一些斗门塘里，水底通常会有洞穴，里面住着手臂粗的老鲇鱼。你把塘弄干了，洞穴里却始终汪着水。伸胳膊进去掏，手被什么触了一下，滑溜冰凉的，怎么也抓不住，因为它溜到洞的里面去了。

但鲇鱼再精灵强悍，在人面前，也逃不了为刀俎的命运。那次在昆明，我们几个人开了两部车到抚仙湖玩。抚仙湖是高原最深淡水湖，比滇池和洱海深多少倍，盛产天下最优质的鲇鱼。我们就是专门赶来吃鲇鱼的。厨师三两下弄好鱼，剁块，投入那种高腰铜锅中，下水煮沸，倒去水，重新续水烧，捞尽浮沫，即抓起一把鲜绿薄荷投入，再放进一些盐、姜、芫荽叶。前后不过五六分钟，铜锅鱼就"水煮"成了。满满一锅乳白色汤，浓鲜，白生生的原汁鱼肉，则可以蘸着辣乎乎的调料吃，特别适合喝我们自带的那种醇香的干红。

只是过后想想，还是我们江南的鲇鱼味道醇美。这些年在长江三角洲一带跑，或公差或私游，吃过多种风味的鲇鱼，有时是在上档次的大酒店里，有时则是循着招牌在那种路边小店里。比如大蒜烧鲇鱼，将鲇鱼切小块，腌片刻，锅里下一小捧老蒜头，连同姜糖料酒和辣椒等一应作料爆香，倒入满满一大碗水，水沸，下鱼，煮十来分钟，蒜软即好。沸腾鲇鱼最够辣的，一盆红汪汪的辣油，咕嘟咕嘟地正冒泡，颤颤地翻滚着红里泛白的鱼肉，间杂着一些绿芫荽、青蒜叶一起肆意飘香……这样一盆鲇鱼火锅摆到你面前，不要说瞅，就是闻着，脚下也挪不动步了。

印象最深的，是多年前一个傍晚，我们从黄山下来，抄了太平湖畔一条近路转道去宣城。那时黄铜高速还未修，在太平湖湾梢旁的一个小山坡上，一边是渡口码头，一边是一湾浩渺的湖水，有个"红烧鲇鱼"的灯箱广告朦胧地亮在暮色里，很有点宁谧而简远的意境。我们学着用当地话报了个菜名：鲇胡子"笃"豆腐。老板让我们自己选鱼，我撸起衣袖在那个大水泥池子里几下一旋，掐准胸鳍抄起一条极滑溜的两斤多重的有暗斑的青灰色鲇鱼。老板有点诧异地望了望我，说："看不出你还有这一手哇。眼光真准，这刚从湖里送来的，最鲜活了！"

于是现杀现做。坐等期间，四野月华，水汽氤氲，窗外树影斑驳，远处渡口人声隐约……一时竟上来了满腹的心思。鲇鱼上桌时蒜瓣极多，汤汁浓稠红亮，鱼块入口，舌头稍一卷就化了，一根细刺都没有。尤其是那条精灵的鱼尾脊上的肉，尤是说不出的腴嫩香鲜。即使一颗方圆而扁的有须的鱼头，鳃颔两边的厚皮及眼窝旁活肉，也是美味精华。豆腐"笃"出了细泡孔，很是入味，更不虞有刺，性急一点，入口一抿就滑进了嗓子眼儿深处。

鲇鱼做到了如此极致，实在是有点高处不胜寒了。

有绰号的黑鱼

黑鱼体有花斑，前部圆筒状，后部侧扁，嘴咧大，下颌稍突出，头尖而扁平，像蛇头，很显几分诡谲。因为性情残暴凶猛，故被喊作"豺鱼"（也有写作"柴鱼"），常在水下大肆杀伐，惊得那些弱小者没命逃窜……有时，则阴沉沉地潜伏在水草中伺机追袭。这黑家伙劲大力猛，徒手很难抓获，那炮弹一样的身段能轻易冲破渔网，所以又赢得一个"黑冲子"绰号。

黑鱼生命力极强，哪怕是在蒿草密布的混浊小水沟里，也能活得滋润。冬天水塘抽干后，黑鱼和老鳖都早早"歪"进泥中，得挥着锹把淤泥划遍，饶是如此，犹有漏脱的。十天半月后，从干硬开裂的塘坡找出的黑鱼仍是活的。这时可以看清它是尾朝下把身体坐进泥里，只留嘴巴露在外面。一九五四年长江下游破大圩，水退去留下一望无际的淤泥滩。我有个表舅每天带根麻绳出门，挽高裤脚，踩着软泥，一边走一边找。当发现软泥表面鼓了包点，就知道那是黑鱼的嘴巴在下面顶着。走过去双手往泥下一插，用力一捯，刺啦一声，便把一条大黑鱼提出来。用麻绳穿了鳃口，放在泥上拖着，半天下来便可拖回一大串。

每年春夏间，黑鱼在水草茂盛的静水浅滩处缠绕相悦，异常活跃，有时双双跃出水面上演一段彩云追月的风流韵事。然后，鱼老公开始卖力地营建家园，把杂草咬断，浮拢于水面，用尾在中间扫出脸盆大小的亮水空洞，是谓"青窝"。在宁静的日出时分，鱼妻进窝甩下像黄油菜籽一样的卵，称为"黄窝"。夫妻双双守窝数日，仔鱼孵出，像小蝌蚪那样黑压压聚在一起，便为"黑窝"，又叫"黑鱼花子"。两条大鱼一刻不离地随群保护，以至无暇摄食，传说就有仔鱼频频自动填入大鱼腹中，以报养育之恩，故民间又称黑鱼为"孝鱼"。也是这个原因，有些和尚庙里就用大水缸供养着黑鱼。在九华山那个最热闹的寺庙前水泥池里，密匝匝地沉浮着数百条黑鱼，看着叫人心惊。

钓鱼的人才不管你"孝鱼"不"孝鱼"，他们正是利用黑鱼护窝的特性，钓起来十拿九稳，易过到菜园里摘菜。一般是在结实的大钩上穿只活的小土蛙，朝着"窝"上轻点，首先被激怒的是鱼老公，闪电般蹿出，张嘴咬向饵，到被人拖上岸都不松口。小"黑鱼花子"受惊四散逃开，但片刻间，又聚成一团，慌慌张张旋转着离开这丧父的伤心之地。钓鱼人故技重施，再次用小土蛙去骚扰挑逗，直到哗啦一声，那条胖大的母鱼奋不顾身地张口扑上来，则大功告成。也有人在这季节里提一竿七股头利叉，整天逡巡在那些向阳有水草的河湾塘梢处，一旦寻到"窝"，就睁大眼睛耐心守候，待水底有大黑影浮上来，手腕一抖迅捷将叉抛出，很少有落空。不幸被叉齿穿身的黑鱼因为愤怒而扫动有力的尾巴，搅得水花四溅，弄出很大的动静，通常会有一只受了惊吓的水鸟从丰茂水草丛中飞起，发出短促的打嗝一样的啼鸣消失在远方。而失去父母保护，那些散了窝的鱼仔，立刻就成了众多鳌鲦子轮番追逐的美食，结局很是悲惨。但是，那些弱小善良的鲫鱼、鳊鲅，从一出生到走完生命全过程，任何时候都会成为别人吞噬的对象，这就是生物界弱肉强食的残酷性。

尽管外貌不善，但黑鱼生得利索，只有一道脊刺，肉厚而鲜嫩，且能祛风湿、利尿、去腐生新。沪人和粤人最是迷信黑鱼的滋补作用，他们相信黑鱼能活百岁，是长寿鱼，而且死后肌体不易腐烂。可以说，黑鱼身价是随着改革开放进程、随着卷舌头的广东话侵入内地被抬高的。早先生产队分鱼时，黑鱼是不大被人要的，嫌它肉粗。其实在我看来，作为食材，黑鱼起码有两个优点是别的鱼无法企及的：做鱼片和做酸菜鱼。

黑鱼骨少肉有韧性，切时不易散碎，是炒鱼片的佳料。将黑鱼开膛洗净，中间批开取两面肉，切薄片，拌上盐、糖、淀粉、黄酒、鸡精，略加几滴白酒，无论是爆炒还是氽汤，都鲜美异常。也有人将其切成二三分厚的大片，做黑鱼浓汤。其法亦简单，先将冬笋片下水焯过，取出晾凉；锅中放油烧热，红干辣椒和葱、姜、蒜一起炸出香味，投入经盐和料酒浸过的鱼片，煸透后，下冬笋片、香菇、榨菜，加足量水，煮至汤汁呈乳白色即可。

做酸菜鱼也不复杂。酸菜是菜市场边的小店都能买到的两元钱一袋的那种。整鱼去鳍、尾，切下头，两鳃剁开。鱼体切成半寸一段，每段再从中间切开，剔出主骨，放入小盘里，打入两个鸡蛋清，加入盐、料酒、白糖、姜末、少许酱油，搅拌泡半个小时待用。酸菜切段，先投红干椒在油锅里炸，再倒下酸菜翻炒几下，看油吸得差不多了，倒入高汤烧开。汤开后起白沫，先放入鱼头和鱼骨，调小火烧三五分钟，再放入鱼肉片，上大火烧五六分钟，加入鸡精、胡椒粉。一盘酸菜鱼，遂大功告成！

黑鱼就是黑鱼，无论活在水中，还是给人做了食材，都是那么利索，绝无一点优柔寡断和窝囊。

鳜有怒 亦讨巧

画国画的爱涂抹两种鱼，须尾灵动的鲇鱼和隆背阔嘴的花鳜鱼，而跳龙门的鲤鱼多在年画里出现。扬州八怪之一的李鱓画鳜鱼，一根柳条穿过大嘴，引领向上，旁着一根大蒜和两块姜，题曰："大官葱、嫩芽姜，巨口细鳞时新尝。"由口腹之道而导引出画面语，既是世俗生活的真谛，更是芸芸众生所需要的一种乐观积极的生活态度。而八大山人朱耷却只画那种不通人情世故的白眼翘嘴鳜，怒气冲天，鱼鳍戟张，寒光闪射，压着铁器的森冷……朱耷是明室王孙，亡国遗民，家仇国恨，满心悲愤，纵是落发为僧，也无一日心安神定。他画鱼、鸭、鸟等，皆斜目向天，充满倔强之气。

其实，鳜鱼谐了"贵"音，还是很讨巧的。亦有人写作"桂鱼"，乃其幽门垂多而成簇，俗称"桂花鱼"。"西塞山前白鹭飞，桃花流水鳜鱼肥。"鳜鱼有幸，在中国最优美的诗歌和文人画里悠游了千百年。鳜鱼在水中游弋时黑乎乎的，捞出水面，体呈灰褐色带着青黄色，加上下颌长过上颌的嚣张巨嘴，看上去很拙突精怪。

三十多年前，我在当中学老师。青弋江流经我们那个古镇时，搅了个大深水湾，长长一段岸石护坡，水下就有了很多石穴，正好给有卧穴习性的翘嘴鳜栖身。每年四五月的清晨或傍晚，鳜鱼到了甩子繁殖期，顶水激烈游动，成群结伙在水面逐出浪花。那时吃得最多的就是鳜鱼。特别是我的小儿，因鳜鱼长的是无刺而结实紧凑的蒜瓣肉，我们有时就当饭喂他；以至喂得他脑袋超常的大，提前上学、跳级，仍是特别的不安生。朋友打趣说，这都是高蛋白的花鳜鱼过分营养了他的脑细胞。

一般来说，凡肉食性鱼，味道皆鲜美。鳜鱼主食小鱼虾，一些像小麻条那样纺锤形或棍棒形的小鱼，最易被吸食。鳜鱼有手独门绝活儿，吞下鱼虾后，会吐出鱼刺和虾壳。其性懒，白天多卧于石缝、坑穴中，不大活动。"一根筋"肠子很短小，几乎就是顶着一个连到鳃口的大胃袋，里面通常鼓胀胀装着被囫囵吞食的小鱼。背鳍刺和腹鳍刺均有毒，若不慎被刺，那种椎心剧痛，令你龇牙咧嘴倒吸凉气加跳脚！生长速度快的是翘嘴鳜，我见过最大的重达四十八斤，体色深黑，尽管离水上岸就死了，但看上去仍是怒气冲冲，白眼朝天，一张布满锯齿的骇人阔嘴，足能塞进一个大拳头。

对于鳜鱼这类食材，过多的加工处理都是画蛇添足，洗净加葱姜上锅一蒸，就是绝佳。平时在餐馆里吃清蒸鳜鱼，上桌就有一股香气雍绕，肉嫩味鲜，滑润有加，而在家里自己动手做，则难达到这水平。要说有点诀窍的话，那就是挑鱼要挑八两左右的，超过一斤，肉质就嫌老。把鱼剖洗净，在背部斜片一刀，刀深至骨，里外抹一些精盐，放置一会儿。蒸鱼省不得葱，用一个大碟铺上足够的葱，摆好鱼，也有人加垫双筷子，以使鱼受热均匀，再放料酒、食油、姜片，大火蒸八到十分钟，见鱼眼球突出，再烧上热气关火焐三四分钟。这个"焐"非常重要，很多人不知道，不经过"焐"而直接蒸熟，鱼肉干老，鱼皮易翻裂。然后倒去汤汁，浇上一勺滚油，刺啦一阵响，香气就全给逼出来了。

如果是煲汤，则选挑五六两重的鱼两条，起油锅略煎一下，放水投入拍扁的姜块，中火烧二十分钟即可。食前加鸡精、葱花。此汤白浓如牛奶，鱼肉鲜嫩，若加上一点冬笋片，尤能起鲜。醋溜鳜鱼亦较易制作，将鱼片出十字花纹，揩干水，均匀地涂抹一层鸡蛋清搅出的淀粉糊，下油锅中炸至金黄至焦黄色时捞出装盘。另取锅上火，放油烧热，下葱、姜末煸香，加醋、料酒、白糖和清水烧沸，用水淀粉勾芡，再淋上麻油，投入葱段，即成糖醋卤汁。卤汁趁热浇至鱼身上，"吱吱"发响，充分地渗透到鱼肉内。外观色泽金黄，食时外脆里松，甜中带酸，鲜香可口。食坊里的松鼠鳜鱼、葡萄鳜鱼，制作大致同理，只是片鱼时颇要点刀功和耐心。我没做过，谅是无此道行。

特别要提到臭鳜鱼。臭鳜鱼原名屯溪鳜鱼，又名"臭实鲜"，是徽菜的头道招牌菜。臭鳜鱼最大特点，就是"闻起来臭吃起来香"，既保持了鳜鱼的本味原汁，肉质又醇厚入味，同时骨刺与肉分离，肉成块状。当一盘臭鳜鱼端上桌子，即有一股浓郁的臭香气扑鼻而来……用筷子轻轻撩开覆盖在鱼身上的白蒜、红椒、青葱，再拨开鱼皮，搛起一块凝得很紧的蒜瓣肉入口，舌头一裹之下，竟然有那么多纷杂的鲜美在齿舌间缠绵缭绕！

相传早年间，商贩每年入冬将长江边鳜鱼以木桶运至山区出售，为防变质，就一层鱼喷一层酒水和盐水贮存，并定时上下翻动。三五天后鲜鱼运至屯溪等地，鳃仍红，质未变。经油煎，小火细烧，似臭实香，咸鲜透骨，流传至今，盛誉不变。古往今来，凡到过徽州的人，若是未品尝臭鳜鱼，率引以为憾事。

有一年，我同两个朋友路过绩溪，车停城外一家饭馆，因还要急着赶路，故只点了四五个菜。哪知内中一盘臭鳜鱼竟吃了个欲罢不能，遂高声叫店家再上一盘。那位颇有点风韵的老板娘走过来，连说对不起，家中暂无存货了。见我们一个个意犹未尽的样子，老板娘含笑说了声"稍等"，竟端走了我们桌上吃剩的头尾骨架。几分钟后，老板娘给我们端上来满满一大青花瓷碗菠菜豆腐汤，笑吟吟地告诉这是用臭鳜鱼头尾骨架余出来的。我们先是半信半疑地尝了一口，其味之鲜美，超乎想象，三个人遂一气吃光喝光。一个朋友说，那头尾骨架恐怕还能再余一碗透鲜的汤……

捕鳝与吃鳝

在我读到的不计其数的文章中，写捕鱼的种种经历的并不少，却鲜有写捕鳝的。印象中，只在二十世纪八十年代初读过桐城作家陈所巨写的一篇钓鳝的记事文，记不清是发表在《萌芽》还是《上海文学》上了。我以为捕鳝实在是一件独特且有趣的事。

捕鳝的方法很多。有利用黄鳝晚上出洞觅食时用火把在稻田浅水里照捕的，有用竹签子穿上蚯蚓放入鳝笼子里掏一条沟埋到水田池沼边张捕的。夏日傍晚，凉风四起，草虫唧唧鸣唱，水面上有许多小鱼在跳。用锄柄穿了一只装满鳝笼的筐篮背在肩上，寻着一处感觉有鳝出没的地方，便埋一截鳝笼，只待翌日早起来收获一份希望……那其实就是一种简单生活的快乐。

我那时通常一篓一钓，孤鹜野鹤一样满圩畈跑。钓长可尺许，多是将自行车辐条子一端磨尖弄弯曲（早年用油布伞钢丝骨子做），穿上粗大黑蚯蚓，在长满杂草和树根的水塘沟坎边摸到鳝洞，就插下钓饵，小心地提上插下，并巧妙地旋转，逗引黄鳝咬饵。黄鳝性猛，且护洞，只要开口咬住就不再放松，使劲往洞里拖。这时，可以看到露在外面的钢丝钓竿也随着打起旋旋来。你轻轻捏住朝反方向用力一捻，再往外斜斜一拉，呼啦一声，就会拉出一条不断绞扭挣扎又大又肥的芦斑鳝来。大的一条就有一斤重！钓鳝是技术活，要有好耐心，且极易碰上蛇，通常是极老到的成人干的活计。

最省事的是掏鳝，在秧禾栽下不久，水刚澄清的田埂边细细搜寻鳝洞。黄鳝喜在田埂边打洞穴居，但为了捕食方便，常由田坎向稻田中间打一条二三尺长的新鲜泥洞，伸进一根手指，全凭感觉顺着鳝洞细心往前掏。有的黄鳝能打上几个洞口，有回头洞，有岔洞，有坠洞，这就须随时做应变处理。遇上硬泥掏不动了，就可将一只脚伸入，前后抽动，一下一下往里捣泥浆水。黄鳝受不了这番折腾，就会夺洞出逃，只要看准了，猛地伸出勾屈的中指，快速夹起放入篓子里。黄鳝跟泥鳅一样，体外有一层黏液滑涎，极滑溜，而且一旦逃匿到踩浑的水里，就断难再抓到了。

鳝能变性，中小鳝是雌的，三五年以上粗壮大鳝是雄的，无一例外。盛夏，雌鳝产卵时洞都打得很大，且在洞口水面喷一小堆有黏性的白沫，吸引雄鳝来给卵授精，护卵的雌鳝特别凶猛，不小心就给咬了手指头，死都不松口。由于黄鳝经常穿埂打洞，导致稻田里的水漏淌，所以鳝在一定程度上是有害的。

黄鳝捉得多，自然也吃得多。"秤杆黄鳝马蹄子鳖"，是说鳖要吃小，而黄鳝得有大秤杆子那般粗，肉才清爽滋厚。鳝鱼的口感，因烹制方法不同而异，生炒柔而挺，红烧润而腴，熟烂软而嫩，油炸脆而酥。我们家乡人没有炖汤和剐鳝丝的吃法，只会一种将黄鳝炝焖着吃。活鳝砸晕后，开膛剖腹，剔除肚肠，放到石头上用棒槌砸酥长长的脊骨，直砸成海带那般平平展展一片，洗净血污，斩去头尾，切成寸片。锅里倒油烧旺，将鳝片下锅爆炝，直至乳白色汤汁收尽，鳝片翻卷，再续上小半碗水，入板酱、水大椒、老蒜子、片姜，盖锅焖烧半个时辰，出锅前撒点葱花起香。虽是农家做法，倒也颇为软脆香浓，清鲜爽口。有那讲究的人家，会以猪油爆炝，再喷上黄酒焖，那个口味可就真是没的说了！

数年前，我们报社的几个人驱车去上海，走的是广德、长兴这条路。快到湖州，时已过午，饥肠辘辘，便停车路边，择一店堂，让老板赶紧做菜。步入后院，见池子里养有黄鳝，便叫伙计拣大的烧几条。反正是等饭吃，没事，我就在一旁看。那瘦精精的伙计甚是麻利，自角落里拖出一个带钉子的窄板，抓起一条黄鳝，捏住头部"哧"一声钉在板上，剖腹，去背，取肉，再洗净切段，片刻工夫就弄好了。我又跟到厨房里看烹制。见其先以湿淀粉勾芡，热锅里舀上满满一大勺亮汪汪的猪油，再投以洋葱丝炸香，将勾芡鳝丝倒入炝，加酱油、糖、黄酒、香醋、味精和蒜头，又续一勺油，锅里炝出明火，颠锅几下，装盘，撒上白胡椒粉即端上桌。

待我坐到桌上，举筷尝一口，因其过火短，果然是香鲜软嫩异常。此为典型的江浙烹饪，举座大啖，皆叫好。多吃了几口后，我不觉暗下里将其与家乡的鳝片相比较，或许现在多是养殖鳝，而我们家乡水泽里是天然野生的吧，我怎么觉得味过三巡后，还是记忆中的鳝鱼片味厚、香浓、肉感足、回味绵绵哩……

小龙虾

相比个性温和而慢条斯理的河虾，五短身材而又铠甲罩身的此虾，头大得不成比例，高举一对超大的螯钳，一副暴徒模样。

从初夏到深秋，晚饭后漫步街头，那些或浸泡在水盆里，或码放在青花瓷碟里，或正在油锅里刺啦啦火爆的赤艳小龙虾，每时每刻都在给你颜色看。而龙虾馆或小食摊上伙计们的吆喝和招呼更是热情响亮："嘿，大哥、大姐，吃海虾！"他们口中说的"海虾"就是小龙虾。稍稍驻足，但见手疾眼快的伙计们双手上下翻飞，一只只尾卷、腹实的大虾便掷入了塑料篮中，连啤酒也摆了出来，单等食客落座。若是一伙人落座，不消片刻，遍体艳红、饱收汁液的油焖小龙虾用白铝盆装着端上来，红油汤冒着刺激鼻孔的热气，上面还点缀着几棵碧绿的香菜、整个艳红的干辣椒，色调异常醒目。不过小龙虾是时令产品，只在五月到八月才火爆。

那回在上海，和几个朋友找到寿宁路小龙虾一条街，一个吃虾特有名气的地方，虽是半夜两三点，却照样人声鼎沸。这里的虾，什么干煸、香辣、椒盐、手抓、十三香……做法也多，有咖喱、年糕、黄焖等等，另有敲边鼓的沸腾鱼片和大嘴蛙。炸好的小龙虾，码在一家家店堂门前，真是琳琅满目，流光溢彩，一片赤红，惊艳天下。据称"都是现剥的"，"又新鲜又干净"，口味"不是太重"，算是照顾我这"不太会吃辣"的人。刚选了一家店坐下，立即就有服务生过来，给我们戴上一次性手套，系上一次性围裙。等了不算太长时间菜就上来了，先上的正是十三香，还有鱼香菜心、荷叶蒸排骨。这十三香并没有我担心的那么辣，只能算是一般的辣，正是这种我能承受的辣，让我尝出小龙虾肉的鲜嫩，脂膏的鲜美，还有虾肉那种极耐咬嚼的饱满和弹性。

我只是不耐辣，吃龙虾肯定不算外行，与几个朋友相比，还是显出差距。但见他们抓起一只龙虾稍一拗，揭去头上的壳，美其名曰"掀起你的红盖头"，再用两指掐紧尾鳍中间的一片，轻轻一旋一拉，抽出肚肠来，戏曰"抽下你的绿腰带"，最后剥下腰壳，露出最完整最结实的那一块肉，吮汁、舐黄、吃肉，一气呵成。这一只才下指间，那一只又上嘴头，由此可见，小龙虾早已成了众多老饕的心头至爱。对于我来说，要命的是接下来可就不是一般的辣了。几个朋友说微辣不过瘾，要来口味重的，要"在挥汗中体验快感"……于是就上来香辣和麻辣的。看着那个红汤更红、红翻一片天的阵势，就让我心里直起毛，口中不觉咝咝有声。我小心翼翼挑好一只，慢慢"掀盖头""抽腰带"，肥美白嫩的肉体粘满手套上的辣椒红，两种颜色混合一起纳之入口，麻、辣、鲜、香、甜，嫩红、酥亮，似也都能一一承担得起，只是连吃几只，辣劲上来，满嘴里像起了火。辣劲开始肆虐，那就是人挡杀人佛挡杀佛，左青龙右白虎叫你哭爹喊娘逃无可逃！冰凉的啤酒阻挡不住，我只有猛灌茶水。饶是如此，嘴里还是火烧火燎的。朋友见我张大着口合不拢，立即嬉笑着起身到吧台上端来一大盘西瓜让我专享。辣后吃西瓜再好不过，爽甜的清凉，渐渐浇熄了口中的火苗。

在外面吃小龙虾，没有不辣的，所以我是一贯主张自己动手，特别是爆出洗虾粉的事后，更是自己的嘴巴自己做主了。自己动手还有个好处，就是干净。先用板刷反复地刷洗，拉出肚肠，再剪开头部两侧的壳，把肺毛也去除掉。烹制时根据自己口味加入作料，要是想偷懒省事，著名的盱眙龙虾十三香就有现成调料包卖。虾香了，虾熟了，在自己的家里不大可能有一次性手套戴，只管洗净"金龙五爪"就可开工干活，"狐朋狗友"围坐一圈，揎拳捋袖，喝酒吃虾，好不有滋味！不过家烹小龙虾也有一弊处，就算你是放到油里炸过，壳也是特别硬，难剥。这一难题，我到现在也是没办法解决。

小龙虾生命力强，可以离水三五天不死。每年初夏，在我住的小区几处水景池沼里特别容易钓到它们。世界上最呆的恐怕也是这种虾，钓它们有时连钓竿都不用，只需一根细线，下坠一团螺蚌肉或是随便什么有点韧性的腥物就成，一时三刻，便有那等呆货咬饵，待咬得正投入时，你提线出水，那线绳下淋淋漓漓也就附攮着那么一只还未及省过神来的食客。市场出售的，大多为人工养殖虾。

与河虾一样，小龙虾胃囊及其内脏也在头部，折断尾基便可拉出一根灰黑的细肠。头部有一团青绿色油脂，那是未成熟的卵块，此外还有虾黄，是最鲜美的东西，洗刷时不可轻易流失。因为高温能促使甲壳中的类胡萝卜素分解为虾红素，虾红素不溶于水但能溶于酒精和油脂中，所以油炸虾才特别红艳。

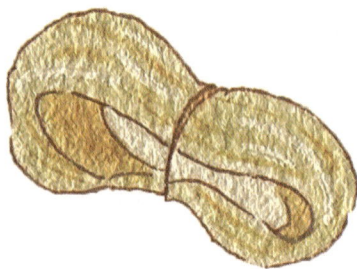

正是河豚欲上时

我童年时那条孤峰河里，鱼真是多得要命，光长江里游上来的鱼，就有鲴鱼、鸡头、秤星鱼、红眼睛鲲、鳗鳝、螃蟹，还有气鼓子。气鼓子就是河豚，方扁的头，黑黄身子，眼睛内陷半露眼球，上下有两个白生生牙齿形似人牙。这东西非常有趣，在水里左摆右摇游得很慢，遇惊扰时就拼命吞咽空气，把自己弄成圆球一样，张开背腹小白刺，以此威吓御敌。在我们那里，从来没有人吃过气鼓子，可能是长得太难看了。我们弄到了这丑八怪就当球踢，要不就让它躺在水面上用棍子抽得嘭嘭响。这东西光滑无鳞的皮特别有韧劲，再怎么抽都抽不破。

二十世纪七十年代末，我在芜湖市郊大桥上师专。班上有个姓盛的南京同学，落拓不羁，颇见过一些世面。一天晚上，此君将我和另一个同学叫出来，问有没有胆量跟他"吃好东西"去。我们那时肚子里极端缺少油水，能打上牙祭，什么蛇肉老鼠肉，只要烧出来，没有不敢吃的。我们就跟随着盛同学走了三四里路，到了他原先下放在江边的那个村子里。记得是村口一家红砖平房，似乎我们是有点鬼鬼祟祟推门而入的，进屋就闻到一阵浓烈香味。待坐到桌子前，一个沉默微笑着的干瘦老头儿端上来冒热气的大瓦钵。盛同学含意不明地环顾了我们一下，率先从里面撰起一块什么肉放进口中品咂，我们要伸筷子，却给他拦住。倒是那老头儿说没事没事他已尝试过了。我们才知道了瓦钵里是河豚肉！而"吃河豚"在这一带的江边谁都不明着说，一律以暗语"吃好东西"来代指。仿佛我们上了当一样，盛同学倒是怪怪地笑着劝我们吃，又说不吃也好……我也没有多想，筷子下去夹了一块肉就入口。那河豚烧得真好，是和豆腐在一起烧的，油光闪动，香气袭人。据老头儿说，鱼切成方块，用猪油加河豚自身的油爆炒后，下黄豆酱入锅烧透，再放豆腐入味。因为平生头遭吃，初入口，有点像"青鱼肚档"的鱼肚下那种腴嫩活肉，舌头一抿，又感觉鱼鲜里藏有那么一丝妖妖的水气，但这并不妨碍我一连吃了好多块，越吃越有味。因为口里实在是馋，也就分外地觉得鲜美、肥腴、细嫩……河豚和豆腐都吃完了，余味仍自不绝如缕，口中又鲜又绵，最后竟连瓦钵中剩汤也沥进饭里了。之后，我们仍坐在桌旁未起身，回味再三……终于领会到什么才叫人间美食，鲜绝人寰。

那时也是知道"拼死吃河豚"这句话的，但河豚的毒性到底有多大却不甚了然。回学校路上，盛同学一番知识卖弄着实把我们吓得不轻。他说，知道什么最毒吗？是河豚毒素，比砒霜还毒一千倍，半毫克就能致人死命！烧河豚时，卵巢和内脏，还有血液、眼、鳃和皮肤，以及背鳍和胸鳍，全得处理干净，一丝一毫都不能马虎。又说到古人烹杀河豚，其小心谨慎难以想象：先以小刀自泄孔即肛门入，轻轻挑开腹腔，仔细剔除腹中卵和内脏以及衣膜；再断颈骨与尾骨，挖净眼、鳃；最后从脊背下刀剁开，洗净肉中血迹，肥厚之处血筋要用银簪细挑干净。必须烧透。要是火候不到，吃了必死无疑。河豚中毒，开始时手指、口唇、舌尖发麻或刺痛，然后呕吐、腹痛、身体摇摆、麻痹瘫痪、昏迷，最快的十分钟内死亡！河豚毒性大小，又与其生殖周期紧密相关，春末夏初怀卵时毒性最大，不宜吃，故民间有"芦青长一尺，不与河豚做主客"之说。

那天，盛同学说他已记不清一共"拼死"吃过几回河豚了，而我到现在为止，空前绝后只那一次！就那一次，便叫我记住了那股美艳妖娆的鲜香，而经验告诉我，凡美艳妖娆的东西，总是暗藏危险的。

人总是这样，年龄长了胆子小了，假如眼下有人再叫我吃河豚，敢不敢下筷子……肯定要经过一番激烈的思想斗争，绝不会再有年轻时的轻率了。河豚无胆无鳞无刺，为"长江三鲜"之冠，故有"不吃河豚不知鱼味，吃了河豚百鱼无味"之说。春天的河豚，秋天的螃蟹，都是水中的至美之味，感觉河豚鲜美又远在螃蟹之上。正是因为河豚为一种有剧毒的美味，因而也就有了特殊的诱惑力。忽然想到苏东坡诗："竹外桃花三两枝，春江水暖鸭先知。蒌蒿满地芦芽短，正是河豚欲上时。"世人多爱诗中那种悠然自得的人生况味，至于他本人是否曾趁着春江水暖尝试河豚，则不得而知。我宁愿相信他是有这等勇气的。

记得汪曾祺在谈论河豚时，曾打比喻，大意是说剔除了有毒部分的河豚，犹如洁本《金瓶梅》。他在江阴时，曾多次有同学邀他上家里吃河豚，并保证不会出问题，但他最终都未赴约。直至晚年，他才后悔当初拒绝了诱惑，深引为憾事。只是后悔也来不及了，彼时他已移居京城，远离了河豚生长的地方。

确实，江阴那地方吃河豚的风气甚烈。据说有一家老字号，门口悬挂一祖传木牌，明示如在他家吃河豚中毒致死，主人可以偿命。可见卖河豚的饭馆，也是有极大风险的。尽管现在国家在这方面管理很严，河豚并不是寻常就能吃着，但更多时候，食客自己便是自愿承担风险的志愿者：如有意外，与他人无关。或者说，要的就是那份吃河豚的惊险、激动与快乐。而能吃上由证照齐全上了几道保险的名厨烹饪的河豚，则又是一种身份和权力的体现。民间有讲究，吃河豚时不作兴带人，也不为人搛菜。上馆子吃河豚，再好的朋友，也得是 AA 制，各付各的钱，各担各的风险。

数年前，有某领导夫人代夫赴宴，河豚上了两盆，席间有马屁精频频搛菜，大块河豚，果真是大快朵颐，但不到晚间，这位夫人便代夫殉职了。世界上最盛行吃河豚的是日本，各大城市都有河豚饭店，厨师要经过严格的专业培训，毕业考试时，厨师要吃下自己烹饪的河豚。有些技术不过硬的人，就不敢参加考试，临阵逃跑了。

读过洪丕谟一篇《提心吊胆吃河豚》，朋友送他河豚鱼干，他既想解馋却又不敢解馋，于是与妻"约法三章"：一是烧煮极熟，确保无虞；二是每顿只食一块，决不贪口；三是只在午餐吃，万一中了招也好抢救。夫子自状，其嘴脸心思，颇能让人莞尔一笑。

数年前的初夏，我们报社一行人外出考察，在苏州近旁小镇午餐时。菜上来后，吓了我一跳，不知谁点的菜，内中竟然有一盘河豚，剥了皮，白生生的，一条条整齐摆放在盘中。因为河豚所特有的那一对龇着的上下门牙，看了着实叫人有点反胃。但这河豚显然太小了，圆嘟嘟的，只有两三寸长……后来才知道这是鲅鱼。早就闻其名的鲅肺汤，便是此鱼大得不成比例的肺烧出来的。鲅鱼正因肺大，所以像河豚那样也是小气鼓子。鲅鱼无毒，常被用来替代河豚，吃的时候，先把鲅鱼皮反卷了，让糙糙的皮刺藏在里面，一口吃下，它的鲜是绵长的，有回味的。但要同我记忆中的河豚的滋味相比，还是差了一大截。想那洪丕谟挖空心思才敢享用河豚鱼干，但若仅凭那干河豚的滋味去推测鲜烹河豚的鲜美，那真是谬以千里了。

春水新涨说芦蒿

"芦蒿"两字到底该怎么写，我还真拿捏不准。东坡诗里"蒌蒿满地芦芽短，正是河豚欲上时"，这"蒌蒿"当然就是芦蒿。我之所以选择"芦蒿"，是从众，随了皖江这一带几乎所有餐馆及菜场里最通行的本土化的写法。至于芦蒿读音的由来，有一种说法，早先人家养的驴生病了，就牵到江边沙洲上吃蒌蒿，病就好了，所以本地人读"蒌蒿"为"'驴'蒿"。读作"驴"蒿，写出来是"芦"蒿，易"马"旁为"草"头，读音也是驴头接马嘴的不变。从"户"而念"驴"音的字例，还有安徽庐江的"庐"。但无论是"芦"还是"庐"，字典上均只注一个通行的读音。或许，口音里带上地域和民间的味道，才备感亲切。

芦蒿是一种天生地长的野菜，散落在江滩和芦苇沙洲上。草长莺飞的江南三月，正是芦蒿清纯多汁的二八年华，十天半月一怠慢，就是迟暮美人不堪看了。二月芦，三月蒿，四月五月当柴烧；"听说河豚新入市，蒌蒿荻笋急须拈"，就是咏叹芦蒿青春年华之不容耽搁。

入口脆嫩的芦蒿，辛气青涩，不绝如缕，正是那股撩拨人的蒿子味，让你眼前总是晃动着江滩上那一丛丛青绿。远离长江的外地人可能闻不惯那股冲人的青蒿气，吃不进口。上海人好像也不怎么吃芦蒿，但是从南京到镇江，这头再上溯到武汉，沿江一带的人都极馋这一口地道的青郁蒿气。那是清香脉脉的田园故土的气息，是饱含江南雨水的味觉的乡愁哇。按汪曾祺说的，"就好像坐在了河边，闻到了新涨的春水的气味"。《红楼梦》里那个美丽动人的晴雯爱吃芦蒿，我猜测，长江边或许正有她思念的桑梓故园。

市场卖的芦蒿，有野生和大棚的两种。野地里现采的，茎秆红紫，细瘦而有点

老气，嚼起来嘎吱带响，但香气却清远怡人；大棚里来的，嫩绿壮实，一副营养过剩的模样，吃在口里味道淡得多。有一年我和几个朋友去长江中曹姑洲玩，看到不少人家的地里都养着芦蒿。他们把长到四五寸长的芦蒿齐根割起，堆放一块，也有放沙里壅着，上面覆盖稻草，隔一段时间浇一次水，外加薄膜覆盖，进行软化处理，两三天后肉质转嫩脆，看上去饱含汁水，即可摘除老叶上市。

芦蒿炒食时，可配之以干丝、肉丝、红椒丝等，吃起来色彩缤纷满口鲜嫩。从上档次的酒楼到大排档到家庭厨灶上，通行的都是腊肉炒芦蒿。炒锅上火，入油，投进干椒、姜、蒜、腊肉煸香后，再倒入芦蒿略煸炒片刻，调味后起锅装盘即成。很多大排档乃至大酒店都是这样的炒法，粗细搭配、青白相间，油滑光亮，绿意满眼，齿舌间都清香脉脉。

不过，我更喜欢的，是只同茶干丝清炒，将芦蒿掐成寸段，清水浸去涩味，再用盐略腌，炒食时才会既入味又保其脆嫩。锅内置油，最好是木榨菜籽油，或纯猪油。油热锅辣，用干椒炝过，将蒌蒿倒入锅中略煸去水分，再加茶干细丝，在锅内稍炒几下就成，若伴以些许红椒丝，那就是翠绿中抹出几笔朱红了。这种清炒，将芦蒿的本味充分体现出来，吃在嘴里，脆而香，微辣而开胃，所谓满嘴留香。最值得一提的是芦蒿炒臭干子，这已是本地招牌一绝，凭借油香与旺火，芦蒿的清香与臭干的臭味浑然一体，芦蒿因了臭干子的提携，吃到嘴里竟然是一种鲜窜的味——那真是可触摸到的"新涨春水"的清香。

那天在一家装饰有古典气息的酒楼里吃饭，照例上了一盘干丝炒芦蒿。正巧，包厢的壁上就挂了一幅东坡的那首蒌蒿芦芽题画诗。先贤文字，流韵至今，品味起来备感亲切。座中一位朋友告诉我，芦蒿还可以炖汤，也是美味，其做法简明，就是将芦蒿放入筒子骨中同炖。咦，这我可没尝过，会是什么样的味道……哪一天不妨一试。

尝鲜无不道春笋

脆嫩鲜美的春笋，趁着三月春雨绵绵的湿润，破土而出，成为盘中佳菜。因为它是春天的，吃在嘴里，自然就是春天的滋味了。

一夜春雨，笋与檐齐，是说春笋蓬勃向上，长得极快，故春笋必得适时而食。采春笋，挑那些刚钻出土层笋壳嫩黄的，才特别好吃。笋的节与节之间越是紧密，则其肉质也就越为嫩滑爽口。圩区不产毛竹，所产的多是水竹、油竹，还有雅称湘妃竹的斑竹。前两种竹，笋皆味美，唯壳上布满麻点的斑竹笋，乡人喊作麻笋或苦笋，苦不可食。下雨天，竹林里薄雾缥缈，刚破土的笋尖上挂着晶莹的水珠，清新无比。这就是"雨后春笋"，其鲜嫩清雅，可想而知。采笋时，瞄着五六寸高的新笋，脚稍一踢，啪的一声就齐根脆脆断了，虽是省事，但留下白嫩的一截在土中殊为可惜。通常是拿小铲贴住笋根斜着往土下一插，再拃着笋轻轻一提就行了。剥笋时，将笋竖割一道口子，约划至笋肉，从下到上完整地掀去外壳，笋不会断裂，切出来是完整的身条。

其实，最好吃的，是那种青润的小野竹笋。小野竹叶细枝韧，多长在荒寂无人处，如圩堤、坟滩上，混杂于野草荆棘中。其笋稍迟，约在四月末的暮春时钻出地面，恍如青玉簪，剥尽外壳，细伶伶一小条，那种绝世的不染纤尘气质，和清雅脱俗的纤纤体态，会令你观之动容。我尤喜爱小竹笋切段同肉丝一起炒咸菜，若再点缀些青莹莹的蚕豆瓣或是圆润的豌豆粒，那真是活色生鲜了。

"长江绕郭知鱼美，好竹连山觉笋香"，是东坡的诗吧。数年前，我应朋友邀请，去九华山下一个叫茶庵的地方探访民间学人也是制茶大师赵恩语先生，在那里住了两三日，餐饮山珍，无食不笋。笋是毛竹笋，肥烨壮硕，底部割断处犹有汁

液渗出，非常新鲜。剥净栗色厚壳的笋，白中稍透着一层隐隐青碧，切成厚实的滚刀块且焯过水，与肉红烧，或携上小排骨并加入腊肉同煮，无须任何调料，肉烂即食。大钵大碗端上桌，满屋子壅绕着馋人的香气。其间，我们下到龙池大峡谷的陡坡上看野茶树，方才发现如同我老家的那种小野竹无处不有，只是在崖沟石罅间更显茂盛。春风吹拂，杜鹃花开子规啼，小竹笋从漫山遍野的灌木荆棘丛中探出头来，满眼皆是。我们住的那家，白天大人采茶小孩掰笋，留下一个老阿婆坐在门口的竹椅子上剥笋壳。她将笋先撕出一点皮，往食指上一缠，三绕两绕，就成一支脱去外衣的苗条嫩白的净笋。剥满了一筲箕，就端过去烧一锅开水焯一焯，赶太阳晒出去。竹树四合的林间，一声声鸟鸣清幽。

应时而至的春笋，本身的味道已是鲜极，无须多加调味，便能充分领略其腴嫩清新的本色。春笋越往上的部分，肉越是嫩，到了笋尖，连壳也是嫩得一碰就碎。春笋烧肉丁是最简单的做法，将笋用刀拍松，切成丁，油锅烧热，入锅煸炒至微黄，即加入事先已烧入味的半熟肉丁、酱油、糖，续上水，小火焖至汤汁收浓即成。其色泽红亮，鲜嫩爽口，略带甜绵，虽是家常味道，却百吃不厌。若是花点心思，也可现学着做道春笋炒腊肉，腊肉切条，放水煮到肥肉呈半透明状盛起，然后把切片的笋在锅中煸香，再放进腊肉同炒，加红辣椒丝和青白蒜，加盐、料酒、鸡精，就成了。笋最善吸味，可谓荤素百搭，炒、烧、煮、煨、炖皆能配合有致。浙人还把笋放坛中发酵制成霉笋，炖汤喝。

笋子好吃，大多情况下都处在配角地位。仿佛清新的小家碧玉，虽居于一隅，安宁沉静，却让你怎么也难以忘怀。同时，不事张扬，是那种淡泊出尘的意境，又略带几许文人清苦的气质。

春笋的前身，是"金衣白玉"的冬笋。与春笋相比，冬笋嫩白，尤显少不更事的甜美香鲜，因此越发招人怜爱。林语堂说他自小最爱吃的菜，就是"冬笋炒肉丝，加点韭黄木耳，临起锅浇一勺绍兴酒，那是无上妙品——但，一定要我母亲亲自掌勺"。而在袁枚《随园食单》里，收录有冻豆腐一道佳肴，就是用豆腐加鸡汤汁、火腿汁以及香菇、冬笋久煮而成。李渔则称冬笋为"素食第一品"，甚至认为"肥羊嫩豕，何足比肩"！

二十一世纪初，我在竹乡广德一处农家乐山庄，被人招待尝过一味冬笋名吃：将冬笋连壳埋入红炽炭火中，烧焖出香味，趁烫剥出笋肉，以辣酱芝麻油和葱姜汁蘸食，味道热烈，风格独特，记忆颇深。但其奢侈的程度，却令我至今犹存愧疚……

　　春深又一年，一支支碧玉簪般的新笋透土了，漫山遍野浮升着蓬勃绿意。老阿婆大约又是坐在门边的竹椅上，不紧不慢地剥着笋壳，从春笋一样的年华起，每年春天都要这般在盈耳的鸟语里剥笋、晒笋……否则，春天就没有来过。

桃花有泪凝成胶

我同一大批人来到朋友老梁的山庄，赶桃花节。

雨后初晴，阳光下水汽氤氲，众多的"长枪短炮"，五彩缤纷的人流，特别是画舫和曲桥水榭之上，还有高髻广袖的女子做汉服表演，真个热闹非凡！但无论是临水的桃花，檐角的桃花，还是山坡头连畦成片的桃花，她们似乎并未因人来得多而开放得特别妖娆抢眼。

这是在老梁山庄，热热闹闹开放着大片桃花，枝头上挂满了一张张粉红的笑脸，微风一吹，淡淡的花香贴面拂来，如一个浅浅柔柔的吻。桃花开得恣意无忧，人也是满脸的心怡，这显然是不适合那种清婉的抒情和伤感的。红尘万丈，漫过纷纭旧事。那浅浅敏感的诗心，恰似桃红一点，尖尖的，略带忧伤。

我们在老梁山庄吃过午饭后，便往回赶。在车上，同我邻座的搞摄影的王君，把一包东西打开给我看——是几小团琥珀色的几近透明块状物，用手摸了摸，软软的，有点像 QQ 糖，稍有点发黏，隐隐散发着清香……嗬，这不是桃树油吗？王君点点头，说这确实是桃树上长的油脂，但正规的称呼是桃胶。我说，桃树受了伤害，伤口里就会淌出这种东西，有人说它是桃花的眼泪呢……你弄这做什么？没想到王君的回答却很出我意外，竟然是"吃"，说带回家炖成甜点心桂花桃露，或是同五花肉一同烧出来，味道都挺不错。嘿，见过有人吃桃花，那倒是挺诗性浪漫，没想到这桃树油也能吃。

因有王君这一说，从此我便多留了一个心眼。没想到仅仅两个月后，我和几个人在本市一家有名的徽菜馆子里吃饭，拿着菜谱点菜时，眼前突然出现一个"桃脂烧肉"，这"桃脂"莫非就是桃胶？我就问服务小姐姐，小姐姐点头道正是。再问

好吃不好吃？她嫣然一笑，说："咬起来有韧性，很好吃的……""那我们就试试这个菜。"我说。

菜上来了，肉烧得极红润，一看就是香润可口，我们却都把筷子朝盘子里淡褐色的"桃脂"挑去。"桃脂"滑溜溜的，像果冻，但显然比果冻结实。好不容易搛住一块送入口中，感觉比木耳更加软滑，绵软耐嚼，饱吸了油脂且有桃香味……又有点凉凉的感觉，那味道太特别了。我们都是第一次吃这玩意儿，大家显然都是兴味大于口味，为数不多的一些"桃脂"，很快就被挑尽了，光剩下肉块在盘子里。大家意犹未尽，招手再叫过来那服务小姐姐，问还有什么"桃脂"菜，小姐姐先是摇头，稍后又想起来说有一道跳墙豆腐皇里面有"桃脂"做配菜……我们说那就马上给来一个这"跳墙"的什么豆腐。后来才知道这就是勾了浓芡的一大盘菜，里面的豆腐炸过后又包了一层蛋清，滑嫩香软，配菜有虾仁、青豌豆、胡萝卜丝，那些黑黑颤颤的东西，一定就是"桃脂"了。用筷子挑了一块送入口中，果然正是刚才尝过的味道。

想不到早先我们见惯的"桃树油"，竟然也能填充口腹之欲。我记得那时每逢下过雨，桃树的伤口处和有虫疤眼的地方，就会沁出一团团的这种东西，有白色、黄色、褐色，粘在树身上，干了，就成了一团硬胶，任你在手心里揉过来捏过去也弄不缺损。

那天，我在滨江公园又碰到端着机子左瞅右瞄的王君。我向他提起吃过"桃脂"的事，王君慷慨允诺说哪天请我上他家，他教我做桂花桃露。他说很简单，就是把桃胶泡开洗净，拣去杂质，要是大个儿的就掰开撕细，接下来就是加糖炖……等到汁水有点稠了，加入切成布丁的随便什么水果，然后放入糖桂花，关火焖一会儿就好了。煮化的桃胶像是藕粉，等凉了后，再加入少量的蜂蜜和薄荷，放进冰箱冰成真正的果冻的模样……我听他这么一描述，真有点迫不及待了，恨不得马上就动手做出，盛上一碗品尝。我想，那一颗颗贮存了桃花泪水的桃胶……一定很有情调，一定饱满透亮！

有桃树和桃花真好，这会让你常常生出蹁跹诗意。我写过一篇《向往乡居》。我想，等我老去，就择一傍山近水的住处，植一片桃树，桃树开了花，看花开花落，听风去风来……或者，就寻一处比金庸笔下小而又小的桃花岛，孤绝，清极。桃子的季节下去了，还有桃胶。

青衫红袖费吟哦

晋代那个背井离乡在外地当领导的张翰，不是一个有志向抱负和大境界的人，每每秋风起时便想起家门前的莼菜和鲈鱼的美味："秋风起兮木叶飞，吴江水兮鲈正肥。三千里兮家未归，恨难禁兮仰天悲。"终于熬不住而辞掉官职回老家解馋去了。此后，许多人想方设法跑去江南品尝莼鲈，似乎大家都染上一种文人的时尚病。陆游说："今年菰菜尝新晚，正与鲈鱼一并来。"欧阳修发感慨："清词不逊江东名，怆楚归隐言难明。思乡忽从秋风起，白蚬莼菜脍鲈羹。"就连白居易也有《偶吟》："犹有鲈鱼莼菜兴，来春或拟往江东。"尽管都是他乡风物，但并不妨碍这些本来就酸水颇多的文化人借题发挥，夹带抒发一下自己的思乡之情。

其实，莼菜和鲈鱼，两者很难同时吃到。眼下鲈鱼可到菜市场买，但肯定徒有其名，游动在吴江中的鲈鱼到底什么滋味，我至今也不能确定，而发达根系连通着张翰那个时代的莼菜，倒是着着实实吃过几回。早年以为，莼菜既为秋风所催生，当是只有在秋天才能吃到。其实，春暖花开，正是莼菜最为鲜嫩的豆蔻年华，"花满苏堤柳满烟，采莼时值艳阳天"，是说西湖采莼场景的。

莼菜只出没于江南的湖沼池塘，只有烟雨的江南、水墨的江南，才滋长出这种水灵纤巧有着无比柔软腰身的尤物。在杭州西湖、苏南太湖边，人间四月天，眼见所有娇嫩就要被夏季的蓬勃奔放取代，忍不住地怅然，幸亏还有款款曲致的莼，活泼泼地奔跑舞动于水泽间，抓住它滑溜溜令人心醉的味道，也就于口舌间留住了春天的遐思。

《红楼梦》第二十八回中一曲："滴不尽相思血泪抛红豆，开不完春柳春花满画楼，睡不稳纱窗风雨黄昏后，忘不了新愁与旧愁，咽不下玉粒金莼噎满喉，照不见菱花镜里形容瘦，展不开的眉头，捱不明的更漏。呀！恰便似遮不住的青山隐隐，流不断的绿水悠悠……"春日伤怀，吟不尽黛玉妹妹及一干红楼女儿的无法排遣的愁思和无奈。此处，是将莼当作食之极品了。

其实，同鱼翅一样，莼菜本身是没有味道的，只有把它加在汤里，搭配鸡丝、火腿一类荤食，才能引申其中的妙处。叶圣陶是苏南人，深谙此物之美，曾说过，莼菜"嫩绿的颜色与丰富的诗意，无味之味真足令人心醉"。三十多年前，我在无锡的一家餐馆第一次吃到莼菜。那是一碗汤，几片细长暗碧的叶子，似茶非茶，半舒半卷悠悠然浮在有玲珑肉丸和鲜青的春笋丝打底的汤中。连汤带叶片舀一匙入口，觉得滑滑脆脆的，细品，有一种爽口的清香，很是鲜美，叫人一下就记住了那种从未有过的口舌享受。

后来一个暮春的艳阳天气，我跑到太湖边，为的就是看看莼菜的生长模样。莼菜星星点点地漂在水面上，铜钱般小小圆圆的叶，正面鲜碧，背面紫红，看上去滑滑嫩嫩，捞上来用手一摸也是黏滑黏滑的。这莼菜同我老家乡下水塘里一种俗称"蘜叶荷子"的水草十分相像，我们那里也有人初夏时采其嫩茎来凉拌了吃，但没见过有人食嫩叶的。看着那些太湖女子采莼，她们犹如采茶一般，左掠右捋，只采沉没在水中尚未及舒展开的新叶，指尖的感觉极其细腻精准。新叶小小细细若纺锤形，被一层清明的胶质包裹着，颤颤亮亮的折射着春水的光，充满灵气和诗意。据说，采莼菜是不能划船的，划船动作太大，引起的水纹会令细小的莼菜荡开漂走。只有坐在木盆里缓缓地靠近，在那些已经展开的圆叶间觅得将露未露水面的嫩芽，贴着柄上叶茎采摘，眼到手到，全凭指尖轻轻一掠。莼菜的收获期很长，从每年四月中旬至九月下旬，可每隔两三天来摘一次，七月份产量最高，唯春莼口感最好。想象中，每到采摘季节，满湖的莼菜荡漾于水面，姑娘们坐在木盆里，纤腰前探，十指尖尖，采呀采嫩莼……充满诗意。

杭州西湖边，莼被当地人叫作马蹄草，在曲院风荷、花港观鱼以及三潭印月等处浅水里都能见到。有趣的是，西湖非游览区那边池沼水面上的马蹄草多是扦插种植。有围堰的水塘，种植前先抽干水，再将一段段细软的茎苗像插秧禾那样捺入泥中。因属"体制内圈养"，看上去茎叶肥壮，鲜嫩而多汁，旺旺铺满水面。采下的嫩莼，都是被浸在水桶中，尽快送往餐馆的厨间，烹出新鲜"西湖莼菜汤""莼菜黄鱼羹"和"虾仁拌莼菜"。收获多了，一时输送不及，则可晒干长时间贮存。

烹制莼菜是有讲究的。有杭城的朋友告诉我，不论是做羹还是炒，都得先用开水焯一遍，除去苦涩。要是没有经验，火候把握不好焯老了，莼菜的颜色就会变黑变黄。所以最好是把莼菜放漏勺中在滚开的沸水里一带而过，保住碧绿的颜色，放入汤碗中待用。然后选鸡脯上最嫩的一块牙签肉（这块肉煮过了也不会柴），切成比火柴棍还细的丝，火腿也切成细丝，一起放锅内煮开捞起，浇在莼菜上，再淋上熟鸡油。碧绿的莼菜，搭配雪白的鸡脯、绯红的火腿，煞是漂亮。若做的是汤，汤中莼菜翠绿，鸡白腿红，色彩鲜艳，风味别致。

我在无锡和苏州还有吴江吃过的几回，薄衫宽袖的女侍端上来的都是鲜莼做成的羹汤。莼菜碧绿清爽的样子，与在水中的生态没有丝毫改变，依然是紧紧裹起来的纺锤形，就像碧螺春一样婀娜有致。吃起来在舌尖有些微的弹性，火腿和鸡肉浓郁的香气和鲜美之间，是莼菜滑溜的口感和清香微苦的味道，很是令人心怡。在武汉也吃过一回莼菜，虽是保鲜的，却多少有点高规格招待的意味，不过也仅为动箸前送上的每人一小碗打底子汤，是所谓"酒前先喝汤，保住胃不伤"。加了几小片水发海参的很少的几片半卷莼叶，色泽灰绿，好不容易让齿舌钩住，一捎带，就完全散开，化了，像嚼一片泡过多次的茶叶，找不到一点那种裹在胶质中噗噗吱吱脆滑的感觉。或许这种资质清纯的菜，只配细嚼慢品，根本就不应出现在推杯换盏、觥筹交错的酒气场上。

新鲜莼菜很难遇见，自己从未于此间动手问过锅镬。今春游杭城，带回一小袋脱水的保鲜莼菜，是那种不明不白的海带绿。回家后，泡发，用水焯了，将配料简化到只有肉丸和虾仁……噢，一碗清汤之中，摇曳着墨绿嫩白轻红的一片，清香满满，倒也颇对得起口舌。

记得在西湖边写下多首绝句，其中一首为：

彼自妖娆我自歌，青衫红袖费吟哦。

一笺莼素浓如染，绿到江南情更多。

扁豆花如蝶翩跹过秋风

扁豆形如柳眉，更似新月，故在我们老家被叫作月亮菜，很有点新月照清溪的诗意。

扁豆好养，只要做个脸盆大的墩子，下点底肥，揩上两粒豆种，三五日小苗萌出，在风里摇着稚拙的宽卵形嫩叶，颤着纤细的藤缠绕于周围，攀到了篱墙上。初夏时一场又一场雨水，会让它们蓄足力量，依形就势，盘旋蔓延，不多日就将整个篱墙变成一片浓绿。有时甚至会缠到晾衣绳上，要是不留神给攀上高高树梢头并开出一路撒欢儿的繁花，你只能等候收获黑皱的老扁豆了。

扁豆有白色和紫色之分。白扁豆俗称洋扁豆，阔而肥厚，白皮白肉，豆粒饱满，富足而优雅。一簇簇白花，如一只只振翅欲飞的蝴蝶，藤子攀到哪里这些白蝴蝶就飞聚到哪里。紫扁豆身形苗条而饱满，一嘟噜一嘟噜紫色蝶形花开出来时，头挨着头肩抵着肩，嚷嚷着吵闹着谁也不让谁，前面结了豆荚，后面继续还在开，一直开进深秋里。紫扁豆老了，豆粒黑亮诱人，且有道白痕如喜鹊的羽毛，故紫扁豆又名鹊豆。你白扁豆也好，紫扁豆也好，从篱墙上采下来后，都得在灶间收拾，一掐一拉，撕去弓弦和弓背处的两缕筋络，折成几截，在水里稍稍捞一下，等待下锅。

扁豆最常做的一道菜就是干煸。锅里放油，投大料炸出香味，放入肉片煸炒断生，加入姜、蒜、酱油、精盐，视肉上色，投入用开水烫透的扁豆翻炒几下，加少许水，略焖一会儿，肉片鲜香，扁豆绵软而有韧性，并能保持色泽碧绿。这样的菜端上桌，几乎所有的筷子都抄向扁豆，最后，剩在碗里的只有肉片。用火腿肉炒扁豆，亦同此理。将扁豆码着斜切成丝，热油锅干炒，再佐以青红辣椒丝和一定量的

蒜蓉，还有那么一点点芝麻酱，顷刻便是清香可口了。扁豆烧五花肉较省事，先把五花肉加老抽、糖、盐烧上色，烧出油，再投进经开水焯过的扁豆及蒜瓣，盖锅焖到最后收汁就是了。这样焖出来的扁豆，亮汪汪的吸饱油香，浸润得软绵可口，特别是那些绽离了豆荚的饱满豆粒，用筷子一颗颗挑入嘴里，能让你哑出悠远岁月沉淀下来的那种甜糯和绵软。烹制豆类，不管是豇豆眉豆还是青豆，一个最基本定律，就是少不得用蒜来提鲜，除了中途加入切碎的蒜瓣同烩，出锅前最好再放上蒜蓉略翻炒入味。

多得吃不完的扁豆，用开水煮过，在太阳下面晒干，将满腹心思收起，以后可随时拿出来享受。数年前，我去皖西参加一个会议，在花亭湖水库一个开满扁豆花的小岛上观光时，中午餐桌上便有堆尖的一大盆扁豆干烧肉。黑黑的卷曲的干扁豆中，佐以鲜亮的红辣椒片，看上去有一种农家风情的宁静与古朴……而我，却更喜欢干扁豆里面的那种阳光的味道。

作为一种暖老温贫的菜蔬，扁豆开花并不是着意让人观赏的，但这并不妨碍塑出活泼而优雅的花形为自己的豆蔻年华做最生动的标记。尤其是每瓣花的下半部都有两个小点，多么像一双飘逸而秀媚的眼，在眨呀眨……天气凉透，篱边野菊金黄，远处的乌桕和枫叶已红透，而寻常草木则多呈颓萎寥落之相。此时，一串串扁豆花依旧鲜亮地高跃梢头，对着青天，张开一双双想飞的翅和眼，不惊不惧……花如蝶，蹁跹过秋风，偶有坠落，也是那样迷人！

夜里忽来一场雨，把篱架下的虫声浇灭了好多。早饭后，一位老婆婆坐在门前小凳上，抓一把扁豆在手，一掐一拉，撕去弓弦和弓背处两根筋络，折成几截丢入筐箩里。一只麻栗色猫卧在脚下，还有几只鸡在篱笆下钻来钻去，挠着落叶寻食。那些带着小兜的蝶翅一样的花，在昨夜的雨里扑簌簌掉了一地……一个穿绿罩衫的小女孩从屋里跑出，手里拿着针线，从地上捡起花兜，一个一个穿起来，一串串的，小风铃一样，最后把它挂在脖子上。

扁豆总是和篱笆结缘深深，特别是在某一个秋日里，一片落入眼中的篱墙，仅仅因为开满了扁豆花，便让我们心头顿时感受到了家园的宁谧与温馨。扁豆眷念家园，更青睐故人，"白花青蔓高于屋，夜夜寒虫金石声"……想到儿时的扁豆篱架下的晨露与绿荫凉风，想到夜色中的蛐蛐和纺织娘幽远的叫声，于是便有了怀念，便有了乡愁。如果说清人查学礼的"碧水迢迢漾浅沙，几丛修竹野人家。最怜秋满疏篱外，带雨斜开扁豆花"，一如扁豆花开放的寂寞，是带着一种生命浅浅的哀愁；那么郑板桥的题画诗中那句"满架秋风扁豆花"，则于农耕的乡土气息中对平静岁月的流逝表露出淡淡的眷恋。

慈姑叶底戏鱼回

　　小区里有几处水景池塘，长着睡莲也长着几丛极有风致的慈姑。整个夏季，睡莲都在开花，红的、黄的、白的，纷繁而静美。慈姑长在池塘边假山的石缝和栈桥栏杆旁，有的延伸到深水区，长长的叶柄挑着箭头形的叶片。眼下，它们从水底根茎抽出的花梗上，正开着许多纽扣一般大的小白花。每一朵花，都有三枚圆形花瓣和杏黄的蕊，模样与水仙有几分相似，并不是很漂亮，而且什么香味也没有，却干净，玲珑，冲淡宁和，有身腰纤纤的小野蜂萦绕飞于其上采蜜。花底叶下，附着一些螺蛳清晰可见，许多红鲫鱼和锦鲤来回悠游，闲适而惬意。

　　我每次散步到那些水景边，总是长时地注视着这些生长着的慈姑，它让我想到家乡。家乡的河港塘汊和溪流的浅水处，总是旺旺地长满野茭白、野荸子草、蓑衣草和慈姑。慈姑最显眼了，因为慈姑与众不同的箭头形叶片还有它的白花，老远就落入眼帘。"慈姑叶子两头尖"，但慈姑的根部，却能长出许多乒乓球大的椭圆球状茎。球茎浅紫或土黄色，有两三道环节，我们喊的"慈姑嘴子"——也就是顶芽，弯弯的那样子，就是一个放大的蝌蚪形逗号。所以，才有那么多画家都喜欢画慈姑绿的叶子白的花，还有它弯嘴顶芽的可爱球茎。齐白石有《慈姑虾群》，笔底的穿插和聚散，你不知道谁是谁的补景？李苦禅的《慈姑鱼鹰图》看上去更经典：鱼鹰立于岩上回首远眺，映衬着脚底的犁尖燕尾般慈姑的绿叶，还有浅浅一点的小白花，显得那么朴素静谧，水汽氤氲……

　　慈姑为泽泻科水生或半水生植物，也有写作"茨菇"的，意味着有慈悲心怀，可慰人间冷暖。

　　在我家乡的那片圩野上，冬天到了，水塘干枯，慈姑叶子也枯败了，一些大人和小孩子就会拿着锹到处挖慈姑。犹如采撷那些无主的野藕野菱和鸡头米，谁出力气多谁的收获就多。一般来说，一个十来岁的孩子，一上午挖满一篮子不成问题。挖慈姑时，常能捎带挖到那种瘦精精的铁锈色野藕，还能挖到黄鳝、泥鳅什么的，若是刨出了一只砂锅盖大的肥硕老鳖，那就是中大奖了，一声欢喜的叫喊，引来许多人围观。

慈姑挖上来，保留着包在外面的泥，可以放上很长时间，许多人家的灶台边、菜箩里，都会有慈姑的影子。临到做菜前才洗净泥，放热水里浸泡一下，拿块破瓷片刮去表皮，就能去掉不少涩味。慈姑的吃法很多，除了烧汤外，还可先煮熟再切碎与腌菜同炒，腌菜绵柔，慈姑粉嫩润滑；也可生切成薄片，与咸肉和大蒜在一起炒熟，有苦味，也有异香。最常见的，还是和肉一起红烧，慈姑饱吸了肉的脂香，粉嘟嘟油汪汪的，虽仍有点涩涩的苦味，但是风味独具。做慈姑烧肉时，一般将其切成大拇指般大小，最好带着顶芽。也有人喜欢把一个慈姑切成两三刀，成滚刀块状，理由是块头大点有嚼头。

慈姑切开来黄白色，天生的好色相，加上材质脆实，烧五花肉又好看又好吃。农家的烧法，将五花肉切块下锅翻炒，至肉色发白时搁上盐和麦酱，放点姜，添水至淹没肉块，烧到水半干肉已上色并入了味，倒进切好的慈姑块，翻炒后续水至淹没肉块茹块，一气烧到汁干肉烂，撒点嫩蒜苗即可盛起。有一回我在一处"农家乐"吃饭，吃到了一份慈姑黑木耳炒肉片。那菜是加了辣酱的，看起来殷红一片，我错把慈姑片当成了蘑菇片，一尝之下才发现，原来是慈姑片，心下便很有点喜不自禁。

慈姑烧肉，比土豆烧肉或萝卜烧肉好，再怎么烧和焖都不烂糊，酱红的是肉，粉白的是慈姑，油润而清爽，再撒上点青蒜末，便是色、香、味俱全……吃到嘴里就更妙了，酥酥的，粉粉的，是那种很有咬嚼的、浸透了肉味而又带有淡淡苦涩的粉，粉得极有个性，有独立品位和格调，让你过口难忘。沈从文喜欢吃慈姑，他给慈姑的评价，是比土豆"有格"，真是非常精妙，大作家就是大作家，一下子就能像点穴道那般切中要义。

我当中学老师时，有一次家访，那学生父子俩正在菜地里忙活。便也拿起一把铁锹加入其中，一边干活一边拉话，气氛甚是融洽。忽然，我见那菜地边水塘一侧有大片枯萎的慈姑秆叶，便拉过学生提了锹走下去，没费什么大劲，就刨到一大堆圆不溜秋带着弯弯顶芽的慈姑……晚餐就留在那学生家，炊烟升起时，铁锅下面是熊熊的柴火，屋子里充盈了喷香的肉烧慈姑的味道。

黄心菜 PK "春不老"

冬天的菜园里，大蒜、莴笋刚刚长起来，萝卜早已舒展开宽大的羽衣，菠菜、茼蒿和芫荽菜从先前紧贴的地皮上撑开了身子，水灵灵的一片油绿。最好看的还是黄心菜，像一朵朵开放的黄花，齐崭崭排列在地里。那些地头和人家屋宅边的菜地，总是让人看不够。

傍晚时候，和几个同事好友坐在城郊一家路边饭店里，对着刚端上桌的几盘菜蔬，指指画画说到往事，很容易便勾起了对乡园的眷恋。饭店的窗户外面那片菜地，在暮色里朦胧地绿着……唯有一畦畦的黄心菜像花一样展示着，我甚至能清楚数出它们的数量，并清晰地想起它们的模样。它们确实是一朵一朵的大花，黄的花蕊，墨绿的花瓣，盛开在冬天的菜地里。

黄心菜个子不高，外叶绿色塌地，芯叶黄灿灿，叶尖向外翻卷。秀润饱满，一如乡村妹子的清纯模样，委实可爱。黄心菜在我们老家那里还有一个名字，叫"菊花心"。如果是晴朗冬日，黄心菜会把自己嫩绿的身子和灿黄的心思晒在阳光下。

"小白菜，心里黄，十二三岁没了娘……"早年听人唱的民谣，凄凄惨惨如怨如诉，说的就是黄心菜。但是直到现在，也没有弄明白，黄心菜不是在地里长得很滋润吗，这跟没了娘有啥关系？看过汪曾祺的书，知道古人将白菜统称为"菘"。而黄心菜正是由一种"乌塌菘"变化而来，在江南地区有千年的历史了，古人早有"拨雪挑来塌地菘，味如蜜藕更肥浓"的诗句。黄心菜一定是要留待下雪天吃，飘雪天气里，黄心菜味道最正。从雪地里扒出来，稍炒即烂，吃在嘴里，芳甜、鲜润……别有一种平和恬淡的滋味，犹如冬日午后的阳光，娓娓道来，令人全无争世之概。

黄心菜圆形叶片上，有无数的麻窝，显得分外肥厚细嫩，用来烧豆腐，是绝佳的搭配。把菜洗净切碎，先在大锅里炒至半熟，盛起来。豆腐用刀划块，用姜水汆一下。然后将菜先倒一点进小炉子锅里垫底，上面放上豆腐，豆腐上面盖满菜，撒上盐，搁点猪油，盖上锅，大火烧开，拿掉锅盖改小火煮几滚就行了。豆腐耐煮，越煮越有味，但黄心菜不可久煮，所以最好是吃多少往炉子锅里划拨多少，始终保持吃口新鲜。有菜叶在下面垫着，豆腐再煮也不会焦底。若是事先在锅底放几片咸肉和香菇，一同烧出来，那就是豪华版的青菜豆腐了。

南方的青菜，除了"过冬白"外，就是黄心菜和"春不老"了。"过冬白"通体泛绿，连菜梗都带着一种淡青的颜色，棵高、细，吃口清脆。"春不老"又叫"乌冬青"，也是冬天里应时蔬菜。"春不老"长到一定的高度，便不再长高，它的菜帮极矮而肥，半椭圆的勺状叶片凑得很紧，表面可以看到筋络。叶片绿得发亮，像是打了蜡一样，即使放上几日，整棵菜也是不塌不萎。"春不老"处处拿得起、放得下，清爽如邻家新妇。

"春不老"最优秀之处，就是柄短叶厚，炒出来，一盘青翠欲滴的颜色，煞是好看，味道尤佳。炒一盘黄心菜，绿叶的成分并不多，多的是白而厚的叶柄；如果炒的时间短，叶柄吃起来有些硬生。而"春不老"绿叶多，虽然也有些叶柄，但是极柔软，吃在嘴里，带些微微的甜润，几乎不留渣滓。

"春不老"还有一个长处，能烧汤。洗净，嚓嚓切几下丢下锅，只需油盐两样，煸至菜帮有些瘪了，再加入足量的水——当然，有高汤更好。盖锅煮两滚，放点鸡精和麻油，就成了。无论吃菜喝汤，皆别有一番清朗意味。要是将豆腐煮入味，再加进炒得半熟的"春不老"，放水烧汤，顺便在汤里撒一点姜米……绿的身影和白的身影就会在汤里卿卿我我，成为平和生活里的一种温润美丽的景致。

眼下，我们在这个路边店里，主菜就是一炉子锅黄心菜炖豆腐。几个配菜，分别是萝卜烧肉、腊肉蒸千张、豆瓣鲫鱼、猪蹄子炖黄豆、臭干子炒蒜苗，还有一盘深青浓绿的香菇炒"春不老"。都是一些低调子菜，犹如我们几人各自的人生，闲适，清静，虽是小聚，也别有情趣。

辣批长江小杂鱼

小杂鱼，顾名思义就是"小"和"杂"，也喊成"小糙鱼""猫鱼"，是一个数量众多的草根阶层，有鳑鲏子、小昂丁、小鳜鱼、小麻条和追着船行走的餐条子，甚至还混入几只虾子和钻来钻去的刀鳅……有一种指头般粗细的小鱼，渔民称为"肉磙子"，细嫩饱满，刺少且软，肉却硬朗，味道不一般。一盆烧好的小杂鱼，成员多，品种杂，各有各的味道，吃了一盆鱼即吃了不同的味道。

很早的时候，长江里有种小鱼叫鲚鱼，比小手指还短一点，形似鳑鲏，细鳞光洁，通体透明，活鱼即可透视肚中内脏。如此娇嫩小鱼，居然敢在滚滚洪流的长江里混，不禁叫人稀奇。它们离水即死，却是鱼中上品，腴嫩至极，连头嚼咽，可不必吐刺，味道是没的说。秋天的傍晚，如果你在风平浪静的江边看到水面上细浪粼粼，像在下毛毛雨，就是鲚鱼成群结伙到近岸浅水区觅食了。

那时，长江里的小杂鱼多如牛毛，人们戏称：捧一捧江水，手心就有一条小鱼。淘米洗菜时，常能用篮子兜到许多火柴棒那么长的小鱼秧子。春夏季节的水草丛里，谈情说爱的鱼打起水花啪啪响，将水面弄得波光闪烁。江边有很多搬小罾网的，这种小罾网只有四五米见方，用两根交叉细竹竿对角绷起，一根绳子直接拴在网架上，守株待兔似的等上一会儿，用力拉起绳子，罾网就出水。有时候很有收获，网心里有许多小鱼乱跳，有时候也能捕到鲤鱼、鲇鱼、翘嘴白和螃蟹。

时过境迁，许多鱼都从长江里消失了，像娇嫩的鲚鱼，受不了污染水质的折磨，早已随着鲥鱼一同告别了我们。剩下的一些小杂鱼也是身价倍增了，甚至成了一些饭店的招牌菜，要好几十元一盘。

小杂鱼清洗容易，不必动刀剪开膛剖肚，抓一条在手，另一手的大拇指甲贴着鱼尾向上一推,批尽鱼鳞,顺手在鱼胸鳍处一掐,掐出口子,一挤,里面一团肠杂就全出来了。掐鱼时手下稍留点情,只需挤出胃肠,鱼子留在腹中,小杂鱼的子细嫩软和,实属鱼中美味。要是胆没除掉或是弄破了,鱼肉带上苦味,舌上的味蕾就有些纠结了。碰上昂丁或是痴咕呆子鱼,只要掐住鱼鳃那里往下一扯,就把内脏拉出来了。小杂鱼收拾干净,以家厨的技艺烹调,关键就是一个辣。"烹"不同于"焖"或"煮",要重用辣椒,可加适量上汤,烧至浓稠,小刺卡全都软扒下来,满嘴辣乎乎的,辣得够劲,方才香鲜无比。

过去农家烧小杂鱼,在锅里煎好,放入葱、蒜、水磨大椒和自家晒的板酱,再倒进一碗水,将鱼全部浸没,盖锅焖至汤水收去一半就行了,出锅前撒点芫荽或青葱。如果混入几只虾,不仅起鲜,而且红红的颜色十分漂亮惹眼。寒冬腊月,小杂鱼盛进碗里,一夜过来冻成鱼冻,味道绝对鲜盖帽儿了。记得小时候老人常说,吃鱼冻子能把家都吃穷的,即鱼冻特别下饭耗粮食,桌上有一碗鱼冻,煮饭时就得估量着多下一碗米。要是把小杂鱼煎得干硬一点,和切细的雪里蕻在一起烧,放上一勺猪油,加点红辣椒丝和青翠的蒜苗,佐酒佐饭都是极品,其对味蕾的刺激,几乎达到无以复加的地步。

然而现在馆子店里对小杂鱼的通行烧法,首先在油锅里将鱼炸透,再加入姜、葱、蒜和红尖椒以及料酒、老抽、糖、醋一同烩煮,直煮到色泽微黄、肉骨皆酥为止,起锅前以水淀粉收汁。讲究的是小鱼整吃,从头到尾,放到嘴里嚼,不用吐鱼刺,酥香鲜美,微透酸甜,食后齿颊留香。即使是在"农家乐"吃的那种多汤的煮法,也是先经油炸定型,煮时多加辣椒,吃时鲜中带辣,辣中生香,是任何有土腥气的养殖鱼都不能比的。

长江小杂鱼里有一种"船钉鱼",也是一种"肉磙子",大小如一支最粗的签字笔。"船钉鱼"本有较重的腥气,但经花椒、大茴和糖、醋、盐等作料腌过,带上麻辣味,在油锅里略炸定型后,用锡纸包了烤出来,嫩如奶酪,贴着鱼脊一吮,肉就落嘴里,香得死人……但一定要趁热吃,越烫越好。

色相诱人的鱼杂碎火锅

这是一家长江鱼馆，遇上有新鲜的大鮰鱼的杂碎，让厨师给烧一个。不过要碰巧，这不是能经常吃得到的菜。若是三五个人想吃点乐趣，我通常是选在这里，没有长江特有的鮰鱼的杂碎，普通的大鯶子鱼的下水也行。若是正碰上怀子的江鲤，那鼓突的肚子里出货可就多了。

满满一锅咕嘟嘟冒气泛泡的鱼杂碎端上桌，灿黄的鱼子，乳白的鱼鳔，还有深灰的鱼肝肠，点缀有火红的干辣椒、黑的木耳、鲜青的蒜叶或芫荽菜，可谓色相诱人，哄过了眼睛哄舌头。先尝尝鱼子吧，鱼子结成一团，饱满而硬实，整块嚼着，有点磨牙却是非常带劲；抄一块鱼鳔咬入口，稍不注意，会从泡泡里溅出烫舌头的汤汁来；若是捞到了一段鱼肠，舌头轻轻一裹嚼起来绵软松爽又有咬劲。这鱼杂碎火锅的最大特色，就是越煮越香，越吃越有味，越淘越有货，可以让你身心俱浸在一层鱼杂红汤的鲜香之中。

鱼鳔又叫鱼泡，或是鱼肚子，并非鱼的胃袋。在菜市场，人们买了鱼请鱼贩子收拾时，一般都是弃掉鱼腹中一应杂碎。这些鱼杂碎洗净做出花样来，在很多人眼里虽不大上得了台面，但却绝对能讨好舌头的。真正的鱼杂碎，还应包括俗称"鱼划水"的鱼下鳍，和肥腴而有嚼头的鱼背翅。要是那种十来斤的大鱼的背翅或是尾鳍，砍下来加上鲜鱼露、蒜汁腌过，入油锅炸透，撒上少许椒盐或是孜然粉，便成一道让人念念不忘的下酒菜。我在本市黄山园餐馆吃过一回鱼唇，全部是剪的铜钱大的鱼嘴下面的那一块活肉，鲜嫩细滑，丰腴却不腻喉。所以，碰上绝妙的鱼杂碎，如我这般的食家老饕当是雀跃不已。

不知道是否所有的鱼肚菜都属徽菜谱系？但二十多年前我在歙县一家正宗徽菜

馆里吃过一回纯粹的红烧鲇鱼肚，满嘴软脆，浇汁浓香，至今难忘。

那是在屯溪参加一个文化活动，结束后，几人驱车徽商古道，经歙县到三阳，过金川，入浙江往千岛湖。我们先在湖滨找了一家据说是远近闻名的水上餐厅，指着水池里的花鲢鱼，现抓现称现做，一鱼三吃。新安江这条徽州的母亲河，汇聚成了一碧万顷的新安江水库，新安江水库成就了旅游热词千岛湖，千岛湖水养育了肥美的湖鱼。又见大堂里一溜排洁净的炉灶，上面排列着一只只瓦罐，炖的是土鸡山菌，遂也要了一罐。最后见菜单上有"七彩鱼羹""秀水鱼鳔"，我不觉眼前一亮，嘿，碰上对路的菜了……仔细问过服务生，知道冰柜里还有少量新鲜鳔，且正好就是鲇鱼鳔，不问价钱立即点下。

那一盘鲇鱼鳔没有浓油酱赤，看来是徽菜的一种现代改良版做法，内里加了红枣、枸杞、龙眼，白的是蒜瓣，黑的是芝麻粒和石耳，鲜红的是辣椒丁。香味飘出，未及动筷，喉咙里就要伸出小手来。鱼鳔勾了点芡，上口更是柔糯润滑，带点辣味和原始鲜香，极有韧性和弹力，却又脆嫩异常，顿让你领教了什么叫人间美食、鲜绝人寰。结果是那一餐我们几人吃得撸胳膊挽袖子，真是畅快淋漓至极！

鲢子头 鳙子尾

江南许多地方通常把鲢子和鳙鱼都叫成鲢子鱼，其实，头小身白的是鲢子，头大的是鳙鱼。鳙鱼这名字太文雅，没人喊，都喊"胖头"。凡性情迟钝的，头就越发超大，鳙鱼性憨，所以才长成了一颗胖大的头。头大了有一个不好，就是容易被人取走，菜场里常见无头案，地上摆了一排无头的鱼身，鱼头都被人斜着一刀砍走了，剩下鱼身子放那里以低于鱼头许多的价格出售。

"鳙之美者在于头"，鳙鱼一颗脑满的肥头，最易烧入味，是历来被美食家所推崇的好食材。鱼头最好吃的地方，是两边鳃壳后的两团螺纹状的肥肉，白嫩丰腴，油而不腻。鱼脑髓颤颤的，滑滑的，筷子都挑不起来。还有就是鱼头上连接各种形状的头骨之间的那些软皮，因富含胶质而特别鲜美。

鱼头是各路店堂的挑大梁菜，但于家厨中将鱼头做得风生水起也不难。买来大小适中的鱼头，抠去鳃叶冲洗干净，用刀由下颌处剖开，不要劈断，呈"合页状"的一个大片。晾干水后用料酒、精盐略腌，放盘中以旺火蒸十五分钟左右取出。锅里倒油，投下红椒丝、冬笋片、青豌豆入锅煸炒，烹入料酒、酱油、汤、醋、白糖、精盐、胡椒粉等，烧沸后用水淀粉勾芡，端起锅浇在鱼头上。特点：鱼肉鲜嫩，色彩繁复，口味酸甜微辣。

鱼头做汤，把带了一段胸肉的鱼头从中间劈开，达到可以摊开平放就行，抹上盐、白酒、姜汁，腌半小时。鱼头的内外两面都煎香，盛出备用。把葱、姜、蒜爆香，放入煎好的鱼头，再放糖、盐，略浇点那种不上色的生抽，烧出香味，转入一只胖胖的砂锅里，倒满水，大火烧沸，转小火盖上盖焖上半小时。汤色浓白如奶，那个香气简直要醉人……特别是鱼头酥烂，稠浓粘唇，却还保留本来面目。

芜湖人最喜爱的是鱼头炖豆腐。鱼头一样劈开，先在油锅里两面煎焦黄，盛起，洗净锅，爆香红尖椒和姜、葱、蒜还有板酱等调料，倒入满满一大碗水，放齐料酒和盐、糖、醋，烧沸，放入煎好的鱼头，大火猛烧入味。再将鱼头连汤带水倒进一只大号胖砂锅里，放火上继续烧。豆腐切小块放入——豆腐若先在沸水里汆一下可以去豆腥气，直接放入则更白嫩，也有人将豆腐在冰箱里冻酥，似更容易串味。同样，豆腐在鱼头锅子里炖老一点，入味；短时炖，则鲜嫩适口。若是嗜辣的，辣椒可放到红艳四射，就像馆子店里以"开门红"和"红翻天"命名的鱼头那样。起锅前，不要忘了撒上香葱芫荽或是青蒜叶。对着这样一砂锅鱼头炖（本地人将"炖"发音为"笃"）豆腐，几个朋友把酒且饮且聊，可以倾诉尽人生所有得意和失意。

鲲子尾为什么好吃？首先你要了解到鲲子是鱼中力气最大的猛士，在水里，鲲子一尾扫来能轻易将人扫扒倒。大名称作鲩鱼的鲲子，有草鲲与青鲲之分，二者都是鱼雷一样的流线型身材，只是前者灰白色，稍有肚腩，爱群聚凑热闹；后者青黑色，肌肉更结实饱满，为独行侠。嘴前突的草鲲吃草，连草根和硬邦邦的草梗都吃，生活在水的中下层，太阳晒得到，为灰白色；青鲲口在唇下，便于搜索螺蛳吃，平日里都在阳光照不到的深水底层独来独往，潜龙在渊，故颜色青乌。若论肉质鲜美，吃螺蛳的当然要胜过吃草的……所以人家腌鱼都挑青鲲，青鲲腌晒得好，肉里能出油。以此类推，青鲲的尾自然也比草鲲的尾好吃了。

鲲子在水中，尾巴是它们一招制胜的武器，尾巴轻轻一搅，哗一下，就是一个超级大漩涡。鲲子的精气神全都集中在尾巴上，它的尾部是一种胶质肉，细嫩鲜滑，肥厚而香腴，你用筷子夹进嘴里，只管顺着大卡一吮，肉就下来了。特别是尾鳍上那层灰黑的肉膜，滑溜爽口，真是旷世奇才。还有尾梢，脆嫩可嚼，那滋味不比鱼翅差多少。

我在菜场只要看到有分解开的一段鲲子尾，不管多贵都买下来。有一次，买到了一条长老级的从长江里捕上来的特大青鲲的尾巴，先用红油炸香，再下配料，煮了一大锅，煮到汤水全部变成了醉生梦死一般的浓厚胶质，黏滞得筷子都扒不开……叫来三个朋友，美美吃了一顿。

只缘感君一回顾

苏式熏鱼味道是甜的，甜得如同吴侬软语，甜中又携着咸，咸中透着鲜。其外观呈琥珀色，入口软绵紧密，鱼肉香脆韧柔，丝丝缕缕，极耐咀嚼。

席上常常以精致小碟装着摆上来，算是个开胃菜，坐等正菜之前，可以举箸先打牙祭的。在一些卤味熟食店里，也少不了有熏鱼出售，甚至还是一些茶食店的招牌菜，比如苏州的采芝斋、上海的老大房，以及芜湖早前的五香居，都以苏式熏鱼出名。

我在北京也吃过熏鱼，北方的熏鱼和南方的不同，重用一些刺激的香料，口味上是浓彩厚抹。南方的熏鱼像南方的女人，秀容清丽，味道柔和得多。

许多人不知道，熏鱼并不是熏出来的，而是油炸出来的。说到炸鱼，我们这里春节时乡下和城里好多人家都炸。弄来一条十多斤的鲲子鱼，青鲲草鲲都行，当然青鲲最好，青鲲是吃螺蛳的，肉更紧凑结实而少草腥气。将鱼洗净沥干，由背部砍开成两大块，再分别切成厚薄适中的片。不能切薄，薄了一炸即干，失了条分缕析的柔和，也不能切厚，厚了炸不透，味道渗不进去，以小指甲盖横过来那么厚为最佳。要是懂鱼性又有几分腕力，也可以按着骨节切下，一节即是一片，绝不厚此薄彼，看着就舒服。

这样的鱼炸出来，只是为了好贮存，来了客人配菜方便，不至于手忙脚乱。临吃时抓几块炸鱼放入锅里，加绍酒、酱油、米醋和糖略烩一下，勾点淀粉就可以装盘端上桌。这种熏鱼可以热吃，也可以凉吃。在山重水复的徽州一品锅里，亦能见其身影，是和白切鸡、板鸭、鱼丸、肉圆、蛋饺、水发肉皮等跻身一起，底下铺着白菜粉丝……但是，此熏鱼非彼熏鱼，这只是一般熏鱼。

做苏式熏鱼，一道关键程序，就是鱼炸好后要放进糖料卤汁里浸泡入味。我的一个堂婶，苏式熏鱼做得好，就是因为重视调制糖料卤汁。她的糖料卤汁，都是用筒子骨汤打底子，将熬了一夜的筒子骨汤除尽油花，用纱布滤去浮渣，烧开，大把地放糖，糖要放到再也化不开为止。然后倒入老抽代盐，并不断搅动，以防锅里结底有焦煳味。最后撒上一点花椒提香味，花椒不能久煮，煮长了会麻舌头，花椒一放入马上就熄了灶火，靠余温把香味调出来。我的这个堂婶对吃真是讲究到入细入微，叫人叹为观止。那时还没有冰箱，堂婶的卤汁做好后，就用一只瓦罐装了，放在篮子里用绳子吊到井底冰镇——堂婶称这叫"收凉"。千万别小瞧了这制卤和浸卤，千宠百爱皆在其中……只缘感君一回顾，浸了卤后，苏式熏鱼的迷人风韵就全出来了。

到了年底，菜市场边便出现许多做蛋饺的、炸圆子的、抹春卷皮的和灌香肠的小摊。这样的风景，从南到北都一样。我在北京的菜场见过的炸鱼摊，多半是一对夫妻档，言语中能听出安徽无为的口音尾子。若是张罗下了生意，男人便会拎起脚边分段卖的鱼，按对方所需砍下一小截，称好分量，刮鳞洗净，切成小块。站在一旁的顾客往往会紧跟着说："切薄一点哦……师傅。"一切弄好，旁边的女人就用一双长筷夹了鱼片投入油锅里，锅里的油马上就沸腾起来。女人时不时地用竹筷翻拨一下，顾客则会叮嘱："炸透，给炸透一点哦。"几分钟就炸好了，拿漏勺将鱼片捞起，稍微控一控油，放到旁边一个调料缸里泡一泡，有时会用红曲给你上色，还撒点大约是五香粉之类的粉末，装入食品袋，一手收钱，一手交货，这熏鱼就可提走了。但是这同苏式熏鱼还是有点差距，就是因为那调料的味道弄得太浓了。我亲眼看过他们把葱姜末、花椒、酱油、米醋、白糖更有大料、桂皮、茴香、草果等放油锅里爆香制出卤汁，你想想这哪还有苏式熏鱼清润软和的风韵。其实，家里炸和摊子上炸无甚区别。家里没有那么大的锅，也没有那么高的油温，炸不出块大色黑肉紧的效果，那就切小块，慢工出细活一样补偿起来。起一个油锅，油要尽可能多一点，能让鱼浮起来。油温上到快要冒烟时放入鱼块，或许一次只能放入一两块，放多了，鱼块在里面转不开身，会粘到一起……又因为鱼肉易碎，所以不宜多翻动。如果水平实在不行，可以将鱼块放在平底锅中，两面煎定了型，再投入大油锅中炸，至鱼肉表面金黄，肉身硬挺，就可以了。炸好的鱼，刚一出锅就浸入冰凉的卤汁里，"刺啦"一声……冷热交锋的效果，就是能让鱼皮立即变脆。浸泡上十来分钟，便可以直接食用。要是像"泡吧"那样泡上一夜过来，调料全都细密渗透进丝丝缕缕的鱼肉里，味道更浓郁，吃起来更香酥。

在炸鱼前，也有人用葱姜、黄酒加细盐将鱼块先腌两三个小时入味。炸好一批后，把前一批浸泡在卤汁中的鱼块取出，装盘；再炸、再浸……需要提醒的是，家里做，总是容易炸老，须眼睛多看紧一点，见鱼块表面稍有黄色就捞出。油温高，过火时间短，方能保持外焦里嫩，不会吃起来鱼肉干干的。要是拖泥带水给炸老了，就全没了苏式熏鱼的风韵，吃不出那意思来，唐突了香软甜醇的美人，就很有些遗憾了。

有江湖味的老鸭汤泡锅巴

英雄不问出处，一些菜肴师出无名，却可能给你带来意外享受。从《金瓶梅》中的绚烂食色到《水浒传》里的大碗喝酒大块吃肉，莫不江湖。口腹之乐，少了江湖味，就不能算是完美。

一些美食，本来就是可遇而不可求。皖南山区同圩区交界处的葛林分界山，是218国道边的一个小镇，二十多年前兴起一种名吃"老鸭汤泡锅巴"，许多人是打这里路过时，于无意中享受了这种颇有江湖味的美食。

这当然是南方的江湖。分界山这里有山有水，林秀水清，自然环境宜人。当地出产一种俗称"瓦灰麻"鸭，细颈平背，不肥不瘦，略具骨感之风韵。一般选用的都是两斤半左右的二龄母鸭，经宰杀、煺毛、剖腹收拾干净后，放入大锅中先用大火滚上一遍，捞净浮沫，再放入葱段、生姜等调料，用树苑柴火慢慢煨透。只是盐一定要中间放，盐放早了，鸭肉僵硬，其味塞滞难出。

煨好的老鸭，盛在大瓦钵里端上桌，汤汁澄清如水，上面漂着青碧的小葱和薄薄一层黄亮油花，喝入口中，那股鲜醇滋味，绵绵柔柔，直渗入你的味觉深处。鸭肉暗红，肉丝细腻，酥而不烂，筷子一拨即能脱骨，用不着你龇牙大嚼。锅巴，则是当地出产的一种细长晶莹的小稻米经柴灶炕出的，焦黄光亮，芳香扑鼻，干吃，入口松脆，极勾人食欲；若投入老鸭汤中，尽吸汤的鲜味，又脆又香，入口酥融，用俗语说法，是"打耳刮子也不放"！

盛夏或秋燥时，界山的老鸭汤最是招引人。尤其到了红日西斜的傍晚，喝老鸭汤的餐桌连片成阵摆到了屋外，或是浓冠的树影下，许多车子就停在路旁。瓦钵大碗，食具极是简单朴拙。而来客——无论你是开宝马还是坐三轮车来的，抑或从大

货车上跳下来的，都是抖抖风尘随便拣张桌子就坐下。风生水起，南腔北调，这比那些名为空调雅座实为闷罐的食府包间有意思多了。

鸭属凉性，这种老鸭汤健胃解暑、清热生津、利尿，很适于体内有热、上火的人食用，为食疗滋补的风味小吃。我想，若能推出以补中益气和养血养肾为方的黄芪老鸭汤、当归老鸭汤、枸杞老鸭汤，扩大内涵，做好品牌，编出一部新版《葵花宝典》，当是功莫大焉。

追寻口腹之乐，并不见得都是些害馋痨病的人。其实，冬日夜晚与三五好友开辆车来界山，叫上一钵热气腾腾的老鸭汤，再让店家炒几个下酒的菜，送上一堆锅巴。屋子里暖融融的，先来一碗烫嘴的汤吸溜着喝下肚，一身寒气顿消，再慢慢品尝那些筷子能夹得着的美味，谁说不是一番境界？人生本是五味瓶，想吃的无缘多食一口；寻常味道或是一些苦口酸涩的无奈，倒是时时在嘴巴中驱之难去。如此说来，鲜，也就是人生一种最佳状态了。犹如我们双手捧着那老式青花碗，噘起嘴，溜着碗沿畅快地连汤面上的油花一起喝下时，虽欠文雅，但却很江湖，也最接近美食的本源。

曾听人说起过一句话，叫"前半生吃肉，后半生出家"，到现在也不能精确弄清其所指。却是想起梁实秋曾说过的那句话：一饮一啄，莫非前定……

闻出了一品锅里的经典味

那年深秋，和同事老汤从牯牛降下来，途经祁门，老汤的几个在那里搞房地产开发的朋友请我们吃一品锅。

一品锅，早闻其名而一直未得朝里面下箸。等菜的时候，他们打牌，我照例往后堂看做菜。一位上了点年纪的师傅在案板上切肉，煮得半熟的肉看上去瘦多肥少，皮薄而富有弹性，切成大片之后，下锅添加酱油、黄酒、姜和八角红烧，烧得香气扑鼻。灶上的几口精钢锅里，分别盛放着冬笋片、水发香菇、蛋饺、肉圆子、豆腐果还有鸡块、火腿、肚片等等。另一个年轻的师傅将这些材料分别一层层码在一只生铁耳锅内，铺上一层粉丝和菠菜、金针菜，再盖上刚切出的肉片，注入高汤，然后架在一只木炭风炉上煨。

那个有点年纪的厨师告诉我，一品锅讲究器物和烟火，关键环节就是煨。菜码入锅里后，首先要旺火把气顶上来，一小时后慢慢减弱火势。锅内要保持水量，加水时不要揭开大盖，可从锅壁上流入，锅盖四周若有漏气，要用湿毛巾堵死，使其煨出浓香。经两小时汤火攻煮，即可端出来食用。一品锅里肉酥汤浓，原汁原味，看上去都是膏腴之物，因配有干果蔬菜，故而油气不重，丰厚，润泽，香醇，过目难忘。

我们显然等不及那么久，一个多小时后，一品锅连带着下面的炭火炉子端上了桌，边煨边吃，有点类似火锅。五花八门、各举旗号的菜肴分铺成若干层，底层配料称为"垫锅"，一层菜一个花样，谓之一层楼，有"五层楼""七层楼"，楼数越多，层次越高越好。锅里的菜，油而不腻，不老不嫩，熟度适中，使口味一触即发。单那五花肉，便烧得近似东坡肉，入口能化；筷子夹至唇边，吹吹烫，一口咬下去，还没玩味，已经下咽……只要你不怕像陈佩斯演的小品那样烫了嘴和食道。几个人筷起筷落，吃一层，露一层，露一层，吃一层，翻不完的好奇，夹不完的新颖。

当地一位作陪的领导见我们吃得高兴，就即兴讲起了一品锅的由来。当年，祁门这里曾是曾国藩率人与太平军几番殊死血战的地方，一次粮道被切断，曾国藩以为"万难支持"，写下遗书，准备营破之时即自裁。还有一回，李秀成部攻至祁门，却误认为城内有重兵把守，绕道而过，使曾国藩又一次死里逃生。当时的清朝江北、江南大营均被太平军端了锅，全靠湘军苦守皖浙之地勉力支撑。曾国藩在祁门时，粮饷断绝，遂令手下将士就地取材，搜罗到什么吃什么。有时偶得一只鸡或一挂猪肉，便同山笋、干豆角、豆腐、挂面等等一锅搅熟了，端上来大家同食。曾国藩剿灭太平军后，一次偶同几位官居一品的下属聊起在祁门的艰难处境，遂将当年大家一同下筷搅捞的"一锅熟"改名为"一品锅"。

说起一品锅，还有一个重要人物不能不提，就是那位一身戴过十多顶博士帽、骨子缝里都透着优雅气息的胡适。胡适任北大校长时，常在家中设宴，当家菜必是一品锅。他用一品锅招待过绩溪的女婿梁实秋，还以一品锅宴请过自己的恩师杜威，赢得举座赞誉，成为美谈。每当一品锅端上了桌，这位文化大佬便口中念叨："此乃家乡名肴，务请诸君赏光，品尝一下，地道的家乡味！"若是对着外国客人，他会说得更加诚恳："这个菜是地地道道的中国菜、徽州菜、绩溪菜、家乡菜，大家别客气，务必要尝尝……"如今，在梁实秋的文集中仍可找到如下的描述文字："一只大铁锅，口径差不多二尺，热腾腾地端上来，里面还在滚沸，一层鸡、一层鸭、一层肉、一层油豆腐，点缀着一些蛋饺，紧底下是萝卜、青菜，味道好极。"据胡适自己在日记中透露，每逢工作压力过大，或感觉情绪压抑之时，便会到厨房去，烹制这道家乡名菜。所以现在的绩溪一品锅，又名"胡适一品锅"，特别是在上庄，凡进馆店，撞头撞脸的皆是一品锅，且无不宣称自己就是一品锅的宗源。"胡适一品锅"是绩溪一品锅的一种演绎版，胡适为推介徽菜走向世界做出了重要贡献。据说，胡夫人江冬秀也是一位制作绩溪一品锅的高手。

为什么一品锅能在徽州大行其盛？从社会学和地缘学角度来看，徽州地多险阻，关山难越。如有远方来客，莫不欢欣鼓舞，招待有加，倾其所有野味家珍，集成一锅，大家围炉而坐，边吃边聊。举筷之间，山上的风光，四野的美气一样样从

牙床上滚过……正所谓菜千层，人一圈，料有别，味无穷，出神入化杯杯酒，惬意温馨融融乐。从此，一锅徽菜就扬名立万。

由此看来，这一品锅也就是大杂烩的代名词。只是后来的徽厨对此进行了集大成的整理加工，使口味的远足和悠游成了举筷之劳的事。可叹的是，在一些店堂里，随便弄几样荤素菜放在一只铁锅里，架上炭炉给你端上桌，堂而皇之地自命是"一品锅"。去年冬天，一个朋友请吃饭，是在商业街上一家门面有点气象的店里，点了一品锅，端上桌来，竟然就是在锅底铺了一层黄芽白和千张疙瘩，上面盖了薄薄的几片白切肉和一些时过境迁的鸡块。

面对这样的一品锅，我不由得又想起在祁门见识过的那情景：一眼望去，黄色的是蛋饺、金针菜，红色的是火腿片、鲜虾，绿色的是菠菜，棕色的是肉圆、香菇，白色的是鸽蛋、肚片、冬笋片，五颜六色，不一而足，齐聚在一个咕嘟嘟冒着热气的有耳的铁锅里……这样的一品锅，哪怕是盖着盖子，只要稍稍吸动一下鼻子，就能闻出一片经典味！

长毛的豆腐

徽州两大名菜，臭鳜鱼和毛豆腐。论名气，毛豆腐当在臭鳜鱼之上，因为毛豆腐更有人缘。在屯溪、歙县、休宁一带行走，随便找一家路边店，就能吃上非常道地的毛豆腐。毛豆腐，顾名思义，就是表面长出一层或灰或黑霉毛的豆腐。和臭鳜鱼一样，好端端的东西不趁新鲜吃，却让它臭了长出毛了才吃，好像有点不可思议……然而，正是凭借这种发酵，豆腐原有的蛋白质被分解成多种氨基酸，化腐臭为神奇，才有着无比的鲜美。

"骗孬子不吃煎豆腐"，是一句坊间俗语——"孬子"即傻子，智障者。我的一位长辈坚信这句话错了，原本应是"骗孬子不吃毛豆腐"。他的理由是，煎豆腐无论于视于嗅其香美都是没有疑惑的，只有外观不好的毛豆腐才容易让不明真相的人错过品尝机会，而且毛豆腐之味美远胜过煎豆腐。毛豆腐闻着臭烘烘，如果没有一定的心理承受力，是不敢染口的。当你经人撺掇，尝上几口之后，就会应了徽州人常说的那句话，叫作"吃着毛豆腐，巴掌打到嘴上都舍不得吐"了。一方水土养一方人，这就是地方特色。

我孩童时生活的那个县城，地缘接近徽州，故常在街头见到卖毛豆腐的。他们挑着火炉担子，一边"嘀嘀嗒……嘀嘀嗒……"敲击手中竹板，一边拖长声喊着"毛——豆腐哦"。担子的一头多层抽屉里盛着毛豆腐，上置香油瓶、辣椒酱罐子和碟子筷筒等物，有的还置有酒坛子；另一头是带柴连炉的平底锅，上有沥油的小半圈铁丝网，炉下存着细干柴。有人光顾，就歇下担子，取下挂在扁担一头的小长条凳让客人坐下，吹火筒一吹，毛豆腐在炉子锅上"刺啦啦"响着现煎。微风吹过，香气阵阵散开。待到豆腐上白毛倒伏，煎到两面金黄，用小碟盛上，倒点酱

油，浇点辣椒酱递给客人。看别人吃得那般津津有味，你在一旁不馋也要吞咽口水——特别是在你已有过几次品尝经历之后。

这些年，每去徽州，只要有机会，我都尽可能上街头吃一回道地的毛豆腐。刚刚出锅的毛豆腐，油光光的，那层长毛的表皮，经过油炸之后，齐齐倒向一边，成为筋拽拽的很有韧性的一层，包裹着里面酥软的豆腐，吃在口里满颊生香。而在馆子店里，传统的烹饪方法，同样是将毛豆腐煎至两面发黄，再加入多种调味品烧烩，香气溢出后，涂以辣酱端上桌。咬上一口，烫得哈气，香得叫绝，辣得吐舌……尤其是像我这样既怕辣又禁不住鲜美诱惑之人，真是遭罪了。

毛豆腐除煎吃外，还可以油煎后用笋干冲汤，那也是一道鲜醇可口的徽州名菜。在诸多烹制方法之中，我最喜欢红烧毛豆腐。红烧毛豆腐有种独特的气味，淡淡的臭与浓浓的香在空中飘荡缠绕，勾人食欲，令人垂涎。当然，红烧毛豆腐不要放太多的辣才好，应有冬笋、香菇、火腿助阵，烧到汤汁收浓时，撒入葱花起锅装盘，将毛豆腐整齐盛放，盖上余料，即足以令人赏心悦目。

在滇中行走，到处都是烤豆腐的，把一块块麻将牌大的发酵豆腐放在炭火的铁架子上烤焦黄蘸调料吃。徽州毛豆腐也能烤着吃，用文火烤到焦脆，浇上辣椒酱吃。毛豆腐的烹制方法多种多样，油煎、红烧之外，可蛋炒，亦可清蒸和氽汤，想怎么吃就怎么吃。只不过现在的煎法、吃法和以前的有些不同，尤其是饭馆里基本都是用油浸炸，或者用铁板红烧，口味较之以前当然改良不少，但毕竟少了一份传统吃法的情趣。

听徽州人摆谱，毛豆腐大致可分为四个品种，即鼠毛、兔毛、棉花毛、蓑衣毛。鼠毛较短，呈灰色；兔毛也短，起条，呈青白色；棉花毛稍长，整绺的，白色；蓑衣毛最长，紫酱色，色香味最佳。毛的长短，颜色的差异，除了豆腐本身质量的优劣外，还取决于气候的变化、温度的调节。煎的过程中，由于白毛厚薄受热的不同，金黄中会现出几丝深色条纹，这便是"虎皮"毛豆腐的由来。

说起这毛豆腐的来历，徽州地面上有几个版本，但无一例外都扯上那个苦出身的朱皇帝。通行的说法是，朱元璋还是小叫花子时行乞到徽州，在一个破草棚里安身。一天，讨得一碗长满白毛的豆腐，没舍得扔掉，就顺手点了一堆火，把发霉长毛的豆腐烤了来疗饥。没想到烤出来的豆腐，竟有一股扑鼻香气，吃在口中感觉无比的好……后来，随着这小叫花子后来坐了天下，霉毛豆腐的事一经附会演绎，徽州就有了这道名点名菜。

　　说来你也许不信，我的一个徽州籍朋友，就是因为贪恋家乡毛豆腐，多次放弃了去省城合肥发展的机会。用他的话说，是"至今思香味，不肯过长江"。其实，眼下不论是芜湖还是合肥，毛豆腐铁板烧进入菜馆酒楼，加入许多佐料，成了徽州风味的地方名菜。我甚至还在北京雍和宫那里吃过毛豆腐哩。当然，要想吃上本色毛豆腐，还是在有着徽州古民居背景的街头，那才入情入味。

　　毛豆腐个性鲜明，不自轻自贱，且随和易交往，它既扎根街头大排档，又能跻身各类盛餐大宴。

梅雨与霉干菜

就像梅雨也叫作"霉雨"一样，霉干菜也被称作"梅干菜"。其实霉干菜同梅雨并无时间上的干连，只是都产自长江中下游梅雨带地域，于是，霉干菜才有了浓郁的江南味道。

如果认为霉干菜就是芥菜、大白菜或雪里蕻腌后晒干就成，将咸干菜和霉干菜当作一回事，那就错了。其实，真正的霉干菜，都是从腌菜缸里拉出来放锅里蒸煮后，再扎成一小把一小把的，挂竹竿和绳索上（有的直接摊放在桥头或河边的石头上）晾透晒干而成。有时，晒得半干时还要回锅蒸一次，再晒干。一般来说，那大多在阳光明媚的暮春的时候。也有人家，事先把蒸好的咸菜切细放竹匾晾晒，直到浸透了舒缓而沉静的暮春阳光的气息。好的霉干菜，无粗茎与老叶，捏手里咸潮咸潮的，色泽深浓，有一种看破世事的沉黯与洒然。

到绍兴旅游，通常都要带回一点小包装的茴香豆和"霉干菜"做纪念。说起绍兴霉干菜，那真正是"霉"字当头，因为他们的咸菜蒸煮后不是放太阳下晒，而是像制作霉豆子那样放暗处阴干，多呈黑红，且是越陈越香。而我们这里的霉干菜，则稍显黄亮清爽，那种扑鼻的壅蕴之气也淡得多。但这两种菜无论是做扣肉还是烧五花肉，都是一样的好吃，下饭宜口，而且二餐后再放饭锅上蒸，越蒸越体贴腴软，越蒸越油光闪动，香气袭人。说起来，它们真的就是这个命，最需要傍肉，需要吸收肉的脂与香，所以在缺油少肉的时代，它们只能暗自叹息英雄无用武之地。据说，一九七二年尼克松破冰访华，在杭州楼外楼的宴会上，周总理嘱咐上一道绍兴霉干菜焖五花肉，尼克松吃后连声称"OK"！

一九三五年三月六日，身在上海的鲁迅，在发往绍兴的信中对母亲说："……

小包一个，亦于前日收到，当即分出一半送老三。其中的干菜，非常好吃，孩子们都很爱吃，因为他们是从来没有吃过这样的干菜的。"他还在文章中特别提到过，"在绍兴，每当春回大地，风和日丽之时，便是腌制霉干菜的大好季节……"人，总是这样充满怀旧的情绪，对于一些口味，一纠缠上就是一辈子。你的味蕾上的偏爱，就是这样养成的，因为一方水土，因为早年的成长岁月，那些普通但又神奇的风味食物，就演绎为某种文化和情感的蕴积。

其实，霉干菜一点也不尊贵，以前的乡下，几乎是家家制作户户必备。这东西味道厚，特别能吸收肉香和油脂，那些腥荤气味在霉干菜的沉郁芬芳中早已是没了踪影。其中尤以霉干菜焖肉最为行之有效，肥瘦相间的猪肋条切出的方形肉块，配以绍酒、糖等作料，只要火候好，定是被整治得有型有款，肉质弹性十足，甚至连肉皮上的光泽也有着几分予人遐想的沉静古朴。它的诀窍，是先焖后蒸，蒸的次数越多越香，干菜乌黑，入口软绵，略带甜味，肉块色泽红亮，富有黏汁，一口咬下去，连牙髓腔里都溢满了肉感。一些爱惜体形的人，平日里怕极油脂，但却很难抵挡得了霉干菜焖肉的诱惑。霉干菜做扣肉，无论是色泽还是口味，都是引人注目的。若是能耐得此中烦琐，不妨一试。其法：用电饭锅将五花肉上屉蒸至五成熟，放酱油腌渍待用；霉干菜切末，放酱油、肉膘、糖，亦上屉蒸至酥烂；五花肉投热油中炸至皮起泡，捞出沥油；另置炒锅留底油，下姜、蒜煸香，投入五花肉、料酒、酱油、糖、水适量，小火焖十五分钟，收浓卤汁；把冷却了的五花肉切成薄片，整齐地码在扣碗中霉干菜上，蒸至肉酥烂，浇以勾成薄芡的卤汁即成。其菜香肉味相互渗透，油而不腻，鲜香糯甜，味美妙不可言。

在徽州，无论是歙县还是屯溪、休宁，脆香鲜辣的霉干菜烧饼，由街头炭炉中现烤出来，焦黄的一面还嵌满粒粒爆香的黑芝麻，绝对是令人过口难忘的风味食品。时下，就连霉干菜馅儿的中秋月饼，也能搞出个满堂彩来。还可以将霉干菜煮烂后，切碎配肉末做馅儿料，做成风味包子。

把豇豆、扁豆、小竹笋甚至茄子蒸熟晒干，在名字上略做调整，叫成霉豇豆、霉扁豆什么的，到了冬天与五花肉同烩，味道也是呱呱叫。

幽幽酱油豆子香

忽然想起，已有多年不曾谋面酱油豆子了。

酱油豆子是最好的下饭菜，也是我在农村生活那段艰难岁月里的贫贱之交。那时，从菜园里现摘几个大青椒，切碎，舀一勺酱油豆子，兑点水，搁饭锅上蒸熟，倒也自有一份别的菜肴所不及的清贫的香鲜。双抢大忙季节，好多人家早晚饭桌上摆的就是一碗酱油豆子，一家人淘汤漉汁，照样将几大碗干饭稀粥扒下肚子。若是在其中添上豆腐干或是晒干的小虾米蒸出来，那简直就是过口不忘的乡土版的美食教材了。

秋冬时，农家灶头素炒大白菜、萝卜、马铃薯，断不会忘了搁上点酱油豆子提鲜。酱油豆子用于烧肉煮鱼，越煮越香，胜过酱油。豆腐烧肉至八成熟，放上一两勺酱油豆子同烩，特别能除腥、添咸、增香。以酱油豆子代酱，同姜蒜辣椒等一应作料在热油锅里爆香，倒进一碗水烧开，再放入煎得酥透的鲫鱼，顺带搁点猪油，盖锅略煮上七八分钟即盛起，那味道绝对没说的了。早春时蒸腊肉和千张，我最不能忘怀的，是铺在上面的那一层酱油豆子——刚端出锅，晕黄的酱油豆子粒粒泛着梦幻般的油亮光泽，枕着肥白瘦红的腊肉和纯白美净的千张，看上去，真有一种"千声玉佩过玲玲"的动人诗意！

江南农家的大婶大妈和瘪嘴老外婆，差不多都有一手做酱油豆子技艺。看得多了，连我也能侍弄。将黄豆在冷水中浸泡至颗粒饱胀，煮至七成熟，然后倒入竹簸箕里摊平晾干，上面覆盖一层干黄蒿或稻草让其发酵起涎。一星期左右，豆子长满白毛——乡民们谓之"出白花"。拣去个别黄霉豆，在太阳下稍晒一下——又谓之"出胎气"。然后搓搓捏捏拌上细盐、料酒（米酒）、姜末、红辣椒干，装入小口大肚的坛子里，用干荷叶和湿泥封严坛口，置阴凉处半月左右，酱油豆子即成。开坛时，清香扑鼻。此酱油豆，色淡黄，粒饱满，黏稠有丝，酥烂爽口，鲜味中略带些麻辣味，别有一番风味。随吃随舀，放坛子里可保存较长时间，香气也不会散发掉，唯忌生水入侵，以防弄出杂霉变质。

在书上只能找着"豆豉"，却找不到"酱油豆子"这名号。酱油豆子就是豆豉，稍不同的是，豆豉大都由黑豆做出，因是发酵后再经太阳晒过才装坛，所以干巴巴的，看上去有点黑瘦苛刻。而酱油豆子则一律黄豆出身，胖乎乎的有憨厚之相，入口也是绵软无渣。若是让酱油豆子发酵结饼，白毛长得旺，就成了近似臭豆腐霉千张之类的"毛霉豆豉"。早先我是识不得这个"豉"字的，后来我当了中医，有一味中药叫"淡豆豉"，功能驱风散寒，清热败火。我也就因医识"豉"了。豆豉按风味分，有淡、咸、辣、香和臭等类型。在一些大饭馆里，"豆豉鲫鱼""豆豉煮牛肉""走油豆豉扣肉"等可算是有身份的菜；另外，路边大排档上，像炒辣椒、炒土豆丝，烧麻婆豆腐也都少不了它。

北人嗜酱，南人嗜豉。中年后踯躅蜀中的辛酸老杜，诗中就说，莼菜汤要放豆豉调味才鲜美。一辈子里大多数时光都是踯躅江南的陆游，有诗曰："梅青巧配吴盐白，笋美偏宜蜀豉香。""南宋四大家"的另一位大诗人杨万里，其诗所咏，亦多是江南风土人情，他曾致家乡某名士一书，说要点"配盐幽菽"。其人不懂，杨万里便讲这四字出自《礼部韵略》，写的就是我们家乡最普通的土特产豆豉的制法呀！（事见《齐东野语》）真的，要是这老杨自己不说破，被忽悠的，除了那位江西名士恐怕还有你我许多人。倒是如此一来，土拉巴叽豆豉让这"配盐幽菽"十足优雅了一回。其实，细看清了，这也就是个动宾结构的联合词组："配"的是"盐"，"幽"的是"菽"。"菽"是豆的古称，像菽水承欢、未辨菽麦、饮水啜菽、鱼菽之奠等等皆是，"幽"是密闭的意思……连着译出来，就是：将豆子蒸熟，加上盐做调料，放在密封的缸里发酵而成。刘熙《释名》释得较为详细："豉，嗜也，五味调和，幽之而成……"原来，豆豉的"豉"就是嗜好的"嗜"。

纪晓岚本是北人，像他这个级别的大佬，当然是什么好吃就爱吃什么了。他被乾隆派至当时还是"瀌白荒城"的乌鲁木齐公干，一天好不容易吃到了豆豉，遂激动地写下长诗记述："配盐幽菽偶登厨，隔岭携来贵似珠。只有山家豌豆好，不劳首蓿秫宛驹。菽乳芳腴细细研，截肪切玉满街前。只怜常逐春归去，不到柳红蓼紫天。新榨胡麻潋滟光，可怜北客不能尝。初时误认天台女，曾对桃花饭阮郎……"切切幽怨，明眼人一看，就知绝非仅止于申口舌之味了。

只是，不知以上所说，是那种干硬浓香的黑豆豉呢，还是我们江南农家的胖硕鲜酥的酱油豆子？然唐人一句"金醴可酣畅，玉豉堪咀嚼"，可知此"玉豉"断非色素沉着的黑豆所为。

说来别笑，当今打网球数一数二的世界级顶尖高手西班牙神奇小子纳达尔，被人谑称"纳豆"，纳达尔自己绝不会知道，纳豆，正是我国唐代时豆豉的民间称法。习惯牛排和面包的纳达尔大约从未见识过豆豉，更谈不上食酱油豆子了，这东西方文化里的两个"豆"，也就压根儿对撞不起来。

茶干的闲情逸致

茶干是典型的江南食物。人说，忧烦日子喝酒，心满意足日子嚼茶干。茶干不适合做下锅的菜，下锅滚油的事由酱油干子承担，茶干清高自许，专以品茶助兴、调节情绪、培植话题、打发闲适时光为己任。这类入口搅舌之物，首先身量要小而紧凑，温文尔雅，不能一下子就将肚子塞饱；其次是要筋道耐品咂，且越咂越有味；再一点，是内涵丰富，咸甜鲜香诸味皆不可缺。

江南集镇上老一辈人，都是很会享受的，"早晨皮包水，晚上水包皮"，早吃茶，晚泡澡。吃茶当然是去茶馆（早年的茶馆与酒家不分），款款地坐定，伙计送一壶香茗，捎几碟小吃，糖姜、水煮花生之外，茶干子是少不了的，当然，有时也会携上臭干子联袂出台。缓缓斟细细嚼，轻拢慢捻抹复挑。要是来点主食，则有小笼包子、油炸锅巴等。倘若邀了几友，茶叙的口舌间，有茶干助阵，不仅意兴遄飞，而且无论是几盏青瓷小碟，还是一套朴拙紫砂，皆风雅入眼，既好吃也好看。即使是在自己家中喝早茶，也是要摆出几盏香菜、醋萝卜、腌红辣椒片，其中茶干是手撕的，看上去有一种残缺的美。再说那泡过澡之后，华灯已上，腹中正好虚空，披条浴巾，半躺卧榻之上，茶汤饮了一盅又一盅，佐茶的风味茶干两根指头拈了，细嚼慢咽，有时搭配听点收音机里的戏文……要的就是这份闲情逸致。

茶干酱茶色，通常又被叫作香干或五香茶干子。酱油干子掰开来里面的颜色稍浅，而茶干通体都是深深酱色。茶干比一般的干子小且薄，硬朗一些，制作时加进了特别的调味料，筋道，耐嚼。

最著名的茶干，当然要数马鞍山的采石矶茶干。采石矶有太白楼，和诗仙李白深有渊源，很是沾染了些诗仙之气。其实采石矶茶干也就三百年的历史吧，不可能为诗仙助过酒兴，一种区域性地方小食品，流传至今，特色和口味才是最主要因由。记得早先采石矶茶干大大厚厚的，撕开纸包，茶干上都有清晰的布纹，掂手里晃悠悠的。又因内中加了鸡丝、虾仁或是火腿，以鸡汤做卤，味极鲜美。那时坐绿皮火车，经南京、马鞍山，都要在站台买上十多包，回来遍散亲朋好友。现在食品大大丰富了，却难寻回往日口味和那样的经历了。眼下，产于当涂黄池的金菜地茶干后来居上，大有超越采石矶茶干的势头。好在这两种茶干都属于马鞍山，有裙带之谊、袍泽之亲。

数年前，我们去马鞍山市参加作家协会交流活动。在采石矶公园林散之纪念馆举行茶话座谈时，香茗水果之外，主人在盘子里还摆上一种极其精致的茶干，小包装，一袋一块，比邮票大不了多少，呈均匀酱红色，品质纯正，形薄肉细，韧性十足，对折不断，咀咂之下，香、韧、鲜、嫩，回味特别悠长。听了介绍，方知是定量生产专用于接待外宾和出口级别的加料茶干。因为我们赞誉有加，主人高兴，连打了几个电话，请示协调之后，派一辆小车往一个什么地方跑了一趟，拉来两大纸箱这种茶干，让我们又尝又带，狠狠享受了一回外宾级优待。

若论豆腐产业之盛，不能不说到徽州。徽州的毛豆腐、臭豆腐之外，便是茶干。我去过休宁县五城镇双龙村，那里是五城茶干的产地，也是"山水画廊"新安江上游率水河和颜公河交汇处，古树，石桥，深巷，满眼徽景，绿意幽深，村里几乎家家做豆腐干。磨浆、滤浆、煮浆，空气中飘浮着醇浓的煮茶干所特有的桂皮、大料的香味。探身走入人家后院，若凑巧是茶干刚出锅，主人会笑呵呵请你免费品尝。刚出锅的五城茶干，其色深浓，如同国漆一样黑里带红，红中发亮，外表满是蒲包纵横交错、细密有致的纹路。咬上一口，细实紧密，如嚼鸡脯，伴随一种难以言说的异香，让你越嚼越入味，欲罢不能。主人为示范他们的货"硬"，会当着你的面掂一块茶干，从中间对折，却不断裂。

而一河之隔的对面白墙黛瓦连绵处，就是龙湾村。龙湾茶干飘香徽州数百年，更是声名远扬。相传，乾隆皇帝下江南，品过龙湾茶干，觉其味不俗，遂趁兴以手中把玩的印石在茶干上盖下一个深深无字印，无字之印即为口，寓意"有口皆碑"。那年看过世博会，我在上海闵行一家超市挑选可带的食品，其中就找了一袋龙湾茶干。每一块茶干上，果然都有一个圆形印章。

江南有名气的茶干老多了，像三香斋白蒲茶干，为清代湖州人屠氏开设三香斋茶干店所制，街坊邻里称之为"屠三香"，系白蒲一绝。南京人比较认同的桥林茶干，属于蒲包干子一类，咸鲜带甜。

大约是"文革"中期，我老家的那个生产队有人领头办起"卫东豆腐店"，以物易物，你想吃豆腐或豆腐干子，就得从家中称来相应分量的黄豆。加工盈余下来的黄豆即充任加工费，平时本队社员吃豆腐，可凭工分扣除。人说世上三样苦：撑船、打铁、磨豆腐，我是除了打铁外前后两桩苦事都干过。好在"卫东豆腐店"的事并不算太复杂：黄豆磨浆做豆腐，豆腐可压成千张和白坯干子；白干子放墙角臭卤缸里沤成臭干子，若是投酱油锅里煮一夜，就是酱油干子。倘白坯进一步压紧实，酱油锅里再配上辣椒、肉桂、八角等（那时糖紧张，就以糖精替代），煮出来就是茶干子。那小小的茶干，韧而不坚，香而不烈，黝黑中泛着光泽，粗看上去貌不惊人，却端正四方，俨然是那个年代里的奢侈品。所以茶干子也只在过年过节时才做很少的大半锅，而且还要严密地瞒过上面的检查。

茶干当然也可以用来做菜，早春二月，茶干切碎凉拌马兰头，拌荠菜，清香爽口。茶干切丝炒蒌蒿，炒香芹，锅勺一响，满屋飘香。夏日傍晚，柳荫初凉，蝉鸣悠长，端上一盘茶干炒红辣椒丝，再就着一碟咸鸭蛋，将绿豆稀饭喝得呼呼生风，谁说不是清平的富足哩。若是硬要叫茶干由平凡变奢华，可去看一下《红楼梦》里制作"茄鲞"的讲究。虽是由一个茄子表现出来的，但参与者却有香菇、冬笋、五香茶干，绍酒、糟酒、酱油、糖、盐、水淀粉……下足了材料和功夫，尤重细枝末节，奢华处处体现。那种大家族的排场，或许一块五香茶干也会弄出"十来只鸡来配它"，说不清谁抢去了谁的风头，复杂的操作，早已超越口腹享受的过程，这哪有让焦大抓几块茶干跑下屋里灌老酒、灌足了老酒就骂娘那样痛快。

有时想想，品茶干亦如品人生，不过是压扁了的人生，浓缩了的人生，个中滋味，不可言喻。犹如某个时日坐在曾经的绿皮火车上，旅行保温杯泡好碧螺春，随手撕开一袋茶干，或饮或嚼，眼睛却是漫不经心地望着车窗外……人生之旅呀，注定没有归程。

豆干杂酱的快意演绎

　　豆干体态轻盈，性格随和，善解人意，可以佐茶，可以做菜，虽是自身亦有不错的味道，却又能于最深的红尘里依附并顺从别人。

　　儿子在家上学时，最爱吃我烧的豆干杂酱。把半斤肥瘦相间的猪肋条肉切成小方丁，锅里放入花椒、八角、辣椒炸香，先烧成走油肉的楷模，舀入两勺麦酱和小半勺糖，让肉里的油把麦酱香味逼出，再倒进切好的豆干丁，搁水淹没，大火烧上热气，抄一下底后，改小火细焖慢烩。水烧干了盛起，巴蜀的麻辣和淮扬的清甜，就会相拥在一只青花瓷盘中。另一种做法，是走的小炒肉的路子。将带皮的猪前腿肉切丁，加盐、糖、老抽和水淀粉先捏一下，有时加点咖喱粉也行，肥肉丁另作别用；油锅里投入切碎的姜、葱、蒜先煸，再放进一大勺麦酱炸出浓香，投豆干丁翻炒片刻盛起；锅洗净抹干，倒点色拉油烧热，投进肥肉丁炸出油，撇去肉渣，下肉丁急炒至断生，再倒入炸过的麦酱。有高汤舀入两勺最好，无高汤即以水代，猛火翻炒几下，撒点芫荽或青葱就行了。与前面那种款式的豆干酱相比，后者味咸带甜，更腴嫩鲜香。

　　还有一种只有在夏秋之交时才能做出，嫩花生上市了，买回带壳的，一粒粒剥出来。嫩花生仁胖嘟嘟的顶紧外壳，穿着水红的内衣，肌肤似雪，清香馥郁；与之联手搭档的，最好是那种内质蓬松而多孔隙的蒲包干子。除了肉丁外，还有香菇丁和少量一点火腿丁，都是煸过以后再焖烩，只是汤水要多加点，出锅前勾点芡。花生仁脆甜香糯，豆干丁刚比豆腐老到一点，因孔隙多而饱吸肉酱的浓鲜，入口温软，回味绵绵，有一种古朴、幽婉的意境……

　　豆干若是切成细丝，炒芦蒿，炒香芹，炒水芹，炒嫩蕨，炒辣椒丝，炒韭菜花，或是出手配合凉拌马兰头、凉拌香椿头、凉拌芫荽菜……那就是走的小家碧玉的清纯路子，彼此回首，皆有莫名的喜悦。我们这里有一种出了名的水阳干子，常被随手撕成不规则形状摆在小盘子里，旁边放一勺艳红的水磨大椒，亮汪汪地浇上点小磨麻油，算是一道凉菜，既可佐茶下酒，也可酒足后上主食时同米饭一同端上桌做下饭菜。不成文的"手撕干子"，还会与同样无厘头的"手撕包菜"混搭，在炉子锅里"笃"（炖）出极美妙的味道来。有一种比铜钱大不了多少的五香茶干，手折不断，特别醇香耐嚼，和带筋的牛肉、油炸过的鹌鹑蛋一同配套做成火锅，我是百吃不厌。

有一种豆干杂酱砂锅，就是辣酱多放，砂锅吸热保温，即使不在火上也是咕嘟咕嘟地翻腾着红浪。提味的小红椒，拖着长长的尾巴如小鱼般在满锅漂浮的豆干和肉块间浮上钻下。豆干有的经油煎过，外黄内嫩，入口松柔，有的则是滚油炸过的臭豆干……无论是香的还是臭的，只管夹入口中，麻辣咸烫俱从中来，直吃得你满头大汗，唏嘘不已。

一次，被朋友拉到商业街一家店里小聚，发觉环境菜色皆不错，花雕鸡、白汁鱼、鱼香茄子很具特色。更有一道干子杂烩吊人胃口，里面有一些肉片，肉皮很厚，据称是野猪肉，豆干油亮赤浓，极耐咀嚼，香、甜、酸、辣、咸五味俱全，颇让人留神。临走前，特意去厨房操作间问了一下，被告知那不是普通的豆干，而是腊八豆腐做出来的。

腊八豆腐是徽州民间风味特产。若是春节前夕你在西递、宏村或是南屏那些地方旅游，会看到许多人家赶大晴天晒制豆腐，而且多是选在腊月初八这一天，是以民间称作"腊八豆腐"。这种豆腐晒硬了可以雕花刻字，还可以在出门时系上穿绳挎身上带走。一大坨既柔韧又硬朗的腊八豆腐，实际上已经是另类的豆腐干了，直接食用简便，也能切丁、切片、切块，可炒、可煎、可杂烩，特别能吸附旁伴者的香鲜。其杂烩滋味，只有食后方知。

霜天烂漫菜根香

多年前，南方一家报纸发表了我一篇文章。在收到的样刊上，同版面恰巧有篇叫张拓芜的台湾文人写的文章，说他回皖南泾县探亲的老乡返台后送了他一罐香菜，这应该叫"乡菜"的难得的美味如何勾起思乡之情云云。

一种秆子白得像玉、叶子绿得如翡翠，每棵至少有七八斤的叫"高秆白"的大白菜，只有皖南才有，所以香菜只在皖南才能觅见芳踪。每年霜降后的大晴天里，常能看到腌制厂和酱坊的人到乡下收大白菜。一干人来到菜地里，将菜砍倒，过秤后就地摊晒，晒到一定工夫，分量大减，再运回厂里。这晒蔫后的菜放水池里清洗，不易折断菜帮也好洗干净。洗好切碎，烘干水分，或上机或用人工揉搓，挤去液汁，掺上辣椒粉、烘熟了的菜籽油、黑芝麻、盐，拌一拌，装进罐里，罐口要留点空，以便用捣烂的蒜泥封口。

青弋江上游的章渡，那是个往昔十分繁华的有着一排排吊脚楼的徽商码头小镇，至今每到冬天，镇上的酱坊一口口硕大的缸里便腌满了香菜和萝卜丁。凡到章渡旅游采风的人，回来时没有提一袋两袋香菜和萝卜丁，行程就算不得完美。买回家待一定时日开罐，新腌制好的香菜，青中带黄，非常亮泽，淋上小磨麻油，吃起来香鲜咸甜，韧而带脆，香中有辣，其味无穷，又有嚼劲，下饭可开胃，佐酒能醒神，且食后齿颊留香，是真正的地方特色美味。早餐配稀饭尤为上品，最常见的是用来配早茶，撕几块茶干，搭一小碟香菜，配上点腌红辣椒，或独自品嚼，或与二三友海吹神聊，将人生的层层百味皆析透，也抵得上神仙般自在。

皖南各地的香菜风味小有差别，但都香辣适口，风味隽永。相比厂坊，家庭制作的工艺，显得更加细致与投入。都是选一个好晴天，拿把刀到地里将整畦壮实鲜嫩、水汁丰富长颈大白菜砍倒，就地晒，就地洗。切成寸长细丝，摊放在竹凉床上或直接置于铺在草地的篾席、床单上晒。晒菜是非常讲究的，既不能晒得过干，干了就过老，吃起来筋筋拽拽的；如果没晒够，菜里水分过大，就不脆，缺少口感，且保存不长。一般来说，晒三四个太阳也就够了。然后就是搓揉，将菜揉出"汗"，才算揉好。捣碎蒜子拌入，撒上熟菜油和五香粉、辣椒粉、炒香的黑芝麻拌匀后，装入坛中按压紧，再用干荷叶封紧坛口，外敷湿黄泥，存放于阴凉干燥处。

那时，我几乎每年冬天都能收到各地亲友们的馈赠。有的是装在那种袖珍的上了釉彩的小罐里，开罐时，满室生香，令人食指大动，使劲吸一吸鼻子，即忙不迭拈数茎送入口中大快朵颐了。往后的每一个有稀饭啜饮的早晨，都显得鲜美而滋润……人情的淳厚，一似这香菜历久弥香。

在乡下，说香菜是美味，倒不如说是一种风情。对于乡村和小集镇上的人来说，每年洗菜时的那一个个艳阳晴日，不啻是一连串乡风醺透的节日。

阳光是那样好，冬天最干净的云和最透明的轻风，在抚摩着远处的山峦。你随便走到哪里，大河旁、水塘边、小溪头，满眼都是洗菜的人群，满耳都是说笑的声音。挑运菜和站在大澡盆里先踩去菜上头遍污水的，都是青壮男子汉，女人和孩子多或伏或蹲在用自家的门板搭成的水跳上，拿着壮实的菜棵在清澈的水里漂洗。水边的地上铺着干净的稻草用来晾菜，也有用竹凉床晾菜的。秆白叶绿的菜经过泡洗，又吸饱了水，重新变得挺实、滋润、鲜活起来。鹅鸭们凫在水面悠闲地追逐那些漂开去的零散菜叶。年轻的女人们脱下红红绿绿的外袄，搭在身旁的树杈上，草地上，而她们穿着薄衫的身形更显俏丽可人。她们白嫩、圆润的小腿有时就浸在水里，逗引得许多小鱼成群围拢来用嘴亲昵，而她们的说笑声一阵阵荡起，比暖融融的轻风更能吹开水面涟漪……香菜之所以好吃，让人入口难忘，就因为香菜首先是被这些浓烈的乡风乡情腌制熏透了！

洗过锅澡再开宴

我的一个学生家新，住在宣城敬亭山旁，虽说当年未能考出去，学了木匠手艺后招亲来这边，一直务农兼带搞一些小副业，但日子过得还算不错。去年过年前，家新叫儿子开了车接我过去吃"杀猪饭"。

两小时不到的车程，上午十时就到了。车停在一幢三层小洋楼的院子里，主人接着，一番寒暄，端茶上点心自是不在话下。聊了一会儿，我说出去转转，家新陪着，刚出了门，就见屋外树下围了一圈人，在看杀年猪。杀年猪热闹喜庆，如同提前过年。

猪刚被杀倒，正放在烫猪桶里刮毛。家新说那杀的就是他家的猪，这猪颇有些讲究哩，叫江南圩猪，是本地种黑猪，大耳、短嘴、塌背、大肚子，由于生长慢，被外来白种猪淘汰几近绝迹了。家新说现在生活上来了，嘴也刁了，特别是城里人嫌白猪臊味重，又想到从前的黑猪了。他去年从一个亲戚家好不容易要来两头猪秧子，喂米糠喂山芋养了一年半，今天杀了一头，那一头早在半月前就让一家大酒店收购去了，一斤黑猪肉要抵两三斤白猪肉的价，算算还是蛮划得来的。

等我们转了一座小山回来，那黑猪早已变成白猪，挂到梯子档上开膛剖肚了，心、肝、肺、肠等内脏一一给掏了出来，一只猪尿脬被割下，立刻就被一群孩子抢了去，吹足气当球踢。看那猪头的一张脸，满是曲曲折折深沟一样的皱纹，像是活尽了沧桑岁月一般，我就知道这猪肉烧出来肯定好吃。

家新见我刚才爬山出了一点汗，就说老师你还没洗过锅澡吧？我喊人烧个火，你马上泡一把，泡完后正好吃饭。哦，洗锅澡好哇，早闻其名，市文联秘书长王永祥先生就跟我聊过他当年下放时洗锅澡的情景……那情景很有点叫人向往哩。嘿，今天就来过把瘾。我这里一点头，那边便开始忙活起来了。

家新打开一间小屋的门，有人抱柴火，有人忙着烧水。不一会儿，家新喊我从另一边门进了屋。里面有一个大灶台，烧火的灶洞口在墙那边，这边灶台上只有一口直径一米左右的超大铁锅。在锅里洗澡，是这里农家代代相传的习俗。当我脱了衣服准备下到锅里时，还是有点不放心，怕自己这一百五六十斤的身子把锅给压坏或是踩通了底，更担心被下面烧着的热水余了汤……家新在一旁笑着叫我放心，说他在这口锅里洗了几十年澡，从没有出过半点事。灶台不高，为方便洗澡还修了几级台阶，我顺着台阶上去走两步就小心翼翼下到锅里了……站进锅里，才知道刚才纯属杞人忧天，这种特制的生铁大锅非常浑厚结实，别说我坐进去没问题，就是站里面蹦恐怕也奈何不了这个铁家伙。锅底有一个小凳，可以坐在上面洗。水快淹到脖子，蒸汽在头顶弥漫，屋里热乎乎的。能听到锅底下发出噼里啪啦的烧柴声，我感到全身透骨的舒爽，浑身的疲劳一扫而光，原来洗锅澡是这么惬意的一件事呀！

洗好澡出来，客厅一张大桌子上已摆满了菜肴，旁边坐了人，两位杀猪师傅也都洗净手入了座，连酒都斟好，单等我入席。

大块肥瘦相当的猪肉和淡黄的油炸豆腐在一起，除了盐和酱，几乎没放别的任何作料，柴火烧出来，无论是猪肉还是炸豆腐，都是鲜香至极。猪肉特别细嫩，质感紧密，越嚼越醇浓，江南圩猪的优秀品质于此间得到了充分展示。白萝卜炖猪心肺我还是第一次吃，猪心肺本是有点腥，给白萝卜的味道一镇，变得无比滋润，吃到嘴里又绵软又滑弹，让舌头裹来裹去，每一个味蕾细胞都尽情享受着一种欢悦。一大盆粉蒸肉做法有点特别，据说是把肉炖好之后，再用文火慢慢地煨，直至熟到足够烂的时候，将磨制好的米粉下到锅里同肉一起搅拌，撒上葱蒜，再焖上一会儿，色泽鲜艳不说，香味也是异常浓郁。还有一盆肉烧粉丝，粉丝吸饱了油脂，亮汪汪地闪着动人光彩。

桌上唱主角的，是盛在一个足有洗脸盆大的砂钵里的烧血晃（川菜里写作"烧血旺"），血晃就是猪血凝固之后切成的块状，放上油、姜、葱、蒜、辣椒等调料爆炒，待五六成熟时加上青菜烧熟，鲜嫩滑爽，香艳四溢。当然，荤菜也并非只独有猪肉、猪血，除了刚从塘里起来的鱼，还有农村特有的黄心菜煮豆腐、千张蒸咸鸭、大蒜苗炒干子……琳琅满目，原汁原味，没有丝毫的附丽和矫揉造作，相当质朴。而餐桌上用来盛菜的器皿也是一概不讲究，有盘子，有砂钵，有大碗，有小锅，器皿的大小和形状五花八门，不一而足，配合着吃"杀猪饭"的欢乐气氛，让人感叹质朴与热闹原来如此接近。

此鹅非彼鹅

江南养鹅的人家多。卤菜摊子上除了盐水鸭，还有盐水鹅，随便在哪一处水乡小镇上，你都可以吃到全鹅宴。有一道"鹅四件"，正宗的鹅内脏大杂烩，鹅肝、肫、心、肠，吃在嘴里满嘴溢油。腊月里，许多农家屋檐下吊着风鹅，体内都塞了葱，抹了盐，涂了酒，水分被风干，鹅油渗出来，亮汪汪的，宛如刚从油锅里捞出来一般。本来，腌鹅肯定比不过腌鸭，但风鹅就不同了，风鹅的醇美，那是越嚼越香，仿佛逆风飞翔那般回味无穷。风鹅可以一直在檐下吊到春末夏初，莴笋上来了，风鹅切成片放入小火锅里烧莴笋，鹅肉赤红似胭脂，莴笋则翠绿似碧玉，一红一翠，望之食欲大增。

那年初夏，在苏南溧阳天目湖参加长三角地区报纸副刊会议，东道主伙食招待甚丰，每天的天目湖砂锅鱼头不说，笋子也是日日变着花样吃，我印象最深的还是他们那里的鹅肉烧得好吃。后来一打听，方知腊味风鹅已被列为当地招牌性的土特产，临别时我们许多人都买了真空包装的风鹅带回。其实，就我来说，我倒是更愿意享受新鲜仔鹅的迷人风采。

食仔鹅有季节之分，诸如五月鹅、夏至鹅、冬至鹅等。其中，五月鹅最美味，因为早春小鹅出壳后，正好随繁花碧草一同生长，尽收自然之精气，到农历五月前后，出落成真正的"靓草鹅"。这个季节的鹅，无论肉质、口感，均属上乘。大凡有些经验的食客，在每年端午前后五月鹅初长成的日子里，都要溜到乡下去寻食，尽享鲜嫩美味。

今年五月的一天，合肥的一位朋友邀我们几个人出去吃鹅。我们先以为去和县东关镇，那里的鹅烧得好，一直很有名气，结果却是去巢湖边吃鹅。到了以后，方知就是一个路边店，但是专营鹅菜，门前的招牌写的就是"巢湖美味鹅"。鹅关在后院一排木笼里，嘎嘎叫着挤在一起，你指哪只抓哪只，称过以后，按不同的烹法收费。

在一群白鹅之间，我发现几只深灰的雁鹅，于是叫店家就抓雁鹅。店家称赞我们有眼光，说雁鹅的肉质、外形特征与野生大雁是一样的，就是不能飞。雁鹅比白鹅大，全身羽毛紧贴，头上没有肉瘤，喙是黑的，腿和脚蹼也是黑的，颈的背侧有一条明显的灰褐色羽带。这些鹅关在笼子里用青草喂养了好多天，一方面可以收膘不致太过肥腻，另一方面又可去除雁鹅身上的膻味。我们那只雁鹅正好十斤重，三十五元一斤，一只就是三百五十元了，厨师说可以做好几个菜呢。

听店家说，雁鹅烹调的时间会长一点，在一个小时左右。在等菜的当下里，关于雁鹅的话题就聊开了。有人问：雁鹅是否真的就是大雁同家鹅杂交出来的？我说雁鹅是一个品种，雁鹅的祖先是大雁，雁鹅可以同大雁杂交，但我们吃的这只雁鹅肯定是没有绯闻故事的……于是众人又七嘴八舌说到大雁上来，问我是否见过和吃过大雁，我既没有摇头也没有点头，许多东西不是一下就能说清的，需要从头说起。

在我的记忆里，大雁算是故乡天空的过客，它们飞得实在太高了，谁也没能近觑过它们的真容。大雁秋天往南飞，春天再飞往北方，它们飞行时队列有序，有时排成"一"字，有时排成"人"字，古书上称作"雁阵"或"雁字"。我小时，常被大人领着起早赶路，残月霜晨，天色尚未透明，听得头顶朦胧的空中传来"嘎——嘎——"的凄清唳鸣，虽见不着身影，却知道高空正有一队大雁在疾飞。它们也在起早赶路哩，只是它们的路程更遥远。

大雁千万里长途飞越，都是早起晚歇。我曾在一篇文章里描述过我平生所见过的一次歇雁。那时，我随人家在野外放养老鸭，有一天半夜里，被一阵嘎嘎声浪吵醒。从鸭棚里抬头朝外望去，明月如水的深蓝天幕下，一群大雁看中了伏满我们老鸭的这处闪烁着银辉的水面，随着一阵阵唳鸣，那些灰暗的如同幽灵一样的身影便打着盘旋缓缓往下降落，清寥的月光就在它们一翻一侧的翅翼上闪烁着。鸭子们被吵醒了，也嘎嘎地吵嚷成一片……听人说，群雁歇夜是要放岗哨的，我就努力想找到哨雁，看它是否真的独立于雁群之外，警惕地注视着周围的动静。可惜夜晚的光线毕竟太暗了，想来那哨雁一定是在一个隐蔽的地方尽心守望着。

那时，邻村有一个姓吴的孤老，替生产队养着四五套白鹅（一套为一公五母共六只），队里照顾他每天给记七分工。二三十只下蛋的白鹅，平时就那么散养在圩堤下的河滩上，下的蛋送到孵坊，然后每家每户按人头分得数只小鹅。不知打什么时候起，种鹅群里混入了一只伤了翅膀的斑头黑嘴壳子大灰鹅。老人起先并未怎么在意，以为是别人家走失的，好心予以疗伤饲喂……半个多月后的一个明月夜，大灰鹅伤愈离去，没想到却把一笔风流账留给老人结算，老人孵出的小鹅里竟然有四只灰毛绒绒的异种。四只小灰鹅长大后，嘴壳子乌黑，不仅鸣声洪亮，还能展翅高飞，老人这才知道早先收留的是只大雁！后来，我们那一带便繁育了众多比普通白鹅要大不少且肉味更鲜美的所谓"雁鹅"。

同样是吃鹅，但此鹅却非彼鹅。雁鹅肉质丰腴，红烧最易出味。农家杀一只十多斤的鹅，肯定比杀一只鸡要隆重多了。鹅宰杀后，烧锅沸水煺光毛，剖腹取出内脏，洗净剁块，锅烧热了，舀些猪油下锅，将鹅肉倒入锅里翻炒，放入盐和自家晒的酱，还有生姜、老蒜子。炒至鹅肉出油，添加适量的水焖煮，闻到鹅肉香味浓烈时，就可以出锅上桌了。乃是地地道道的农家菜，纯正的乡村烹制之法。有时，则往鹅汤里添加些粉丝，焐出的粉丝也溢出鹅香，诱人垂涎……

那天，说尽许多闲话，清茶饮过数杯后，等待中的雁鹅终于登场。一只带耳的铁锅热气腾腾地端上桌，继续放到火炉上煨着，保持它"咕嘟嘟"的热度和香味。随之端上来的还有一盘切成整齐块状的雁鹅肝，嘱咐待到适宜时机可将其夹入锅中，即涮即食，入口鲜嫩。锅中的香气一阵阵扑鼻，我是迫不及待地将筷子伸进去夹了一块鹅肉纳入口中，立刻就有一种特别的香味拍到口舌上，犹如化骨绵掌，三两下咀嚼吞咽之后，已拍得你心儿醉，肝儿碎……见店老板正微笑地看着我们，就问他怎么会烧得这么香，店老板卖了个关子，说这正是红焖雁鹅最精彩的部分，因为加入独门秘制酱料的缘故，所以才会有如此醇厚的口感……不过，做法倒是可以透露一点，就是将鹅架子先烤，烤到鹅肉半生不熟时再切块，放进铁锅里用慢火边煨边吃。因为先经炭火烤过，鹅肉皮滑肉嫩，鲜瘦爽口，味道原始，不膻不腻，连骨头都十分入味。之所以随后还要慢火焙煮，是为了避免鹅肉变老变咸，且越煮越香醇，让人越吃越想吃……哦，这种烹饪手段，倒是从未听说过，看来真是不虚此行了。

随后上来的是青椒炒雁鹅杂，雁鹅杂很爽嫩，特别是那肠子，吃在嘴里脆脆的响。没想到还有一碟白切鹅肉，是以翅膀下的两块胸脯肉切出的，切得很薄，芝麻辣油做的卤汁，一片片地夹着蘸了吃，又嫩又爽，满口溢香，味道真是没的说。再接着是汤，那个用鹅头、鹅掌和鹅脖子煲的汤，里面加了大枣和枸杞，汤汁橙黄透明，喝起来甘甜不腻……当"咕嘟嘟"的铁锅里加过两次水，三瓶迎驾贡酒也下去了。最后端上来的鹅血煮粥，粥是粳米熬的，鹅血切成细碎的块状，加了点嫩菜叶，极是清香适口，大家品尝后，都是赞不绝口。一只十斤重的雁鹅，本来还担心吃不完，结果却是一扫而光。

　　数日前看我们自家报纸，见有一则美食报道，说本市有一名厨专门烹制人间美味"黑天鹅"肉……把我吓一跳，谁敢如此明目张胆违反动物保护法？再一看内文，"黑天鹅"乃是"人工养殖的灰天鹅"，不禁莞尔。首先，即使烹的是"人工养殖出来的灰天鹅"，没有相关批文，那可是弄不好也要吃牢饭的；其次，天鹅里也没有灰天鹅呀……嘿，原来就是词面上蒙混了一下，说白了，这"黑天鹅"——"灰天鹅"，就是灰雁鹅。此鹅非彼鹅，都道天鹅肉好吃，殊不知雁鹅肉也是含糊不得的。把雁鹅忽悠成了天鹅，有无风韵不说，若是吃不出那意思来，岂不真要唐突了"美人"……

野鸭子不是什么浮云

　　老婆从菜场买回一只野鸭，准确地说是人工养的野鸭，母的，麻褐色，手触之，叫声嘎嘎，两眉际各有一道黑线，吊出丹凤眼的俊俏相貌。这种野鸭，我老家那里称之"八鸭子"。缘由有二：一谓相对于两两联袂结伴的那种体形较大的"对鸭子"，此鸭则常结成八只小团伙出没水泽大淖；另有一说是此鸭往往只有八两的体重，八两正好是老秤半斤（十六两制）。但这只鸭子买来时称重一斤四两，就算放到野外，这样的体重根本飞不起来的，只好填人口腹了。

　　正好手边有一小袋子酸菜，就来做酸菜野鸭吧。将野鸭宰杀收拾干净，剁成核桃块，放凉水中泡上一会儿，再放开水锅内汆尽腥气，捞起沥水。油锅里放姜葱和尖红椒爆香，倒下鸭块翻炒，搁盐、糖、酱、料酒焖至汤半干，盛起。洗净锅抹去水，切上一点火腿薄片，下锅同酸菜一同煸出香味，倒进小半碗水煮上几滚，再放入鸭块大火烧上热气，改小火焖到收汤即成。酸菜最能收去杂味，凡腥膻之气，碰上酸菜，尽皆遁形。若是再偏重辣味，更是减肥人之大忌，遇此菜上桌，及早避开为妙，否则眨眼工夫两碗饭被裹挟下了肚子，过后还不知道是怎么下去的！

　　有人曾问过我：野鸭子和野鸡哪个更好吃？这还真不好回答，锅巴炒米，各人所喜……但有一点须指出，野鸡刨啄植物种子及昆虫，野鸭子除了也吃这些外，还吃螺蚌鱼虾。一般人认为，食谱的不同多少能决定材质的差异，以鱼为例，吃活食的鱼，味道总是更胜一筹。

　　数年前去黄石，当地新闻界同行陪我们登西塞山。西塞山危峰突兀，中扼江流。晋太康元年，王濬船队自蜀地出，至西塞山，举火烧熔横江锁链，势如破竹直下金陵，吴主孙皓出降。因为这一段历史，也就有了刘禹锡那首《西塞山怀古》：

"王濬楼船下益州，金陵王气黯然收。千寻铁锁沉江底，一片降幡出石头。人世几回伤往事，山形依旧枕寒流。今逢四海为家日，故垒萧萧芦荻秋。"据称，当年系结手臂粗铁链的大铁柱至今仍挺立于江边的山石之中，想来早已是锈迹斑斑，可惜我们未能下底亲往一探。

立于望江亭上凭栏远眺，想到世事沧桑，那么多风云往事都如流水般逝去，唯有"山形依旧"，怎不令人感物伤怀！其时，在我们身后，冬日的残阳早已没入城市西边那连绵的乱山之后，一弯冷月正悬上头顶。寒风猎猎，苍茫的暮色中，西塞山下的江面，沉郁而寥廓空蒙。只见一排排一队队的野鸭子从上游水天之际飞来，它们贴着江面连成长长一线，变化着，涌动着，朝江北对面大片湖泽水潦地带飞远。这一线消失，紧跟着又是一线，仿佛从时间的深渊里飞来，又往时间的深渊里飞去，无穷无尽……而那些有形无形的羽翼，分明正扇起历史深处的气息。

有同行者诘问，你怎么能肯定那就是野鸭子而不是别的什么鸟呢？我懒得同他们抬杠，这方面的知识积累，我们间的差距太大了。他们不可能知道，野鸭子曾是怎样出没在我童年时的视野里——它们给我留下的印象真的是太深刻了。

那些阴沉沉的冬日，快要下雪的日子里，我们在屋子里烘着火或玩耍时，突然从天边隐隐传来聒噪的声浪，我们立刻蹿出屋子，抬头朝天空望去。就能看到一片奔掩而来的黑云，及至头顶，黑云阵里传出宛如万马奔腾一般的汹汹声浪，简直可以淹没所有外界声响。这就是龙兵过境一般的野鸭子！数量成千上万，从头顶飞了好长时，它们庞大的队列像江河水一样，源源不尽，直到耳朵吵聋了，颈子都抬酸了，最后总有那么十来只、两三只掉队的"嘎——嘎嘎——"唤鸣着，落魄而又奋力地追赶前面的大部队。

野鸭子铺天盖地飞来，当然是为觅食的。有几回它们就纷纷歇落在我们村外满是枯禾桩的稻田里，啄食那些收获中遗落的稻粒。半里路方圆的一大片稻田，像是盖上了一张巨大的麻栗色毡毯，那情景很是让人惊悚！记得有一年冬天雪下得特别早，我们邻近生产队有几块低洼田里稻子成熟稍迟一点，割倒在田里，还没来得及脱粒。突然，那天上午就碰到了漫天降落下来的"天兵"，只一会儿工夫就造成了灾害，将大约有十亩田里的铺着一层薄雪的稻子翻刨啄了个精光。等到人们省悟过来，手舞棍棒敲着脸盆铁桶吆喝着冲到田里驱赶时，那成千上万只的野鸭子已驾着汹汹声浪升上了天空，变成了一片时而伸展时而收缩着滚动的黑色云团，朝西南方向飘去……说来也怪，野鸭子落下来觅食时，一只也不发声，一片静穆，而当它们展翅升空飞行时，此呼彼应，从无数张喉咙里发出淹没一切的巨大声浪，着实让人惊骇。

那时，没有人想到后来会出现一个叫"环保"的词，人们恨透了带来灾害的那些野鸭子，只可惜手中没有火器，要不然轰它一大片下来，既解恨又解馋。尽管如此，还是有人断断续续捕获到野鸭子，大多是扣到的。其法是用细麻线挽成活扣，一头用木桩固定好，野鸭子觅食时一只脚不慎踩进套扣里，就跑不掉。村子里有个浑人叫二五子，带两个洗衣棒槌藏身田头草堆里，待野鸭觅食到近前，突然跃起奋力投出棒槌，某次竟然一棒砸中三只！

说来令人难以置信，乡民们吃野鸭子从来不会红烧，嫌那太啰唆：野鸭子这东西也值得费油费柴去烧？那还不让老人骂死了！通常是把野鸭子收拾干净，斩成数块塞入一个灌满水形如小号哈密瓜那样的砂吊（罐）子里，放块姜，撒点盐，盖上盖，埋入做饭后的灶膛中。罐外包一圈谷糠，包到罐腰处，再全部用余火灰烬壅住。一夜过来，肉烂离骨，吃肉喝汤，香鲜无比！

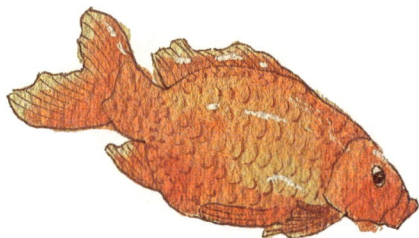

第二辑

江南人物

说大鼓书的徐三

早先中山公园北边是个不小的荷花塘，正对面有几棵弯腰勾背的老柳树，树下有一段未坍塌的围墙，围墙边搭了一排披厦屋，里面放着一张书桌、十几条长凳，这就是徐三的书场。

那个年代里说大鼓书的多是盲人，因此，至多算是弱视的徐三以歪就歪不瞎也瞎了。

徐三书到底说得怎么样？没法定论。听人说，他师祖杨鑫楼倒是赫赫有名的人物，杨鑫楼学艺金陵，驰名皖江，人称"江东书王"。杨鑫楼代师收李小林为徒，专授《大红袍》《小红袍》说唱技艺。李氏深得玄妙，又加发扬，遂使原有的"二袍"书艺焕然一新，从而以《大红袍》书目说唱于南京、上海、芜湖、合肥各地，达十数年之久而不衰。李小林晚年收的关门弟子就是徐三。"不是吹牛，我平时说书的时候，要是不卖个关子，歇歇气喝口水，听的人全都要把尿脬憋炸了……我师祖是第一把鼓条子，我师父是第二把鼓条子，我就是第三把鼓条子！"常听徐三这样对别人说，"说书要在紧要处套住人，这叫'小绳子'，书末还要抖包袱，叫'帽头'……我们老话讲得好，叫先下通天柱，后定八根桩，还要摆起八卦龙门阵，绕上九连环，把人都拴住，这才叫功夫！"徐三腰背挺直，穿件深蓝中山装，头扣一顶软塌塌的旧呢子帽，有时戴一副那时候颇为流行的圆片墨镜。一只扁扁的鼓，只有一般鼓的一半厚，比大号的搪瓷盆大不了多少。鼓架子是用三根小棍支叉起来，像个叉马，可以收起来随手拎走。鼓条子黑红发亮，是竹根蔸子做的，笃悠笃悠的，敲在鼓上，声音特别响。有人称他"三鼓先生"，先以为就是打鼓的鼓，后来才知道，下面应该还要加上个"目"字底。瞽、瞍、眇、盲都是一个瞎，但瞽者却是有眼珠的，说书盲人多半为后天失明，又呼为"瞽目先生"。

徐三另外还有一块惊堂木也是黑红的，一只记时用的马蹄钟，还有一只紫砂壶，壶嘴被茶叶水浸得发黑。他还有一只竹板，有时候不敲鼓了，把鼓条子放下，就打它，打起来咔咔响。说大鼓书的人，声音都沙哑，好像天生的一副老公鸭嗓子。其实徐三平常说话并不是那样，只有说书时才憋着嗓子轧出那么沙哑的声音。说到了关键的时候，惊堂木"啪"地一拍，嗓子立即亮了起来……我们有时听得正投入，被他吓得一跳。

徐三只在每天下午说书，进了书场，坐到小桌前，就开始清嗓子、喝水，先敲一通乱鼓，待客入场。说书正式开场前，会打起竹板说上一段顺口溜，临场发挥，七扯八拉，常常引得全场哄堂大笑："女人想老公，想得人发疯。东家小叔子好，西家大伯凶。秃儿哭又号，叼到奶头不放松。急着往外跑，撒尿浇到脚后跟……忽闻胡琴响，小鼓声咚咚。鼓书现开始，开头说一通——我这嘛，叫花子唱戏，张罗一遭，两个卵蛋还露在外头。"接着，再来一些黄段子，什么《十八摸》《小寡妇上坟》，这以后才开始入正题。

"适才听得座间有个大哥问：今晚说什么？我徐三这就报上来——"跟着"咚咚咚"三声鼓响，呷一口茶水，右手一扬，左手操起鼓条子再度"咚咚！咚咚！咚咚——咚"敲出一气儿急促的鼓点："各位乡亲，各位老少爷们儿，大人小娃，听鼓说书，意在其中！会听的听门道，不会听的夹热闹，要让我徐三说，这都是鸡巴卵子熬汤，一个屌味。人是钱架的，书是鼓架的，玩笑归玩笑，今天我要说的书，就是……穆桂英挂帅。这叫一堂威烈天波府，铁血忠魂杨家将，三关兵马，五代英烈，七郎八虎，横勇无敌血洒疆场！"

场内一片肃静，昏暗的光线里，徐三又"咚咚咚"敲了几通鼓，说到天波杨府男人几乎全部洒血战死，这西夏将领王文领着人马又来犯边，连杨宗保也战死沙场，余太君只得百岁挂帅率十二寡妇出征，派穆桂英为先锋，岂知王文设下诱兵计……嘚嘚嘚一阵马蹄声，哗啦啦一片厮杀声，天昏地暗，日月变色……徐三早已改说为唱，尾音轧长，唱到最后拖腔，手、脚、嘴、脸一起配合出效果。那节奏那动作，说一阵唱一阵，说到带劲处，他不是击鼓就是打板子，台下静得掉根针都能听见。众人随穆桂英一同在疆场纵横厮杀，心都悬了起来，突突地在那里跳……

"要知后事如何？等我喝口茶水再分解——"每到节骨眼上，徐三肯定是要停下来的，捧起那个黑乎乎的茶壶，一口一口呷着茶水，把你的胃口吊得足足的。

其实这里面还有一层讲究，徐三说书时间大约每十分钟为一关，到了关点，就加重语气，暗示别人帮他收钱。往往说到最为精彩处，便戛然而止，小歇上一会儿。这时，便会有人手中端只小瓷盆，挨着座位挨个儿收钱。坐在板凳上的听众分为两个档次，听全关（一下午）收一毛五，听段关者，每关收五分钱，小孩子则不收钱。我们那时已是半大小子了，在可收可不收之间。

"文化大革命"来了，《岳飞传》《洪武传》《黑虎岗》《封神榜》《王虎平西》《罗通扫北》《樊梨花征西》等被认为是封、资、修和帝王将相的内容通通不给说了，徐三就改说《林海雪原》。虎不辞山，人不辞路，"智取威虎山"不是《林海雪原》大树上长的枝丫吗？有时也将鸠山、王连举、胡传魁、刁德一、胡汉三等人拎出来一锅搅了，胡编乱造添油加醋瞎说一气，说是配合宣传革命样板戏。只是开场白也改了："说书不说书，先说一段毛主席语录，伟大领袖毛主席教导我们……"一段《毛主席语录》说完，徐三定了定神，左手握着竹板不紧不慢地打着，右手拿起鼓条子一阵猛敲，"咚咚！咚咚！咚咚——咚"嘶声哑嗓开了腔："闲言碎语先不讲，今天我来表一表'杨子荣活捉小炉匠'，还有'少剑波军中定情小白茹'……"

一时间，全场寂然，只有他那抑扬顿挫的嗓音在书场上空盘旋、回荡，听众的情绪也随着故事里的情节起伏跌宕。你不得不承认，徐三满嘴俚词粗话，但刻画人物形象生动，语言通俗易懂。他时而挥扇子，时而伸出鼓条子，做枪当炮指东打西，讲到激烈处，好似自己就是少剑波就是郭建光。有一次，我们来了十多个同学，大家没别的玩，就一齐拥到中山公园蹭书听。那一回，徐三说的是"杨子荣孤胆独闯奶头山"。危难之际，英雄自会转危为安，说到紧要处，众人随徐三一起沉浸到了英雄的世界里。徐三时说时唱，时唱时说，合辙押韵，辅之以动作，绘声绘色，使人真如身临其境。

正当关键处，徐三噌地站起来："——好一个杨子荣！就见他哗地抽出大肚匣子枪，抬腿一脚，踢开大门，对着一帮呆鸡巴匪徒大喝一声：一个都不要跑……"说罢，"叭！"左手重重一拍惊堂木，右手食指拇指大张，仿佛那就是一把随时能嗒嗒嗒扫射的大肚匣子枪，口里却是禁声不再说话了。全场听众正沉浸在他所渲染的情节中，此时却给吓了一大跳，包括专职收关钱的人也忘记收钱的暗示。

片刻过去，徐三伸手一指："你狗日的发什么呆！收他们钱哪！"顿时，书场里听众醒悟过来，眼光一齐朝站在板凳后面的我们投过来……接着，就是"轰"的一声全场大笑！

刘玉英打莲枪

刘玉英在县中念书时就是校花，夏季里，一件掐腰的素花小褂穿在身上，走起路来身姿特软，风摆柳一样。一双月牙眼，笑起来一眨一闪的，特别幽韵撩人。她不单人长得美，唱歌跳舞也是出了名。刘玉英喜欢在说话的中间发一声"哎哟——我的妈"，以致许多小姑娘都不知不觉模仿她微蹙眉头的样子，"哎哟——我的妈"作姿作态。

那时流行打莲枪，吃过晚饭，大家都爱跑到万年台看大姑娘小媳妇打莲枪。每年春节还有劳动节和国庆节，万年台绝对是最值得打卡的热闹地方，人们整天沉浸在欢乐之中。耍龙灯、舞狮子、跑旱船、打腰鼓，也有唱黄梅戏唱倒倒戏的，再后来，又加进来打军乐鼓的学生队和共青团拉出的庞大管乐队，还有排练队列操的。开群众大会时，工农兵学商组成一个个专门方块队形，手举开国领袖的巨幅画像、彩旗、各种款式和颜色的标语牌。唱着"解放区的天，是明朗的天""嗨啦啦啦啦——嗨啦啦啦啦……"但是，这些都比不上刘玉英打莲枪吸引人。

打莲枪也叫"打莲湘"，早先在我们地头上本是叫花子玩的，一种卖艺乞讨手段。逢上婚嫁喜事或起屋上梁等热闹场面，总是少不了有人闻讯赶来耍艺唱莲花落，演后收钱。正月过年，更有着戏装或乞丐装的人手持莲枪沿街逐店上门表演，会唱的人则如唱门歌、春歌那般唱一些吉利好听的词，边打边唱，婆娑起舞，主人也愿意打赏给点钱或食品等。后来街道上团员青年和文艺积极分子出来组织大家，提升意义，将打莲枪变成一种极具观赏性的群众自娱自乐活动。在广场上组成"十"字、"井"字队形，数十数百人同进同退，起步、转棒、敲肩、敲地、转身，男女交错对击，动作整齐划一。场面宏大，气势磅礴。一套莲枪有五十余个动作，光是腿下，就有蹲步、马步和弓步等各式套路，还要配合手部架势。最难的动作，要属让莲枪在五个手指间仿如有神灵附体一般灵活流转。

刘玉英那时已在工农旅社上班了，她走到哪里都是最有吸引力的，身边围绕着一批追慕者。线条优美的刘玉英打莲枪的样子也是最美的，垫步、跨步、弓步……一对大眼里流波闪闪。舞、打、跳、跃，一起一落间，节奏鲜明，动作活泼，丰沛的双乳在胸衣里面鲜活地跳跃着，一耸一耸的似要挣逃出来，看得人心头怦怦直跳，许多人像是都变傻呆了。

刘玉英手里的莲枪有三四尺长，是用盈手一握的竹竿做成。竹竿两头挖有七八寸长空洞，只留两边的竹片连成整体，其间有一根铁丝直通上下，穿着十几个铜钱，轻轻挥动，就会哗啦哗啦发出声响。刘玉英葱白一样的手指掐着竹竿中间，腕间一抖，莲枪摇打起来。从头打到脚，从前打到后……哗啦哗啦的铜钱，便随动作缓急发出各种清脆悦耳的声音。因为她的莲枪做得十分精致，两端饰有花穗彩绸，吊着一个鲜红绣球，打将起来，红绣球起伏跳跃，充盈着飞舞之美，很是吸睛抢眼！

刘玉英总是边走边打，边唱边舞，只见莲枪在她的身上上下翻滚，左右开弓，前拍后打，有板有眼，十分精彩好看。以至有人心生暗恨，恨自己为啥成不了那杆能抚遍她周身的幸福莲枪？

身姿高高、脸蛋妩媚的刘玉英一袭红衣，窄窄的腰间扎一条黑丝绒挑花小围兜，领着一队人边舞边唱："同志哥呀喂，你听我唱……荷花一朵喂呀一朵海棠花……"或者是："春天里来百花开……嘟格嘟里嘟格嘟里……"众人的莲枪，时而在双手间旋转，时而在脚下穿梭，通过走位变换出各式各样的队形。她们脚下踩着《四季调》或是《八月桂花遍地开》曲调，排成直线与圆圈队形，左脚上前垫一步，右手拿的莲枪往左半身上打，右脚上前垫一步，左手拿的莲枪往右半身上打，从脚踝到腿膝到肩膀各关节上各敲一下。然后将莲枪在手指上旋转四圈，依次连续敲打，循环而成莲枪舞。莲枪发出整齐划一的"呛啷、呛啷""呛啷啷——呛啷啷——"响声，音清质脆，爽朗悦耳，有一种挑逗跳跃的感觉，特别能激起人的欢快情绪。

可惜好景不常在，好花不常开。刘玉英的父亲好好地在乡下供销社当着主任，突然被逮捕，原来他在外面不止养了一个女人，还把一个军婚对象肚子搞大了。因要退赔公款，镇上的家也给抄了……自那以后，再也看不到刘玉英出来打莲枪了。妈妈领着她跟两个年幼的妹妹被赶到蔬菜队旁边一处老屋的阁楼上住，木楼梯一踩上去直晃，发出咯咯吱吱的呻吟，让人心惊肉跳的。屋脊上有个老虎窗，就是加层阁楼开出的气窗，邻居家的猫和鸽子常常轻踩着瓦片跑到窗前来探望，晚上推开窗，仰头能看到天上星星。

　　一天傍晚，刘玉英在阁楼下披厦屋里洗澡，突然发觉墙上似乎多了个洞眼。遂装作取衣，悄悄闪往一边，拿起靠在门后的莲枪，对直捅进那个洞眼……随着一声负痛惨叫，外面有脚步声咚咚跑远。那杆精致无比的莲枪已然折断，上面铜钱散落一地。还有一次睡到半夜，忽觉身上有异，是压着一个人，想要叫喊，嘴巴却被另一张嘴堵住……情急之下，狠命咬住伸进嘴中的舌头。一条黑影跳起，抱头呜呜有声，从那个老虎窗里蹿出逃走了。

　　不久，名声已是不好的刘玉英就经人介绍嫁到邻县，把妈妈和两个妹妹也带了过去。听说丈夫是个在朝鲜战场上失去了两条腿的荣军，比她大出将近二十岁。荣军是国家功臣，娶了刘玉英，什么也不在乎。

　　晚上，万年台虽还有人打莲枪，却是清冷多了。

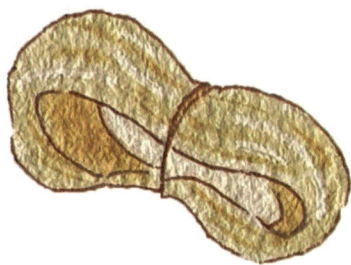

棋魁赵大头

赵大头是赵小秋的一个远房侄子，县农具厂的工人，聪明潇洒，眉宇轩昂，脑袋虽有点大，气质倒是出众的清奇。女孩子初见他，都会有几分动心的。

赵大头白天在车间里做些锻铆焊的活计，下了晚班后，脱下油腻腻的劳保服，换上干净衣服就去找人下棋。赵大头什么时候学会纹枰论道，无人说得清。只晓得他念中学时，曾拿小刀在课桌上刻下一个围棋盘，纵横各十九条线，除掉两条边线，十八乘十八，得了三百二十四个小格……气得班主任勒令他将课桌背回家找木匠刨平。

那时能看得懂黑白棋的人不多，下得好一点的，数数也只有中学里的邵胡子、中医师刘延庆、镇上办公室的晋秘书那么几个人。让人作气的是，这些心性高雅的文化人偏偏就是下不赢赵大头，有时大伙儿一齐上，三英战吕布，也不行。赵大头悟性高，棋路子野，看看他下的多是无理棋，就知道他根本不把这帮人当回事，他只是想赢他们一顿饭吃或赢包把两包大前门香烟抽。

有一回赵大头一气儿赢下十多瓶汽水在桌上排开，正杀得豪气大发，随手抄过一瓶，看也不看就用嘴咬开，却不料将瓶嘴咬碎，搞得满嘴鲜血淋漓。赵大头最长于中盘掌控，指东打西神出鬼没，官子功夫也好生了得，尤其是死活和手筋，谁见谁头痛。一本邵胡子借给他的古棋谱，半年下来背得滚瓜烂熟，什么"倒垂莲""倒脱靴""猴子捞月"等手段全部了然于胸，使得他的野战棋风里又多出几分飘逸和诡异。

在小镇上做惯了常胜将军，赵大头对外面世界竟也生出几分野心。那一年秋天，他跑到了省城，想找高人练手。公园里正好有一对下棋的，一白发老者在给一

个十二三岁的小女孩下指导棋。赵大头在一旁看了一会儿，终究是耐不住心痒，请求与老者对阵一局。老者呵呵一笑，看着小女孩说：敢向这位叔叔讨教吗？小女孩轻轻一点头。经猜子，赵大头执黑先行。几手棋走过，双方也都知道了对方的分量，不由得认真了起来。眼看快行至中盘，局面却还是呈胶着状态。赵大头本性显露，不相信连一个小女娃也拿不下来……黑棋满盘追杀，却被白棋神乎其神地一一脱逃，犹如伏虎拳对拈花指。见自己几次发力都被对手利用弃子成功转身，没能取得预想中的战果，赵大头心中颇为不快，于是决定布局强杀对方大龙。他先在外围连续做了几个先手交换，把自己的棋走厚，然后围拢对方进行攻杀，一扑一点一挤，干净利落地破掉了大龙眼位，逼其向外逃逸。让人大感意外的是，对手逃了两手后，竟然脱先到左上边行棋来了。赵大头仔细一看，脸色就变了……原来，自己看漏了一个一路立的手段。对方走出这一手后，接下来既可以做眼求活，又可彼此联络呼应。眼见破眼和切断联络无法两全，这棋怎么也杀不死了。杀不了大龙，自己盘面实地就损多了。

自那次输棋后，赵大头棋风大变，不再下早先那种没有布局和官子全凭中盘闷着眉头狂算的棋了。他试着让邵胡子两子，没有太多的纠缠就拿了下来。换了晋秘书上，还是让两粒子。下到盘面无子可落，赵大头说，我赢了你半目……晋秘书呆呆地盯着棋盘看了许久，突然朗声大笑说："呵呵，你这个大头，棋力又长了呀……我中盘明明领先，后面也没走出什么明显的错着，怎么就弄输了半目呢？"

邵胡子、晋秘书他们几个人也是被欺侮得狠了，那一次不知道通过什么路子，请来了一个戴"四块瓦"帽讲满口普通话的中年人，据说曾在天津和保定等地教过棋，是个正经六段。一场龙虎恶斗，在华清池的雅座间展开，有香茗、臭干子和花生米相佐，外加一干围观的好事者，倒是满当当一堆人。

那外地人压根儿没想到这江南小城竟藏龙卧虎，大咧咧让了赵大头先。赵大头凭着天赋高，撒惯了野，好像也不知道天外有天。双方都是大步流星布局，一捞实地，一取厚势，只听得棋子噼啪有声，走过百余手，耗时不到一小时，可见都极是自信。那外地人棋风全面，也是偏喜战斗。恶战是从赵大头的黑子当头镇开始，白子扳，黑子强扭，双方缠作一团，天昏地暗地杀将起来。无影腿、铁山靠、一拳爆星、双拍银河，你一招暗香疏影，他一曲明月羌笛……赵大头功力终是不及，被人步步紧逼，渐渐赶至绝境，频频长考，额上青筋暴绽。哪知，这却是深谋远虑诱敌做的计，但见他瞅准时机，先是弃子反打，抢到了一个先手断，接着拈起黑子往一个间隙里重重一拍，凌空一挖，再一个倒虎，生生给做出一个生死劫……那拉紧的嘴角立时拧出了一丝残忍的笑意。因是蓄意而谋，黑棋劫材多。眼见那外地人抓下"四块瓦"帽，头上热气腾腾，像是顶着个蒸笼，持子的手指不听使唤地兀自抖个不停……最终，是赵大头擒住白棋一条超级大龙中盘胜出。

谁也没想到，仅仅半个月后，赵大头就死于一场工伤事故。

据说那天赵大头是替人代班，冲床出了故障，赵大头本可等机修工来处理，但他仗着自己机修技艺同侍弄围棋一样精湛，正将半个身子伸进排除故障时，外面进来一个愣头青工，问也不问，一按电钮，冲床砸下，将一颗装满黑白棋子和算计路数的大脑袋砸烂了，现场惨不忍睹……

智仁师傅的修行

法仁寺做了供销社库房后，智仁师傅便自己动手在箍桶巷边搭建了一个小小的庵堂栖身。

庵堂里已没菩萨可供奉了，只用砖块砌了一截半人高佛龛，上面放个无字牌位，日夜一灯黯然，算是替代香烛。墙上有勉强可辨的两行墨字对联：佛法兴衰听时节，入林入草不曾停。庵堂原是有门，但门被放下搭成地铺。一件平时不大穿的补了又补的长衫百衲衣挂墙上，挪开来，差可代替门帘。地面有一蒲团，有数块土坯码的一灶，架口小锅，若干茅草余旁。

智仁师傅脸形清瘦，半寸长的灰白头发刚好把戒疤遮盖了，平日里很少言语，站立时双手下垂，颈靠衣领，走路则敛着目光笔直地前行。箍桶巷外有一条泥巴路，下了雨，一般人走一趟回来，鞋子会沾上好多泥巴。可是这老和尚明明见到他踩在烂泥上，但看他的鞋子，就是不沾半点泥巴。

智仁师傅持戒甚严，只在日中一食。每天除了在小庵堂里趺坐礼佛，就是不分春夏秋冬，趁天还未亮透之时，从河沿码头边开始，将二道桥下面的一条东西街道清扫一遍。一边扫，一边口中念念有词。早起的人听了，都当老和尚是在念的什么经文。有好事者留意细听，方知老和尚每天翻来覆去念的就只一句话："阿弥陀佛，好人好自己……阿弥陀佛，扫地扫人心……"于是向前请教：你扫地便扫地，为何却念叨不歇"好自己"和"扫人心"？

智仁师傅仿佛没听见一般，仍是口里嗫嚅自话。要是有人一心要问出个结果，他就停下来，反问："你真想知道？"

"嗯……想知道哇。"

智仁师傅便说："阿弥陀佛……跟我一起扫街吧。一年后，我便告诉你……"人家摇头笑笑，笑过之后，便走了。

智仁师傅继续扫他的街，不避寒暑风雪，天天如此。以至在东西大街两旁，居民每天都是听着这老和尚的扫帚声才起床开门的。有人看他年纪也不小了，要替他扫一会子。不允。说：阿弥陀佛，每人修行是每人的，岂可替代？时间一长，所有人也就习以为常了。

智仁师傅每天要做的另一件功课，是修理牙刷。这事有点奇怪，和尚用不用牙刷，佛家洁不洁口，先不予考虑。据说，这事还是供销社主任老王帮着找来的。供销社强占了人家房子，怕是心里多少有点愧疚。而修牙刷也是一门手艺，智仁师傅则必须凭此养活自己，更不能让佛龛前的油灯熄了。

那时，牙刷毛都是用猪鬃做的，不太坚硬，用不久便要趴倒，不舍得丢掉，就请人穿了毛再用。也有人贴点钱，用旧牙刷柄换把新牙刷，价钱比买把新的便宜得多。智仁师傅把旧牙刷上的残毛铲除，在牙刷柄背用多刺的钩刀开槽，再在槽内用尖锥打小孔。要是碰到牙刷柄是骨头做的，智仁师傅口里就不住地念南无阿弥陀佛。打好槽后，就用一根长弦线，像纳鞋底似的，依次穿过一个个小孔。每穿一个孔，插入一小撮尼龙丝做的刷毛，将弦线勒紧，毛就对折种在孔中了……最后，用剪刀把刷毛剪齐，一把牙刷就修理成功了。智仁师傅同时亦以此法修理鞋刷。他的那些备用的刷毛用细麻线捆成一个个水瓶塞那样的圆柱体，整整齐齐排列着，颜色有红有绿有白，任顾客挑选。修一把牙刷，收八分钱，有时你给个五六分钱二三分钱，也行。老和尚说这叫外无物累，内无妄念，是"勤修戒定慧，熄灭贪嗔痴"。其实，老和尚修理牙刷还有一层心思，就是他见不得人家把猪鬃毛在嘴里捣来拉去，要全部换成尼龙丝的才好。

一个暮春的清晨，码头边跪着一个脸色蜡黄的中年人。"师父，原谅我吧，师父……"那人对正在扫地的智仁师傅喊道。二十年前，他是法仁寺里的一个沙弥，后来偷了寺里香火钱跑到了红尘世界，眼下已是重病在身，终于心有所悔。智仁师傅却仿佛没有看见他一般，仍挥帚扫他的地，任凭中年人怎么恳求也是无声无息。中年人只好绝望地蹒跚离去。

智仁师傅扫街扫到河滩边的时候，却惊呆了：一夜间，河滩开满了紫红的二月兰……可昨天这里只有满眼的碧草哇。四下里一丝风也没有，那些盛开的花朵却飒

飒摇动，仿佛是在急切地呼应着什么……再一细看，那每一朵小花的花芯里都藏着一张有目有口的观世音的脸。智仁师傅一瞬间大悟，口诵南无阿弥陀佛，连忙去寻找那个病重的中年人。但一直到晚，终是遍找无着。时二月十五夜，月明如昼。再来河滩，那些神奇开放的紫个莹莹花，已在短短一天内就凋落尽败了！

半年后，又发生了一件事。那天，智仁师傅扫完了街，正待回去时，看到了一个蜷缩在墙角处睡觉的人。原来这是个小贩，从乡下贩了一堆西瓜用船装了来，谁知一夜秋雨，气温陡降，喊破了嗓西瓜也没人要。智仁师傅问那个不断唉声叹气的人：这一堆西瓜值多少钱？那人说他花了三十块钱进的货，现在哪怕只卖回十五元钱也认了。智仁师傅就回屋里取来了三十元钱，是一堆零碎的票子，有一元的，也有一角和伍分、贰分、壹分的，都是平日里穿牙刷得来的。他把钱交给那人，说这些西瓜归我了，但你得帮我把它们全部送出去，我另外加付你五角钱辛苦费。那人愣了一会儿，看看智仁师傅，也不像是头脑有病的样子呀……渐渐地，码头边的人多了起来，那小贩大声叫喊：快来搬西瓜，西瓜免费相送，不要一分钱哪！可是没有人相信他的话。小贩搬起一个瓜塞给一老头儿，老头儿像被火烫了样闪身躲开。再拉住一位老太，老太一听是白送的瓜，连连摆手说不要不要。最后，还是智仁师傅和小贩站在一起叫喊，有老和尚在，人家才相信这些瓜确实是不要钱白送的。不一会儿，一堆瓜搬完了。

智仁师傅养过一只有金眼圈的八哥，能清楚吐说人语，不食荤虫，非常驯良，自知出入，日常随主人同上蒲团，结跏趺坐，念佛及观音菩萨圣号，不曾间断。那只八哥后来遭老鹰打食，有目睹者称，被老鹰掳走的八哥，口中竟然是南无阿弥陀佛、南无阿弥陀佛的一连串叫着。

"文革"开始前一个楝花簌簌飘落的午后，智仁师傅背个铺盖卷去了九华山。或许是躲过了一劫。

卖炒蚕豆的辫子老爹

夏天，一到傍晚，人们就把家里的竹凉床、躺椅、小凳连同席子搬出户外来，吃过晚饭，洗了澡，大家便聚在一起乘凉。小巷子里和街道两边，到处都是乘凉的。人们摇着芭蕉叶扇子，谈天说地，下棋打牌，看书读报，闭目养神……有人在不远的地方吹着蹩脚的口琴，呜呜的声音，把一些曲子弄得断断续续，而且音调总是不准。

我们猛劲长个头儿那时，正是子女多一代成长的高峰期，抬头碰面都是毛头小子。路边凉床一张连接一张，那些小子便在上面"走天桥"，从西关这头"走"到堂子街那头，里把里路长可以脚不着地。还有站在自家凉床上"扇飞机"的，把芭蕉叶的扇子柄当机头，扇叶当机翼，两手端着用力朝前上方一推，"扇飞机"可以飞出去好远。有某个倒霉蛋扇子被抢走，在街巷两边的凉床之间抛来掠去，戏谑吵闹着。这里大的把小的弄哭了，那边厢有人失足踢翻旁边正酣斗着的一盘棋，立刻招来一顿臭骂甚至吃顿凿栗子。

"卖——蛮炒蚕豆——沙蚕豆噢——"通常在这时，一阵叫卖声由远而近传过来。不一会儿，辫子老爹的清瘦身影便出现了。老人身着蓝布襟褂，肩上搭一条揩汗的旧毛巾，紫红的脸庞，额际皱纹很深，脑勺后拖条尺来长的白发小辫。每当这位胳膊弯里拐一只元宝腰篮的老人一出现，街道两边的孩子们就歇下吵闹，雀跃着高喊："买铁蚕豆哇买铁蚕豆……过来哟，辫子老爹！"铁蚕豆亦即蛮炒蚕豆，就是将蚕豆放在铁锅里炒，不放砂子，干炒，也可在炒时泼点盐或糖水。铁蚕豆的诱惑，恰在它不甜不咸的豆香，越是铁硬，越嘎嘣酥香，尤其合着夏日暮天纳凉的悠悠风情，更让人回味无穷。

"莫慌莫慌……一个个来，都有，都有哇。"老人说话操一口侉音，下巴上一绺稀疏的山羊胡子一撅一翘的，系在银白细辫根梢上的红头绳，也在暮色中微微颤瑟着。他卖豆子不用秤，拿一个小竹筒子舀，两分钱一竹筒，包成尖角小纸包递过来。白天，他在茶馆、书场、小戏园子里叫卖，傍晚便到乘凉的人群里来卖。铁蚕豆的特点是硬，耐嚼，越嚼越香。那些缺牙少齿的老头儿老太，是不敢问津的，刘宝瑞的单口相声《化蜡扦》里，就说过一个不孝之子给没牙的老娘吃铁蚕豆的缺德事。但也确有牙口好的上年纪人常以能嚼动铁蚕豆自夸，一些乘凉的老头儿老太相与炫耀："我牙好着呢，铁蚕豆也吃得动。你那牙咋样……"

铁蚕豆主要还是哄小孩子的，小小一包，可以嚼，可以放在桌上弹着玩。几人趴在竹凉床上围成一圈，撒一把豆放中间，挑起小指头在两粒豆之间快速划过去，然后环起大拇指和食指，再猛然张开，弹动一粒去撞另外一粒，不许碰到别的豆。射中目标，叫"开花"，可将那粒豆作为战利品收为己有，没射中就是"没开花"，得让给下一位接着弹，直到一把豆弹光。大家一边弹一边唱着："铁豆子开花，笑煞老娘家；铁豆子不开花，气煞老娘家……"为什么要自称"老娘家"？搞不懂。

我那时候略微有虫牙，所以更中意辫子老爹元宝腰篮里的沙蚕豆。蛮炒蚕豆是干炒，沙蚕豆则是在锅里用沙子烫出来的，沙子起烟了，埋在沙里的蚕豆瓣里啪啦一阵炸响，欢快地蹦跳着开出"花"来。我们自己在家中炒出的沙蚕豆，总是粘着黑沙，吃起来牙碜。而辫子老爹的沙蚕豆，听说是以磨细的盐代替黑沙，吃时才不用担心牙齿磨着沙。那一颗颗饱满的开着口的沙蚕豆，颜色是老成的深褐，抓一把在手里，还略微有些温温的，轻轻一嗑，吐出薄薄的外壳，咬上去，松松的，脆脆的，沙沙的……真是其妙无穷！

一粒粒地吃着蚕豆，夜便黑透了，星星就像无数璀璨晶莹的钻石镶嵌在浩渺的夜幕上。有许多流萤从黑黢黢的河面那边飞来，尾部熠熠闪亮飘忽不定地从眼前飞过，我们总是忍不住要挥动手中的芭蕉叶扇去拍打。倘是一击未中，自然是起身跟在后面追赶。那时的流萤真多，这个去了，那个又来，忽高忽低，忽前忽后，忽左忽右。无数曳着绿光闪烁的萤火虫，把夏天的夜晚点缀得异常美丽而神秘。因为都是被扇子带起的气流击落的，并未怎么受伤，它们被捉起来集中装入小玻璃瓶里，放出的绿莹莹光亮能照亮一大圈子人。当我们追赶着流萤时，偶一回头，发现辫子老爹就坐在某一个空的椅凳上，一颗拖着长长尾巴的流星划过漆黑的夜空，会在刹那间照出他脸上髑髅一样两个深黑眼眶……

　　冬天里，辫子老爹的身影常常出现在华清池和荷花塘。那些洗完澡的浴客，回到自己的座间，用热毛巾擦过周身，惬意地躺倒在长椅上休息，服务员给他们的杯子里倒上热水，再来几块茶干或一包五香花生米品咂，便是最惬意的享受了。蛮炒蚕豆和沙蚕豆，因为便宜，耐嚼，照例是跟着大人来洗澡的小孩子要得多。凭着人头熟，也因为这些提篮小贩确实可以为浴客提供更周到的服务，澡堂的工作人员才默许他们在各个座间自由进出。有时，隔壁女宾部如果有人要蚕豆，则有服务员或某一个在那边卖东西的小姑娘拿了钞票过来，辫子老爹包好豆子转交过去就行。

　　躺着休息期间，服务员照例是要飞几次热毛巾的。便有浴客一边品茗一边同老人交谈："辫子老爹，听说老家是凤阳啊……那是朱皇帝的老家，好地方啊！"

　　"好地方是好地方，好啥哩，不听花鼓戏里唱，说凤阳道凤阳，凤阳是个好地方……十年倒有九年荒啊！"辫子老爹摸着他下颔上那稀疏的山羊胡子说。

　　"老家还有什么人哩？"

　　"没啦。早先出来打鬼子，离家时，娘在咱衣兜里装满炒蚕豆，特意关照脑勺后不能剃尽了。中条山一战，咱一个师全打光了……后来鬼子投降，老蒋又把咱们空运到东北葫芦岛打解放军，咱战场上起义。后来参加打济南，打上海，打海南岛，那么多枪林弹雨都过来了，全国解放，咱自己要求解甲归家……可咱娘那时就已不在了。咱虽是一个四处漂流的命，却总觉得这脑勺后面有咱娘在看着……半夜醒来，摸摸脑勺，根还在哩……"

炸炒米的对对眼老叶

幸福巷底的避风处，靠着供销社院子那堵高墙外搭了个人字架小棚。冬天里，头戴一顶看不出颜色的旧绒帽、黑色破袄腰间用一根带子系着的对对眼老叶就在那里炸炒米。

小棚无门，老叶每天早上过来，架起小炉子，连上风箱，点火烧煤拉风箱，炉子烧好，生意就来了。老叶对对着眼，将米装进黑葫芦一样的铁罐子里，然后就戴上那双遮不住指头的破手套，抓起一根铁管把炉盖旋紧防止漏气。铁罐子架在火炉两头丫形的架子上，罐子前面是一个用细钢筋焊接的像汽车方向盘一样的铁圈，铁圈上连着把手，方便用手握着转动。铁圈中间，有一个连着炉体的多功能表盘，上面可以显示时间与炉内气压。只是，那个伤痕累累的压力表早已污黑不堪，表盘上没了玻璃，整个表盘都用细铁丝捆绑着，才没有散架。坐在小板凳上的老叶，低着头有条不紊地一手推拉风箱，一手摇动黑葫芦铁罐子。风箱拉动时，后面的风门发出"呱嗒、呱嗒"的声响，极富节奏感。舐着铁罐的炉火也随着韵律舞动，发出呼呼的声响，不时有一两颗火星欢快飞起……老叶就这么从容地不停地摇着，一会儿正向转几圈，一会儿反向转几圈，以保证炉体各部分受热均匀。米粒在黑葫芦铁罐子里翻滚，膨大，铁罐子旋盖四周吱吱地冒出丝丝白烟，不断地向外散发出炒米的浓香。

摇着摇着，速度就慢了下来。老叶是有经验的师傅，根本不必对着眼睛细瞅摇把中心处那只破表盘，完全凭感觉就行。老叶起身将铁罐子拧转过来，塞进一只由几条麻袋接起来的两三米长大口袋里……旁边有人高喊一声："炸——了！"女孩子捂着耳朵逃得远远的，吓得连眼睛都闭上了；男孩子大多一边退着，一边逞能犟颈死死盯着老叶的每一个动作。此时的老叶，挺直了身子，一脚踏在机子上，一手用套筒套住炉盖上的"耳朵"，把白多黑少的眼睛瞅向天空，一声吆喝，手脚一用劲，压舌滑落……"嘭！"一声巨响，升起一股白烟，随着炉盖打开，一股浓浓的炒米香气四散开来。先前倒进去的米，都变成白花花的胖米粒了。

老叶炸炒米带有一个磨得红亮的小竹筒，量一竹筒米，平着手掌抹去上面堆尖，正好是半斤，收费五分钱。一次最多只能量四筒子——也就是二毛钱的米放入铁罐子。要是加糖精，另收三分钱。

到了年底，炸炒米的生意最好。不用吆喝，开炉一声炮响，就表示老叶那里炒米已经炸起来了。小孩子心急难耐，缠着大人哼哼唧唧，终于得到批准，立刻端着个装了米的笆箩屁颠儿屁颠儿跑过来排队，胳肢窝里还夹着一个袋子，有时把米弄撒了，一群眼尖的鸡立刻跑过来，一会儿就啄个精光。很快，由淘箩、筲箕、脸盆等各种容器组成的队伍就排了长长的一串。以物代人，不必一直守着，只要时不时把自己物件往前挪挪就行，没有人插队，也就没有了吵架。炒米是家家必备之物，经济好一点的，则增加一点花样，炸上一点黄豆、玉米、年糕什么的。黄豆炸出来酥酥的，非常好吃，可惜就是量太少，所以也比较金贵，毕竟在更多情况下它是被拿去做豆腐，过年才能上桌。有农村亲戚接济，还会在过年时炸一些山芋干，炸过的山芋干，酥脆酥脆，甜津津的，越吃越想吃。

每炸好一炉，老叶就支起了炉子，拿抹布把炉膛内腔擦拭一下，进行下一锅准备。只有不断地擦拭，才能除去炉膛内壁上的焦灰，使得每一炉炒米炸出来都白花花动人。老叶自己却总是弄得满脸满嘴的黑灰，鼻沟两边也乌黑发亮。

"呱嗒、呱嗒"的风箱声里，炉火起伏跳跃，映得老叶黑黝黝的布满皱纹的脸庞时明时暗地变幻着。老叶总是很专注的样子，盯着炉子里的火头时，两颗眼仁老是要往一块凑，偶尔伸一下手把破表盘扶正。他很少说话，别人在一旁说笑，他也不搭腔接句，一脸的严肃。我们有时趁老叶起身给炉子添煤时，就会冷不丁地猛拉几下他的风箱，炉子里的火便一下子蹿了起来。老叶也不发火，只是用那对白多黑少的眼睛瞪我们一下，以示一种无声的训斥。

一天中午，老叶炸完炒米，拿出自带的午餐正要吃时，来了一个跛腿老丐站在面前，眼巴巴地朝他望着。老叶看他眼里露出饥饿的神色，遂把那顿午餐让给了老丐。老丐也不客气，伸手接过，一气儿吃完，用破衣袖抹了抹嘴就走了。走出十来步远，又回来将手中一颗核桃给了老叶，说是能讨吉利。这个核桃用一条红线穿着，黄褐的表面被磨得光滑油润，放出一丝诡异的幽光。

下午，刮起了风，没有什么人来炸炒米，只有三两只寒鸦奋力从头顶飞过。无聊至极的时候，坐在避风墙下的老叶从口袋里摸出那个核桃，把玩着。拴核桃的红线突然断掉了，核桃掉在地上，骨碌碌滚到了坡沟那一边，老叶起身就去捡。弯身拾起核桃时，身后传来轰隆一声巨响⋯⋯刚刚坐那里的一堵墙倒了。灰尘起处，他的转炉连同坐的小椅全被埋在一大堆砖头下⋯⋯老叶看呆了，要不是捡核桃，不死也是重伤啊！

小喜子的烤白果

秋天深了，小喜子和她爸就挑着担子出来卖炒白果了。

小喜子瘦瘦的，眼睛大大的。因为右太阳穴边有一块铜钱大朱红胎记，所以小喜子总是将右边一侧头发养得长一点。小喜子爸很苍老，满脸伤悲，像电影里那个杨白劳，而且一只腿还是瘸的。他们的担子不大，设备也很简单，一头是一只分两层的小柜，下面装生白果，炒好了的白果则放在上面一层，用一块蓝花棉布揾着保温。担子另一头，是一只黄泥抹的炉子，架着一口小铁锅，锅里面有一小堆破碗的瓷片，那是专门用来当传热介质的，用碎碗片而不用通常炒货用的黑沙，是让炒出的白果显得更为洁白。同时，一柄锅铲在里面不断地炒作翻腾，哗啦哗啦地响，人们听到这带有节奏的干炒瓷片的声音，就知道是卖炒白果的来了。

除了和碎碗片在一起炒，白果还可以现烤现卖。担子上带有一个烧木炭的小炉子，白果放进一个水舀子一样带把子的铁网兜里，搁在炭火上烘烤。不停地抖动网兜，白果在里面滚动着，听到噼噼啪啪炸响，就熟了。小喜子爸专在铁锅里炒碎碗片的白果，抓着铁网兜的把柄在炭火上烤白果，是小喜子的事。

"现炒的大白果，热乎乎来烫手，香喷喷来好口味……买一包来包你好吃……"冷风里，小喜子扬开尖细的嗓子喊着，还跟着一点拖长的吐气声，听得人心发软。无论是炒的还是烤的，价钱都不贵，五分钱一小竹筒，一毛钱能买一大纸包。在电影院门口，总是有很多人围在四周，买包白果边吃边等着里面电影开映。白果味道很香浓，软软的糯糯的，吃到嘴里，那股热乎乎的甘甜，让人久久回味。

据说炒白果系由上海传入的，但上海人是否也是像这般卖炒白果？不知道。白果树生长缓慢，过去爷爷种树到孙子才能收获，所以又被老人们叫成公孙树。那时

候我们学校旁边就有一棵高大的白果树，曾遭过严重的雷击，半边树干被劈掉了，另一半边仍长得枝繁叶茂，梢头有三四层楼高。每到秋天，枝丫间挂满果实，一串串的，淡黄或橙黄的颜色发散出成熟的光芒。爬到横枝上，抓住上面树枝死劲一摇，那些果实就噼里啪啦落下来了，滚得满地皆是。我们许多人在下面捡拾，这其中自然就有小喜子，她拖了个口袋，那些天里，每天都要把口袋装满才能回家。

小喜子家住一幢大屋子里靠边的两间，房子破败不堪，好多地方用厚纸壳和发黑的木板条子钉着，光线差，潮气重，散发着一股子呛人的霉味，即使大白天也给人一种阴暗压抑的感觉。我们都知道小喜子家日子过得苦，她除了下面有好几个弟妹，还有一个疯子娘，有时犯病了，小喜子爸就得在家照管，不能出来干活。所以我们都愿意帮小喜子到处采摘白果。这些白果味道很臭，小喜子弄回家，倒入一只木桶里，盖上口，沤个十天半月，再套上橡胶手套，一遍遍攥捏，或者是放石臼里拿棒槌使劲捣，去掉外面那些皮肉。剩下的便是果核，先是青青的，晒干后就变白，难闻的气味也没有了，所以叫白果。又因为其果仁似杏仁，故书上的名字叫银杏。有一次我问小喜子，为什么攥捏沤泡过的白果要戴橡皮手套？小喜子说，因为白果外面一层皮有毒，那汁液能烂掉皮肤，如果身体差的，很有可能会烂到肉里直到烂出骨头为止……所以还挂在树上的白果，最好不要拿手去碰。

没事时，小喜子会和我们玩"蹦白果"。就是并拢两脚，夹住一颗白果，身体微倾向前，两脚再用力一蹦，白果便随之被抛向前方，看谁的白果抛得最远，最远的就可以将别人的白果赢了去。下雪的时候，学校放假了，我们在家里，找出秋天留下来的白果放在脚炉余烬中焖熟了吃。其实白果留到那时早就干瘪得不好吃了，根本没有小喜子烤的那么香糯。

有一回，我捧了一堆白果放锅里炒。知道白果坚硬厚实，难熟，就用小火慢慢地炒。我炒过花生、南瓜子，炒一会儿就能听到叭叭炸裂的声响。这回炒了好几分钟，已闻到一阵阵的香味，且白果的颜色已变得焦黄了，但就是听不到炸裂声。是不是壳太厚炒不透呢？正在我着急的时候，"啪"的一声，一枚白果飞起老高差点炸到我的眼睛……接着"啪！啪！啪"的响声不断，白果蹦得满锅台都是！正在我手忙脚乱的时候，刚好小喜子来了，她先把灶膛里的火扒出来熄掉，再抓起锅盖往锅上一盖。满锅的白果就"嘭！嘭！嘭"地炸着锅盖发出沉闷声响，像有许多小棍棒在乱敲，我们一齐笑弯了腰。小喜子从地上拾起一枚炸裂的白果剥开递给我，黄色的果仁，油润润、亮晶晶的，我放进嘴里，轻轻一咂，甜糯中，有一股苦苦的香，有一种特别的风味。

深秋里，小喜子和她爸也炒栗子卖，同样是一口小铁锅搁在小火炉子上，锅里是黑油油的小石子和炸开了口子的板栗。她爸在那默默地翻炒着，炒好的板栗油光水滑呈深红色，香味四溢。就听小喜子在那边唱边卖："炒板栗，真香来，大姑娘吃了二姑娘香，大哥哥吃了小哥哥香，城里头吃了城外头香……好香的炒板栗，快来买哟！"

到了冬天，小喜子会到女澡堂子里卖炒花生、炒葵花子、炒蚕豆，一直卖到麦黄杏子熟澡堂关门歇夏。然后，就在码头往下的渡口旁卖凉开水。那里有一棵浓荫匝地的大槐树，下面放了一张桌子，还有几条凳子。小喜子在玻璃杯子里倒好各种饮水，有糖水、白开水，还有凉茶和一种小孩子喜欢喝的有色的糖精水，都用方玻璃片盖住杯口，以示卫生。等候过渡的，和刚从船上下来的人，热得头上冒汗，都会走到树荫下来喝杯凉茶。凉茶不是普通茶叶，而是晒干的山楂红叶子和嫩梢头，有时还连带着未长成的小果子和刺杈，很粗糙，煮沸后，茶汁变成了红褐色，极能生津解渴。一杯凉茶大解暑，只收一分钱。

罗老二放鱼鹰的幸福生活

　　罗老二住下街头的圩埂上，那里一共住着二三十户渔业社人家，扳罾的、打撒网的、下卡子的、放鱼鹰的都有。

　　下霜后的大晴天里，常看见一个穿着黄白牛皮罩衣的中年汉子扛一张渔盆到河里，一个十四五岁的小姑娘拿一根竹篙瑟瑟地跟在后面。小姑娘叫兰英，辫根缠了白布条，姆妈害伤寒病死了，她来顶替。姆妈穿过的罩衣她接着穿，在腰间扎了一道绳防风，罩衣太大，腰里窝着一块，更加显得臃肿。兰英也像姆妈一样，按照父亲的指令，把渔盆一会儿撑到东一会儿撑到西。只是，父亲每一网撒下，她还不能熟练地将渔盆固定住，会招来一阵轻声呵责。撒网打上来的鱼，大都是不到半斤的鲤拐子、鲫巴子、桃花痴子和红眼鲩，至于不过寸把长的小麻条、薄得无肉的屎糠屁和鳌鲦鱼，还有扭来扭去的刀鳅，多是喂了家里鱼鹰子，有时会打到乌龟。

　　放鱼鹰的人家很好辨识，只要闻到哪一家散出的鱼腥味特别强烈，直冲脑顶门，就是。冬天里，罗老二每天都要把他的鱼鹰拎着脖子捉出来放到渔棚外竹竿上，让它们撑开两翼晒太阳，且带梳理羽毛。然后就把小鱼虾拿出来喂它们，每抛出一条，鱼鹰都能准确接住，扬起长长的脖子一吞而下。罗老二原本有六只鱼鹰，但去年秋天在洋河荡折了一只。那天，几只鱼鹰共同抬起一条铜头鳡鱼，这种鱼素为水中猛鱼，力大无穷，因头部尖锐，颜色如新擦的黄铜，有的地方喊作"黄狮"。就在罗老二拿起抄网去抄时，那家伙却猛然发力，将身一拧，铁尾扫出，水面激起巨大的浪花和漩涡……罗老二叫声不好，却是迟了，他最心爱的那只"毛头"已被连带着一同搅下水底。最后在几个放鹰人的共同相帮下，将那条二十多斤的铜头大鳡鱼拿住，他的"毛头"尖钩的喙已折，因扎进鱼鳃太深，一下拔不出来而被生生

搅断。罗老二好长时日都在痛心，那天真是撞了鬼，要是不去洋河荡，就什么事也没有！

罗老二的鱼鹰都是厉害角色，在竹竿上立成一排，碧绿的眼里射出寒凉的光，有时会歪侧脑袋打量走近身边的人，或是"咕啾"一声拉下一泡白石灰水一样的便溺。鱼鹰在我们那里又被喊成"鱼老鸹子"，它们的学名叫鸬鹚，在自然环境里是很善于飞翔的，剪掉了大翅后，被人豢养，成了活的捕鱼工具。鱼鹰分生鹰子和熟鹰子两种，前者都是一些没有经验的学徒级鹰子，也有是天性慵懒脾气不好的，得下功夫调教，后者则全是三岁以上劳模级鹰子。熟鹰子能在浑水里睁眼，在湍急的水流里辨识鱼路，能捕到大家伙。

天气转暖，罗老二就担着鹰子艇下到圩堤下的河里捕鱼了。罗老二没穿牛皮罩衣，只是在腰间扎了一条防水的黑色橡胶围裙，两腿也各绑了一块胶皮。他的鹰子艇是一对一人来长的连体艇，中间隔着一尺多宽的空隙，人钻到中间可以挑起来走路，放到水里，又开双腿一脚踏住一边，能稳稳地站上面用竹竿撑行。挑行时，这些歇了一冬的鱼鹰分立在艇两边木架上，一个个都好像很兴奋，不停地鼓嗉子，扇翅膀，有点迫不及待的样子。

看鱼鹰捕鱼，是一件快乐的事情。罗老二把鱼鹰赶下水，篙子一摆，嗓口吆喝，鱼鹰一齐扎进水底。过一会子，这里冒一只出来那里冒一只出来，口里衔着亮闪闪的鱼，向船边游来。罗老二伸竹篙轻轻一拖，篙尖挂住鱼鹰脚上的一个卡子，收回竹篙，将鱼鹰抓到手里，就势扒开鹰口，朝着艇舱一摁，鱼鹰嘴里的鱼就落下，连同已吞入喉中的鱼也都一齐吐出来。被重新扔入水中的鱼鹰，屁股一撅又一个猛子潜下水……罗老二左顾右盼观察着四周水域，顺流而下且捕且赶。捕鱼的高潮，是上游或下游的鱼鹰兜抄上来了，几条鹰子艇形成合围之势。罗老二脚踏鹰子艇，剧烈晃摇，嘴里"哦嗬""哦嗬"地喊着，挥动竹竿击打水面啪啪作响。水浪叠起，鼓噪声声，黑衣鱼鹰们大受鼓舞，激情高涨，越发卖力，纷纷蹿跃着猛往水里扎。水底的鱼藏不住了，慌不择路拼命地逃窜，能看到鱼鹰抻着长脖子在水下追撵的黑乎乎身影。小鱼追上就啄，遇上大鱼，你看那黑身影一定是要超掠到前面，然后回转身照着鱼头下嘴。眨眼工夫，一只嘴里叼着鱼的鱼鹰浮出水面，接着又是一只……有时两三只鱼鹰合抬一条大家伙，任凭水中如何波翻浪激，它们那尖钩一样的利喙死死叼紧鱼眼鱼鳃不松口。

到了半下昼，人和鹰都有点累了，节奏放慢，鱼鹰多浮在水面打漂，不愿往水里扎，罗老二就选了一处缓水的岸边歇了。他先拿一只大蚌壳将漏进艇中的水朝外舀尽，天有点冷，胸口疼一直没有消停，他必须喝点酒压一压，就从怀里掏出一个扁平的金属小物件朝嘴里灌了两口。罗老二当兵上过朝鲜战场，这小物件是个纪念品，当年在战场上从一个黄毛胡子兵尸体旁捡来的，上面有一排七弯八扭的外国字，一次只能装下二两五钱酒，想必它的原主人酒量也是不大的。

傍晚时，罗老二挑着鹰子艇回到家，女儿兰英立刻走过来帮他收拾艇里的鱼，按照大小分门别类。兰英告诉他，那四只由母鸡代孵的鹰子蛋，有一只已经啄破壳，最迟今天夜里就要出小鹰子了。罗老二呵呵一笑，脸色十分柔和。他觉得自己很幸福，很知足……唉，要是老婆不害伤寒病弃他而去，该多好！他解去了每只鱼鹰脖子上的套绳，把它们拎到渔棚的架子上，接着便将小鱼全部拿过来，一条一条地抛给已有点饿坏了的鱼鹰们吃，至于那些看相好的大鱼，是要拿到街上去卖钱的。但那条两斤多重的花斑鳜鱼，被罗老二挑出，叫兰英拿到灶头上烧出来。最后，那条鹰子艇同渔盆一样给竖起翻扣着靠到墙上沥水，罗老二才一一除掉在身上捆绑了一天的防水胶布。伸手揉了揉腰眼缝，那里丝丝缕缕朝外冒着寒痛，而胸口处抽疼越来越难靠酒来抵挡了，这要去床上躺一会儿才好哩。

等儿子小庆放学回来，一家人可以坐到桌前吃晚饭了。

梅一枝做乐器

梅一枝外形好，头发中分，眼角上挑，有时戴眼镜有时不戴。出门时白衬衣、西装裤、黑皮鞋，踱着方步，显得很是优雅有度。因为染有轻度肺结核，他的面色白里透着点红。其实，梅一枝是开乐器行的，祖上传下来的前店后坊，专制胡琴和箫笛等丝竹乐器。

本地乡谚："千日笛子百日箫，胡琴一辈子拉不交（音'高'，遍、完善的意思）。"这是说，学吹箫捺眼容易，但要把胡琴拉出水平，难。胡琴难拉，制作起来更是费事。要制琴梗，粘琴筒，安琴把，还要在琴筒上蒙上蛇皮，只有大乌梢蛇的皮才够上尺寸，通常都是自己下乡收购来的。制作胡琴最好的材料是紫檀木，还有乌木和红木，这些名贵材料，木质坚硬，纹理细密，能最大限度保证音色柔和、圆润、厚实。为了体现是自己这爿"梅记"老店出品，每把胡琴的梗上都要刻花雕字以代替留名。一柄三棱小刀，捏在梅一枝细长的手指下像是生了眼睛，游刃有余，几下一划拉便能刻成一束兰花、数枝梅萼。精细上乘的，多是刻上两只展翅飞翔的长尾凤凰，配上"有凤来仪""龙凤呈祥"之类的口彩句，涂抹上五彩泥金，十分鲜亮醒目。你看他是那样专注，随着手上动作，嘴角两边腮帮也一抿一抿地配合扯动，感觉他在精雕细刻的同时，把自己的思想和情感还有灵气也全都赋予了这些乐器。

所以梅一枝平时总是尽量保持好的心情，他说，心情舒畅，活干起来就特别顺，会觉得自己已与乐器合而为一。店堂后面的作坊里，地上放满了各种材料，一张长方形的桌子占据了小半个空间，上面放的那些工具，长短不一，大小不一，有一种精巧的小刨子，只有指头长，叫作指刨。

梅一枝的习惯，每制成一把胡琴，自己先要试拉几支曲子。先泡好一壶茶，在凳子上坐下，将胡琴搁膝上，连调几个调门之后，校一校弓弦，再拉，再调。如果定了弦以后，音色仍然不是最满意的，或是调门不够，就拧一拧弦上的微调键。直到找准最佳调门，持弓的手一抖，就拉出一个长长的袅袅不绝的颤音……然后，啜饮几口茶水，稍稍调息一下，把胡琴在膝上再次架好，头一扬，右手轻而有力地一拉，拉出了一个舒展缓滑的慢板，慢到尽头，突然一下又跳起变快。那弓，像一把刀，一下切入你的感觉里，亮晶晶的乐调溪水似的流淌出来……渐渐地，像是踏上了一条幽径，你听出来了，那是一曲《良宵》……或是《月儿弯弯照九州》。

除了做胡琴，做箫笛也颇有看头。首先，买来的竹料都要校直，竹子的内外径一定要匀称，外表不能歪斜有疤痕。于是作坊里少不了一只白铁皮炉子，专供烘烤竹子用。烤到一定火候的竹子，必须趁热伸进有眼的校板里校直，再浸进冷水池里定型。有趣的是，炉子上烤竹，炉膛里烧的是废竹和竹的下脚料，大有"煮豆燃豆萁"的味道。有的箫和笛，是用紫竹做出来的，乌溜溜的，看上去就不一般。

箫和笛的音调准不准，关键是画线打眼确定间距。桌子上固定着两根做样板的箫和笛，对照比画，在竹料上用炭笔刻画出每个音的孔位。不同的调门，所使用的钻头的粗细亦有差别。凿洞眼时，系着围裙的梅一枝盘腿坐于薄垫上，侧着头，在一截两头给固稳的竹子上一个孔一个孔地打个不停。

梅一枝还能制作式样古怪的桨形箫、锤形箫、剑形箫，每支箫的音色又都不一样，这是他自己留着玩儿的。有时，他随便掂起一截竹子的下脚料几下一弄，就做出一个竹哨。这竹哨只有小手指长，用它吹出各种鸟的花叫声，能引得树上鸟儿跳来跳去悦声合唱。

师父艺高，徒弟作难。跟着这样高师学技术，不打出成千上万个孔眼是立不下根基的，熬过三五年才有资格上柜做技术活，晋升为小师傅。梅一枝的学艺徒弟叫宝魁，实际上是打小收下的养子，一个眉宇很是清朗的小伙子，没等到上柜做技术活儿，十八岁就参军去了东海前线。两年后寄回来一张照片，身穿横条衫，戴着海军飘带帽，手端冲锋枪，英俊又威武。

梅一枝和老婆是自小在一起长大的恩爱夫妻，四五年前老婆结核病去世，几度招魂哭不回，他就把一腔父爱都给了独养女儿香雪。香雪人如其名，长得那真叫冰肌雪肤，清纯如水。梅一枝有一台老式留声机，那个牵牛花般的大喇叭里常放出一些优美得让人心伤欲泪的旋律。那时，镇上电影院里正放《柳堡的故事》，香雪连看了三场。早上，香雪端一盆衣裳去河边洗，青青的草坡连着清清的河水，一朵朵白云从河心里淌过……香雪边漂洗着衣裳边唱：

　　　　九九那个艳阳天来哟，

　　　　十八岁的哥哥呀坐在河边。

　　　　东风呀吹得那个风车转哪，

　　　　蚕豆花儿香呀麦苗儿鲜，

　　　　十八岁的哥哥惦记着小英莲……

　　对岸有一群孩子一大早就泡在河里戏水。听到歌声，他们就一边撩水一边叫着："香雪香雪，小英莲……你就是那个小英莲！"

　　有一条船过来了，往下游驶去。船后面留下长长的一串波纹，仿佛一匹绿色的绸缎被划开了一道口子，那波纹越去越轻，越去越细……细到最后了无痕迹。

　　到我念小学三年级时，梅一枝的"梅记"乐器行已经不开了。香雪给招进了县剧团，身体不太好的梅一枝就帮剧团修理乐器。我曾看过一次梅一枝制作木唢呐。当时，好像剧团新上了一个什么小戏，按照剧情，需要有一支乡土气息的唢呐调配合才好。梅一枝自告奋勇说马上就能将唢呐做出来。他到厨房里从一大堆烧柴里选出一截没长多余的枝杈的光滑树枝，用一根烧得通红的铁条烙空了这截树枝，然后找来一个螃蟹刨子，细细地把树枝的表面打磨到具有了凝脂般质感，才开始钻孔，再薄薄地涂上一层清亮的山漆，最后套上铜质的喇叭。一吹，"呜——啦——呜——哩——啦"，那麦哨般尖锐的声音，经过铜质的喇叭过滤后，便有了精致优雅的韵律。

　　一截本来做烧柴的树枝，在他手里打磨成了唢呐，一件极富乡土味的民间乐器就这样产生了。梅一枝自己先试着吹了一支完整的曲子《二月里来》，他腮帮鼓得高高的，双颊有点潮红，身体随着唢呐的调子有节奏地摇晃着。只是，那欢快的乐调却又似一根针往人心坎里扎。

　　香雪在一旁轻声哼完乐谱，不知为什么，她的一双美丽的大眼睛里竟然泪光莹亮……

袁桶匠滴水不漏的境界

　　我小学同学袁小宝的老子是箍桶匠。某一个阳光普照的人间四月天气，我们去乡下走亲戚，天空透蓝，绿树成荫，布谷声声。路上忽然听得一声奇特的腔调："打——箍——呃——"若那嗓音稍带点沙哑，且把那个尾音拖得长长的，直到高端才最后吸气般突然顿住，这八成便是袁小宝的老子袁桶匠吆喝出来的。

　　过去，木匠分"大木""小木"两种，"大木"造房子，"小木"打家具。"小木"中又有"方木""圆木"之别，制作桌椅几凳的是"方木"，箍桶则属"圆木"。箍桶匠收拾的对象为一些木桶、木盆，多是修理带打箍，所以又被喊作"圆木匠"，这恰好谐了袁桶匠的姓。皮肤黝黑、寡言少语的袁桶匠，一年到头挑着一副箍桶担子走村串巷。行走时担子一扇一扇的，扁担发出短促的"吱呀吱呀"声，仅有的几下吆喝，显得特别沉闷却充满韵味。

　　"补锅的讲空（孔）"，补锅匠以孔洞的多少讲价钱；箍桶匠则讲"箍"，以箍的多少论价，且大箍有大箍的价，小箍有小箍的价。粪桶打篾箍，灶头上那种桶形的锅盖也打篾箍，水桶则多打铁箍，所有的盆几乎也都打的是铁箍。不管是桶还是盆，至少有两道箍，最难打的是底箍，小了套不上，大了就松，起不到护底的作用。桶大多是肚大两头小，盆却是底小口子大，箍桶的圆箍一般都编成辫纹形，从桶的上面套下去，而箍盆的箍则是从盆底小口处往上套，然后用一根下方上圆的木块向粗的那一端转圈子敲，越敲越紧。敲击时，发出很有节奏的声音：嘣咚、嘣咚、咚咚嘣；咚嘣咚嘣、咚咚嘣……一会子又转换成呱嗒、呱嗒、呱呱嗒。

　　"三分手艺，七分家伙"，袁桶匠的担子一头，是一个椭圆的腰子桶，里面放着斧、锤、凿子等一些短小的工具；另一头则是一个扁圆的筐，插着锯子、刨子、手钻等一些较长的工具，还有几圈用来打箍的铅丝或竹篾。跟木匠用的刨子不同，桶匠的刨子五花八门，非常有趣，除了长短刨、耳朵刨外，还有专刨圆弧形桶板的滚刨和翘头的船形刨。袁桶匠的腰子桶上还覆着一个特别大的刨子，约有板凳面子那么宽、小半人长，使用时将刨铁口朝上，一头高一头低地放在地上，拿起要刨的木头放在刨子上，由上而下推着刨光。袁桶匠的手钻也很别致，打开呈十字形，钻头上铁钉银光闪亮。钻眼时，左手握紧钻杆顶端的轴柄，右手如拉"二胡"一般几下一拉，一个眼就钻好了。

修桶修盆时，最常见的修理项目是换"块木"，把要换上的新木板锯好，刨光，做成上宽下窄的圆弧形，钻上眼，再削出两头尖尖的竹签插进眼中，将新旧桶板一块块拼得天衣无缝，最后打上箍，一个桶或是盆便修成了。当场放入水验收，滴水不漏方算完工。和能打家具能盖房子的木匠相比，桶匠手段有限，技术含量显然差了一大截。所以，我们在镇上常听到一句讥讽人的话，叫"桶匠教木匠"，这是挖苦两者都不咋地，而那个教人者尤差一大截。

袁桶匠的手艺再不咋地，只要腿勤手快，哪里不能找到活接？谁家都少不了几件圆木器，天长日久难免不腐朽损坏，这里渗那里漏……小漏可以用置换"块木"收紧箍圈的办法来解决，一般不做大的拆卸，否则拆散开来就更麻烦了，用我们那里老话讲叫"收不起来箍"。小孩子最开心的是企望能得到卸换下的旧箍用来滚铁环，由于桶箍一般比较圆整，滚起来不会跳跃，非常平稳顺当，因此特别受我们的欢迎。过去大姑娘出嫁时，娘家以一套精致的盆桶陪嫁，其中必有马桶，此时的马桶另有一个名字叫"子孙桶"，讲究的人家会给这种"子孙桶"打上亮晃晃的铜条箍。要是弄到从老式马桶上换下来的这种旧铜条箍，那真是开心死了！

叫人好生奇怪的是，袁桶匠还跨行业兼职一项营生——替人割小公猪的睾丸，在我们那里通俗大众化的叫法是"割小猪卵子"。这本是理发匠的兼职，但不知怎么竟让不相干的袁桶匠给谋来了。他清楚记得哪家哪家的母猪生养的一群小淘气快满月了，掐准了日子准时出现在事主家门前。袁桶匠下手快捷，随手一抄就将一只不谙世事童心烂漫的小公猪抄了过来，倒悬着夹于垫了麻袋片的两腿之间。左手稍一推，即推出膨胀而联袂的两小团肉，右手捏着锋利的剃刀轻轻一拖，就于滴血不出之间挤出两粒白蒜瓣一样的"卵子"，再一刀割下，断了那个联系日后三千烦恼丝的蘖根……这也可算作毫厘不差的胯下功夫。一窝中，通常有八九只小公猪，袁

桶匠除了能收获一两元钱，还能带回家一大碗"小猪卵子"，炒了下酒。都说"小猪卵子"是发性子的，倘是哪天晚饭后我们见到的袁小宝，嘴边泛着油光，不用说，这一晚他家准要早早熄灯，不到时辰，他妈就响亮着嗓子喊他快点回家关门睡觉。

袁桶匠还有个孪生兄弟，长得跟他一模一样，本是一个师父带出来的徒，后来却成了船匠，冠上姓氏被人喊作袁船匠。那时，码头往下游的河湾里歇满了大大小小的船，渔船、货船、客船，尖头的船、方头的船，各式各样……时间长了，跟桶和盆一样，这里通那里漏，伤痕累累，千疮百孔，就要找船匠来修补。

炎热的夏季，天空没有一丝云彩，刺眼的白光忽闪在干枯的河滩上。要修补的船被拖出水，搁浅在岸边，有的还用三角叉马斜着撑起船底。要是船太大了，就叉起三根大木用铁葫芦将船身吊起来一些。袁船匠在头上搭块湿毛巾，一丝不挂地站在齐腰身的水里叮叮当当地修理着。他用一把尖端裂开的撬棒仔细起掉一颗颗锈蚀的骑马钉，再用顶锥和凿子清除掉一块块腐朽的船底板……然后锯出相同大的木板拼上去，新旧船板错位咬合，再钉上一圈足足超过五寸长的巴钉。有时内外还要用两层厚木板拴夹，最后反复涂上几遍桐油。如果仅是小洞小漏的，就用旧的布鞋底烧灰加上石灰、桐油和剪碎的麻筋调成灰浆，直接填抹上去就行了。俗话说"人身上靠筋，船身上靠钉"，早先造船，旁边得有一个专门打制船钉的铁匠炉子。钉头处必须要用麻油灰浆包起来，不能暴露在水里，否则很快就能烂成一个一个洞眼。

桶匠和船匠，有着血缘亲，但桶匠的担子里你找不到一根钉，桶匠从来不用钉。

如果袁船匠这边活儿太多了，或者是场面太大了，一个人对付不下来……他就会把孪生兄弟袁桶匠召来，两人联手，哪怕是校正一格格歪斜的隔舱板，效率也高得多。反正船也是一件大木器，修船跟修桶一样，最高境界都是滴水不漏。只是在外人看来，两个长得一模一样难分彼此的人，光着屁股在船上翻进翻出地忙活，多少有点滑稽。

扳拦河罾的老歪

扳拦河罾的老歪自打从娘胎里出来，就是个歪头，要看个东西，得连身子带颈子一起转。在别人看来，他歪头扭颈子的模样，肯定很有些难受，但老歪习惯了自己这种生相，就像习惯了人们叫他老歪而忘掉他的名字一样。其实，老歪的那张脸上，倒是鼻直口方，线条分明，颇精致耐看的，甚至有点冷酷。

拦河罾是在河道里安置的一张特大的网，有半个篮球场大。岸边栽着两根高高的毛竹撑杆，杆顶上有滑轮，升降绳穿过吊在撑竿上的滑轮与绞盘连接。光着膀子的老歪，和他的弟弟大喜一起摇动绞盘，罾网迅速上升，等网的纲绳全部出水，就摇动绞盘控制撑杆，使罾网倾斜到理想的角度。然后，大喜就离开绞盘，拿起一个长柄捞兜去抄网里那些活蹦乱跳的鱼。运气好的时候，碰上过路的鱼队伍，一网出水，能捞起一两百斤呢，河鳗粗得像胳膊，大草鱼有几十斤重，胖头鱼的头比小坛子还大。有一种一拃长的"棉花条子"鱼，一来就是一大堆，此鱼细长滚圆几乎无刺，以文火煎烤成焦黄色，下调料加姜蒜焖出油来，入口香软，回味鲜绵。镇上人惯常以之炖糟，味道真是呱呱叫，鱼盛在白瓷盆子里，在饭锅头蒸出，褐黄鱼体上，粘满白生生的被油脂浸透的糟粒，尝一口，又甜又咸的鲜嫩中溢满酒的醇香，真是风味独致。若是盐腌后再裹上面粉炸酥，和骨吞渣，香脆无比。

每年黄梅天发大水前后，是老歪的丰收季节。有些地方破了圩，鱼塘里养的鱼跑出来，一路跑进大河里，倒霉地就给拦河罾拦断了大好前程。老歪在起罾的立杆旁盖了个小棚子，棚子里有床、锅灶及渔具等杂物。忙的时候，兄弟俩吃住在小棚子里。棚子外有一个放满水的卡子盆，盆里游动着鲤鱼、鲫鱼、鳊鱼、翘白鱼、红眼睛鲲，支棱着三叉大刺的安鸡鱼任何时候都是那般慢条斯理，而黑鱼则是阴沉沉的不动声色。有人来买鱼，自己拿了抄兜从里面抄。另外还有个大半人高的篾篓子，里面也有鱼，养在河坡下的水中。倘是要买大鱼，老歪就扯起拴在桩上的绳子，篾篓出了水，鱼在里面打得水花啪啪响。来买鱼的人挑挑拣拣弄好了，老歪才把偏头连着半个身子一起转过来，望一眼你，停下手里的活，给你称秤、报账、收钱……一切都做得非常利索，没有一点叽叽歪歪。

夏天晚饭吃得早，就有许多人去看老歪起拦河罾。大水过后，有些地方加固的草包一个个堵在那儿还没有清除掉。站在高高的堤埂上，清凉的水腥气扑面而来，河里有几条渔船，一些船民在堤边建了些矮小的房子，水都退到房子下边去了，但涨水的印迹却清晰地留在窗台上。罾网起水时，可以听到网里鱼虾的扑棱声，船从下面过，西下的残阳照射过来，每一个网眼都晶亮亮地滴着水珠。一些网眼里银亮亮地一闪，这是被嵌住的小鱼——鳑鲏、鳘鲦子多是给挂在网眼上。有趣的是，在拦河罾的上下游不远处，还有搬小罾网的，这种小罾网只有四五米见方，用两根交叉细竹竿对角绷起即成，有一根绳子直接拴在网架上，守株待兔似的等上一会儿，用力拉起绳子，罾网就出水。有时候很有收获，网心里有鱼儿乱跳，有时候什么都没有捞到。与老歪的巨无霸拦河罾比，小罾网捞到小鱼的机会更多。

老歪的拦河罾不仅能捞到大鱼，甚至在一天傍晚时分捞到过一回人。

当时，天快擦黑了，从上游叫叫嚷嚷地赶来一群人。说是他们村里有个年轻女人过渡时落水，被冲下来了，不知这拦河罾能不能拦到……老歪想哪有这么巧的事，但还是毫不犹豫同大喜一起摇动绞盘。昏暗中，罾网渐渐出水，忽然有人大叫起来，电筒光照过去，网里果真躺着一个人！众人七手八脚把人从罾网里弄下来，已是一点气息也没有。

老歪表现出少见的从容和镇定，当即让大喜跑步去喊医生，这边把女人平放在地，抠掉口中泥沙，一阵按压又施以口对口人工呼吸……等大喜领着医生和一干人到来，那女人已一声轻叹转过气来。当夜，在千恩万谢之后，女人被家人用担架抬回。此后两边走动，人家那边还要把一个侄女介绍给老歪，但老歪一口回绝了。老歪说，自己的颈子不争气，把头给长歪了，歪了就歪了，又扳不过来了，只是别害了人家姑娘心里老是拧着难受，算了，算了……

关于老歪，有一个笑话：某年夏天，河里大水退去，一些围堰塘子里的水也被人放个半干，大家都脱了裤头坐到水里挥动手臂搅浑水，把鱼呛晕乎，呛浮了头，好捉。有人拿了鸡罩，有人持网兜，还有拿竹篮舀的，光着屁股的老歪也在齐腰深的水中忙乎。老歪胯裆里那东西特别大，拖在水面上漂，半沉半浮的。侧面并肩的一个人以为是黑鱼头，手疾眼快，一网兜抄下去，把老歪抄了个趔趄。老歪那颈子本来就是朝这一侧拧着，不用转头便骂道："你狗日的也呛昏啦……往哪里抄？抄你妈个头！"

那人眨巴几下眼睛，"哦……抄错了，抄错了对不起……"扬起一只手，赶紧赔笑。

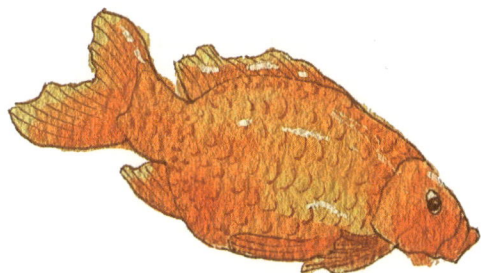

钟国琴修钟表的兰花指

那时，你手腕上若是戴一块表，真要让周围人羡慕死了。所谓镶金牙的爱笑，戴手表的喜欢撸袖子，有那显摆的人，总是故意把衣袖卷起露出腕上的表。可无论是手表还是挂钟，走长了都要出毛病，所以修理钟表的师傅便会在街边路口找个合适的地方摆开摊子，不愁没生意。一个四方形的桌子上放着玻璃罩，罩子下面都是一些钟表模型和配件，招揽顾客。桌子有若干个抽屉，每个抽屉里装着修理的工具和各个不同品牌钟表的小配件。那些师傅，大都是修理座钟、闹钟的，花白的头发，严谨的表情，没人怀疑他们的技术。

但是，在百货公司斜对面的幸福巷口修钟表的，却是个三十多岁的白净女人，脸型稍稍有点胖，所以腮边汪着两个酒窝，别人都喊她钟国琴。清晨，钟国琴踏上三级石坎，打开镶着透明玻璃的酒红色半旧木门，系起围裙，打来水，上上下下仔细扫抹一番。然后除下围裙挂在门后墙上，坐到桌子后面，一天的工作就开始了。

若干年前，坐在她那个位置上的，是头顶半秃的老钟师傅。老钟师傅早年在汉口"亨得利"当学徒，学习修理钟表，抗战胜利，辗转来到离家近的南京，进了老"瑞昌"分号。那时南京空前繁荣，卖表、修表的铺子很多，一般都是修理小三针、挂表、老钟等，能戴得起手表的都是有钱人。老钟师傅常讲，修钟表是手上活，收入不错，又不太累人，也不会弄脏衣服……所以人家都说修钟表的干的是大少爷行当。老钟师傅一直干到一九五六年回到家乡，回家后进了互助合作社，修表、刻字、修钢笔三门手艺的师傅同在一家店营生。再到后来，因为年龄大了，一拿起镊子手就会抖，这手一抖，自然就修不成钟表了。

钟国琴是老钟师傅独养女儿，丈夫是跑长线的海员，在家的日子少，在外的日子多。专跑洋码头的海员，因为珍爱妻子，碰到能上手的钟和表，都不会放过，一年一次探亲假，回家时总能从包里掏出一些稀奇古怪的物件来。她穿过一件当时很新奇的红黑大方格子图案翻领衫，就是苏格兰大格子布裁剪的。老钟师傅过着很称心舒畅的生活，有时让孙子搀着来店里看看，少不了给女儿指点一番。他总是告诫，修钟表一定要眼准，手稳……修钟表和外科大夫做手术差不多，特别是手表，戴坏的少，修坏的多。老爷子鼻梁上架着发暗的金丝框眼镜，脑勺上不多的一点白发向后梳得整整齐齐，清朗干净，走在街上很绅士的派头。

戴着灰色袖套的钟国琴，神情专注地拨弄着一只旧表，听听声响，然后，取下紧紧罩在眼睛上那只黑色胶壳的放大镜，拿起一只小巧的油壶，在手表关键部位注一点机油。装好表盖，拨动长短针，表盘没有反应，重新拆开，再来一遍……如果是里面零部件生锈了，就要卸下轮齿，清洗每一枚生锈的零件。清洗那些复杂的零部件时，有淡淡的汽油味弥散在空间里。如果是对付一只座钟，钟国琴先要拆开后盖细看游丝，走的误差大了，就拨一拨快慢掣。要是快慢掣偏差大，就得取下游丝和"骑马轮"重修，以保证日后有调试余地。无论手表还是座钟，修好后，都要放店里再观察几天，确定走得没有误差，才返还顾客。

有一次，镇上中学袁校长拿来一个金属的链形表带修理，表带从表盘一侧接口处脱落，连接表带的针状螺杆遗失。钟国琴仔细查看了表带的结构后，从抽屉里找出了一根旧的针状螺杆代替，但是螺杆粗了，穿不进去。钟国琴就用专业打磨机械先将螺杆磨细，再用小锉子锉短，又扩张了表带的穿孔，一次次一遍遍地磨呀钻的……一个小时后，终于修好了这条表带。之后，她又为袁校长清洗了手表，调节了表带的宽松度。

手上技艺，不是春色也动人。眉眼婉然的钟国琴不知道，有不少顾客特别喜欢看她的手，看她环起左手的拇指和食指平拍着打开的表盘，右手拿着小巧的镊子，或夹或拨……时间好像被她小巧的镊子夹住了似的，温柔地静止着。钟国琴偶尔从那静止里，抬了头看看门外，目光缥缈。

她总是翘着兰花指，手指很灵巧，手形很美。

"鸡药陈"成了"膏药陈"

我学中医时，卫生院有一寡言少语、身上总是穿得干干净净的陈姓老头儿，人称"鸡药陈"，因其早年是放鸡药的。

所谓放鸡药，实则是专门推销食疗滋补中药。药者，多是传统的滋肝补肾、益气生精、扶正培本"十全大补"底子的当归、黄芪、党参、枸杞等配方药。冬至时令，被认为万物敛藏、精气内蓄大好食补机会。选用二年上壮硕母鸡宰杀去毛，全药塞入腹体，文火慢炖，至肉酥离骨，吃肉喝汤，连药渣一齐服下，以达食补效果。有病疗病，无病壮体。鸡药多是一包包事先配好了，根据大致情形对病施"放"，也有临时加减，遵"君臣佐使"酌情配方的。

放鸡药者，大多是承传祖业，手中持一个铜制中空环形圆盘，空环内有几粒铁珠，一摇晃便发出"嘀铃铃、嘀铃铃"的声音，人们就知道是"放鸡药的郎中"来了。他们肩上搭负着一个有多个口袋的布褡子，内盛各种中草药，腋下夹一把雨伞，走村串户，风餐露宿，亦放亦诊。若是手头无钱，先赊上鸡药，待到秋后再来收账也行。"鸡药陈"本是汉口最有名的"汉庄"大药房的推销员，抗战时日本人飞机狂轰滥炸汉口，"汉庄"大药房一夜之间毁于战火。这"鸡药陈"便辗转流落于我们江南一带的圩镇山乡，成了放鸡药的游方郎中。

"鸡药陈"有一套制中药的好手艺。我常看他炙药。有一种羊油炙，就是取羊油与药材同炒，如炙淫羊藿；还有鳖血炙，先将鳖血加少量清水与药材同拌匀后，放置一会儿，再入锅中炒至变色，如鳖血炙柴胡。此外，还有水飞，即将药物用碾槽碾成细末，再放入乳钵内加水同研极细，又加入多量水搅拌，待药粉沉淀后将水倒尽，分出药粉，使之干燥，手捻成极细粉，像朱砂、炉甘石等矿物药多经水飞。

炮药也很有趣，把药物放在高温烧红的铁锅内急炒片刻起烟，使药物四面焦黄炸裂，叫作"炮"，如干姜、附子、天雄等用"炮"法制出，可减弱烈性和毒性。

"鸡药陈"干活前，总是先饮一大茶缸自制的一种什么饮料，然后卷起袖子，全神贯注，精心操作，任凭是谁也不搭话，直至把活计干完为止。

晚年，"鸡药陈"又成了"膏药陈"，专门制作一种对付肿毒的膏药。他将一些中药研碎煎熬成稠黑的膏状，拿一个竹片刮到剪成圆形的白布或厚纸上，阴干后备用。药方里有一味主药是子午虫，子午虫又名苍耳虫，长在苍耳草的秆子里，白白的，形似米虫，立秋那天早上起来捕捉，过了中午就不行。看到哪棵苍耳草秆子上有虫洞，湿漉漉且有虫屎挂出，折断茎秆挑出虫，用麻油加冰片、麝香、栝楼、桃丹浸泡。常见的痈疽、搭背、对口疗、蛇头疗，贴上此膏药，就能消肿止痛、排脓、拔毒生肌。还有一种膏药，是在碾碎的药末上倒入鸡蛋清，略加温开水调成糊状，分摊在蜡纸上贴于患处。膏药烘热后附着力强，作用深透持久。长了疗、疮、疖、痈的人都愿意找"膏药陈"治疗，包括在其他医院治不好或钱少治不起的外地患者也慕名而来。

有一中年人因"砍头疮"就诊，紫红色的脖子肿得比头还粗，躺不下，睡不着，伴有高烧、恶心。"膏药陈"一边给他切开引流，一边外用金黄膏拔脓、消炎膏消肿止痛、玉红膏生肌长肉，同时口服"仙方活命饮"中药煎剂，半个多月就痊愈了。一杨姓少年患小腹疽，肿硬十五天之久，昼夜号叫，声彻邻里，被其父用板车拉到县医院治疗，医生要他住院开刀，后经人介绍用膏药治疗。"膏药陈"看后，一摸红肿部位还不烫手，只是四周疼痛，并牵引腿疼。遂做了一张膏药，贴于患处，又嘱内服六神丸。不多天，患者的肿痛就消失了，一共只花了七八元钱。又有屯溪人吴某，左腿膝下外侧浮肿不红，却疼痛异常，寒战高热，经注射青霉素不能减，复经当地乡医火针扎刺，以致患处肌肉坏死，皮肤焦硬如黑壳，敲之嘎嘎有声，其势已十分凶险……"膏药陈"接手后，以猪蹄煎浓汁淋洗，涂生肌玉红膏，一日三次，并用大定风珠加海参、淡菜、栝楼频频煎服。逾三日，患处软溃，再换上以八宝生肌散为方加减专制的膏药外敷，专服栝楼一味药，半月即告愈。

"膏药陈"不像有些老中医，只教操作，不教配方，他熬制膏药时，从来不避人，这让我打心里感激他。但我有时也替他担心，因为在西医看来，那些深度疮疡脓肿，弄不好就成凶险的败血症……而一旦出了事，担责是免不了的。

"膏药陈"住在医院后面的筒子楼上，房间里只有几样简单的家具，唯一值点钱的就是两个青花的茶叶罐，里面装着麝香和冰片，那是他有限的一点私产。"膏药陈"还有一件宝贝，是一辆铜制的自行车，据说是二战时期的美国货，全重不足二十斤，系当年放鸡药时十分新潮时髦的交通工具。他的老伴，早年出身青楼，外貌十分清雅整洁，一头银发总是收拾得纹丝不乱，尤能烧得一手正宗淮扬菜。"膏药陈"平时少语，唯与老伴相守甚得，颇见童趣。

一日，"膏药陈"感染风寒，旬余竟成沉疴。我们赶去探视，问如何，断断续续答："北山……倒了庙，只、只剩得南兽（难受）。"至夜，竟然"咯喽""咯喽"连声不歇。其老伴曰："老东西，你制了一辈子药，咋还栝楼、栝楼地放不下……"闻言，"膏药陈"泯然一笑而终。

两老人无后，是在二十世纪七十年代末相继逝去。现在到哪儿再去找这样有经验又特别敬业的老药工呢？

一直忘不掉"膏药陈"曾给我讲过的一个故事：某老者病危，叫儿子赶紧去请郎中，并叮嘱他一定要找好郎中来。儿子说不知道哪个郎中好。父亲说，你到他诊所门口一看就知道，门口鬼多，说明郎中诊死的人就多，门口鬼少，郎中诊死的人就少，你最好找个门口没有鬼的郎中来。儿子寻寻觅觅到处找哇找哇，发现几乎所有的诊所门口都挤满了鬼……最后，好不容易找到了门口只有一个鬼的郎中，将他请了来。没想到，这郎中三下两下就把老人诊死了。悲痛不已的儿子问：我明明看到你家门口只有一个鬼，你怎么就把我父亲诊死了呢？郎中说，你不知道，我今天才开的业呀。

"膏药陈"宁肯做了一辈子药工，也不愿坐堂主诊内科诸症，或许，这个故事告诉了我们什么……

下小馄饨的翟大贵

　　在我们那里，馄饨被称作"饺子"。不知为什么，下"饺子"只有担子而没有铺子，一年四季，"饺儿担子"可算是街头最寻常的风景了。

　　乡下唱大戏、放电影、玩灯、赶庙会，只要是有人聚集的地方，肯定就有下汤圆下馄饨的担子。担子的一头，下面放着干燥的木柴，上面是烧柴炉，炉子上放着一口锅，锅里是待开或已经烧开的沸水。担子的另一头，是个简易的柜子，里面有碗勺和铁丝笊篱，上面放一方形盘子，摆着包好的馄饨和没有包的馄饨皮、肉馅、葱、胡椒、猪油、酱油、醋之类。翟大贵挑着这样的担子，平衡的功夫极好，不要手扶，手里拿着两块竹片一边走一边不断地敲打，人们听到这种响声，想吃馄饨的人会闻声而来。有时他也把担子停放在街头巷尾，手里竹片发出清脆有节奏的响声："嗒，嘀嗒，嘀嘀嗒……"

　　翟大贵家从爷爷那一代起，就靠下馄饨谋生了。翟大贵四十来岁，面色不错，却顶着一头早白的发，说话声音麻沙，是因为小时得百日咳把嗓子咳坏了。深夜街头昏黄的路灯下，总能见腰系围裙的翟大贵在躬身打理着。担子的一头柴火红红，上面锅里热气腾腾，另一头的极小的案板上码放着油瓶、馅儿碗、皮子以及包好待下的成品。旁有小桌小凳，有人过来，招呼一声，或是抓一把成品下到锅里，或是现包现下。翟大贵包馄饨手法极快，左手托皮子，右手小竹棒挑点肉糜往上一抹，手指捏着一窝，扔到一旁。再看这边锅里，水滚馄饨浮上，反复几次，皮薄能看到馅儿心的一面朝上，必熟无疑。几分钟光景，一大碗热气腾腾、汤波荡漾的馄饨就下好端上来。这种皮子薄到透明的小馄饨，只需嗡吸，入口即化。那香气，那暖暖的感觉，总能诱惑夜归的人。

翟大贵的家，在一幢带天井回廊的老旧大屋里。有时阴雨天不出摊，不少人会拿着大号搪瓷缸或是端一只小锅穿堂入户去他家中等候。去早了，看他剁馅儿打皮子，也就知道其中是很有讲究的。馅儿要用当天宰杀的猪前腿夹缝肉，八分瘦两分肥连筋带绊的，若是纯精的后腿肉反而不好。头发雪白的翟大贵，双手各持一把刀上下翻飞，直把一小钵子肉剁成肉末。再用一根圆筒状的棒槌敲打，肉打得越久越熟，越打越膨胀。打到最后，喷起的肉茸会起丝，极粘包馄饨的竹棒。

擀面皮的是他老婆，一个穿着碎花旧衬衣、头发总是有点凌乱却不掩姿色的小个子女人。擀面皮要入碱，分量掌握不好跑了碱，在猛火沸汤里一煮一冲，馄饨就会破皮。擀面时加入鸡蛋，能擀出最佳效果，所谓"薄如纸，软如绸，拉有弹性，吃有韧劲"，就是这效果。这边，翟大贵老婆把擀好的皮子垛起来，拿刀切成二寸见方若茶干子大小，一般十张皮放秤上称一下正好一两，再裹进一两馅儿心，便是一个小馄饨。人家都说，翟大贵一家人个个细皮嫩肉水色好，就是自家小馄饨喂出来的。

可是，小馄饨不似水饺和面条，不是用来撑肚子的。吃这种小馄饨，纯粹就为了味道，为了享受那碗热气腾腾的鲜汤——不求吃饱，只求口味。小馄饨要的是皮薄，肉馅儿不能多，多了就荒腔走调不是那味。小馄饨汤水甚为重要，先在碗里放好盐、酱油、猪油，用开水冲兑，以免汤水混浊，再用笊篱捞入小馄饨。十个似穿了柔软蝉衣的小馄饨在碗里还轻轻地打着转，几颗嫩绿的小葱撒在上面很是养眼好看，用汤匙稍稍搅动，但见一片片羽衣缥缈，裹一团团轻红，上下沉浮飘摇……舀上一个吹一吹，牙齿轻轻一叩，满口的汁水，真是香鲜透骨！

翟大贵的大女儿叫大玲子，细细的腰身如柳枝初舒，衬托得胸脯越发饱满，水汪汪一双大眼睛，像有许多缥缈的花瓣在里面轻轻打着旋。大玲子平时在家搭帮着做一些剁馅儿打皮子的事，顺带去供销社的肉案上取取肉，去粮店里买回五十斤一袋的富强粉，也没有多少事可做，难免时常坐家里一只手斜支着腮帮发呆。那时的春天，花事格外繁盛，槐花、桃花、梨花，远郊近野的油菜花，以及河滩上林林总总不知名的野花，会让整个城镇置于浓郁的香馥之中。

大玲子端一盆衣下河，河埠头上排满了声声捣衣的浣衣女。河面上有连成长阵的竹排顺流而下，排上搭着小棚，有人有狗，还有袅袅升起的炊烟，荡漾着粼粼的水波，在春天的暖洋洋的阳光里，很容易把身体深处某种躁动的欲望唤起。那些竹排木筏都是要漂向下江的大码头，不知为什么，有时却会在镇尾的河湾里停上许久。一些裤管挽得高高露出小腿上鼓绽腱子肉的年轻人，就会走到街上来买买东西，理个发，寄封信，东游游西逛逛。

自有那长得潇洒眼神活络像是念过书模样的，让大姑娘小嫂子看着眼热，会主动找他们搭话："小哥哎歇会子噢，排上闷得慌吧……""小河放排大河淌，小哥哥今晚歇哪嗒呀？""大河涨水小河满，哥哥我今晚歇在柳树湾……"这样的对话，听起来有点油嘴滑舌，但又像对歌一样充满情调。

大玲子失踪了，上午去河埠头洗衣，就没再回来。同时失踪的，还有姚篾匠家一个叫春香的侄女。那天下午，翟大贵没有出摊，领着他老婆来到姚篾匠家，一干人紧张而神秘地商量着如何去把两个女孩找回来，推断她们肯定是跟着放排人一起走的，因为这种事前些年已出过好几回。翟大贵去镇上开了一张证明，和另一个年轻人连夜去往下游追，但人家要是不停排，靠不了岸还真有点麻烦。过了两天，姚篾匠侄女儿春香被追回来了，大玲子却没回。别人询问情况，翟大贵却埋下头什么也不说……任他老婆在一边哭哭啼啼的。

翌日一早，翟大贵将他停歇了三天的"饺儿担子"又挑了出来。

老瘪子的烧饼人生

瘪嘴分两种——"天包地"和"地包天"。"天包地"属猴子嘴，看上去就能吃能啃。炕烧饼的老瘪子却是个上嘴唇陷落下嘴颏前突的"地包天"，人家笑话他，说老瘪子你那嘴张得再大，也啃不成自己炕出来的喷香烧饼啊！老瘪子一笑起来，嘴腮就越发地朝里瘪了，牵扯额际两边皱纹条条呈现，说你吃你吃……你吃，比我吃着香啊。老瘪子中等身材，三十来岁的样子，脸小，稀稀的牙，人就显得越发瘦，但却很有精神。人家来买烧饼都是直呼其绰号，老瘪子努力抿住嘴唇乐呵呵地回应着，一手接过钱，一手递过几个热乎乎的烧饼。

炕烧饼又叫打烧饼。无论是春夏秋冬，老瘪子上衣只能穿一只袖子，像穿藏袍那样一只手和半个胸口露在外面，这是因为打烧饼的必须把半个身子探进炉膛中干活，什么样的衣袖能不被炕焦？老瘪子常说，皮炕脱了不要紧，还能长起来，衣服炕坏就长不起来了。他炕烧饼炉子，由一个美孚汽油桶改制成，内壁填着一层厚厚的黄胶泥。长长的案板上，一头放着已经醒好的面团，用潮湿白布盖着；一头放着一个钵子，里面有用猪肉末和葱花调成的馅子。炉子里烧的是从山里买来的栗树炭，一来火紧，二来无烟。

老瘪子在案板上撒一层干粉，拿刀从醒好的面团上飞快切下一块。揉成长条状，再揪成一个个大小一致的剂子，用手按扁，做成圆形饼坯，麻利地抹上馅子，包好，用手掌一一拍打，啪嗒、啪嗒响，打烧饼之"打"，或许即来源于此。打成茶杯口那般大小，撒上芝麻，然后一一贴到灼热的炉膛壁上。炉火熊熊，烧饼由白炕成橙黄，一个一个隆成了小包。四五分钟后，炕熟的烧饼散发着扑鼻的浓香。老瘪子拿起火钳去炉膛内取烧饼，微微侧头从炉口看准要夹的烧饼，火钳探进去，贴

着烧饼边缘轻轻向里移动，手臂向上一提，便将一个散发着熟透面香味的烧饼夹出来，丢进篾簸箕里。细看一下，这火钳有点特殊，它的顶端是扁平的，便于从炉膛胶泥上铲下炕熟的烧饼。

每天清晨不等天亮，老瘪子就得起床发面，把一袋面粉倒入大钵里，面粉是白布袋装的，每袋五十市斤。发面这个环节非常重要，把面倒入一个大钵子里，和上水，加入碱，用手抄着揸，揸到没有干面的时候，还要再揸……一直揸成不粘手的软面团，放在温暖处醒十分钟。放碱的分量也要掌握好，碱多了，吃起来涩涩地"夹口"，少了，在嘴里粘牙，不爽气。咸烧饼的面是咸的，馅子里再放入葱花、椒盐或是萝卜丝起香，并在饼坯上按下两个指印以便识别；如果做成甜烧饼，就用一个毛刷子在馅儿里抹一层糖稀，外面也抹，好粘芝麻。只要"打"和"炕"的功夫做足了，这饼没有不筋道、不喷香的，外酥内嫩，入口化渣。要想吃软点的，最好刚出炉时立即趁热吃；想吃脆点的，得稍稍冷却一下才好。

炕烧饼这一行很吃苦，夏天太热，炉子里火既炕烧饼也炕人；冬天太冷，面团触手冰凉，和面揸面前先要将手搓上半天，恨不得马上就将事情做完。早上一段时间最忙，到了半上午，买烧饼的人渐渐少了。篾簸箕里黄灿灿的烧饼渐渐堆积了起来，老瘪子将有些烧饼上沾的炉膛黑灰和焦壳一一擦去，方才可以歇息一下。他双手捶捶腰，再从案板下的那个放钱的小口竹篓里摸出一包"大铁桥"或是"丰收"牌香烟，抽出一支，伸到炉膛里面点燃，努力抿住嘴唇美美地吸上一口。

下午，老瘪子偶尔也为人加工肉烧饼。想吃肉烧饼的人，先去肉案上根据自己喜好买回猪肉，或肥，或瘦，或肥瘦兼而有之，在家剁好放入调料，拎到老瘪子炉子案板上装馅儿。老瘪子像是做包子那样，把面剂子直接用手掌压成扁平，填入新鲜的猪肉馅儿，从四周边拢边压，使之成为一个略近圆形的饼坯，然后用手托起简单地修整一下，反手贴在光滑的炉膛壁上。只需片刻，就会飘散出与众不同的香味……

老瘪子在巷子口炕烧饼时，他的女人木香则在家里照管几个分别叫"大饼""二饼"和"三饼"的鼻涕娃，顺带接一些缝缝补补的活做，靠着针线上的修炼，赚两个小菜钱贴补家用。因为来补衣服的多是些光棍汉，或是码头上的船民挑夫，所以这活老早时在北方被称作"缝穷"，我们那里却另有形象的称呼，叫"补烧饼"，是因为大多数补丁都是烧饼那么大。你常见到一些下力气干重活的汉子，一双胳膊肘子那里粗针密线对称补了两个烧饼大圆疤，给裤子上屁股瓣那里补的两个更大的补丁，则叫"补锅盔"。往往是衣裳别的地方烂了，但这两处的"烧饼"和"锅盔"仍然完好如初，有时撕脱下来，那里会留有两个鲜明的深色印迹。木香还将收集来的一些没用的零碎布拼成鞋垫、垫肩、布袜子、小婴儿尿布等等出售，有的上面还绣着花纹，很有美感，扎实耐用。

这夫妻俩，一个炕烧饼，一个"补烧饼"，共同描述着人生的艰辛。

牙医刘心文

镶牙在我们那里叫包大金牙，街上常能见到咧着嘴笑的人，为的是展出他们口中黄灿灿的大金牙。刘心文有一手镶牙的绝活：镶金牙、银牙，还能嵌植宝牙。在许多人眼中，他是一个很有本事的人。

刘心文既对付坏牙，也对付好牙，他在对付坏牙的时候是牙医，对付好牙的时候是镶牙的。刘心文对付坏牙齿的主要手段，就是用特殊充填材料塞进坏死的牙洞里，要是塞了好多次仍然疼痛不减，就干脆用锤子加凿子将破损的病牙敲下来，算是"彻底根治"。对付好牙的主要方法，就是用锉刀将牙锉小，然后包上刺目的大金牙。尽管民间认为有真金在口心里踏实，夜里不做噩梦，但镶牙的最大吸引力，还是觉得那是一种脸面和身份的象征。

俗语说"镶金牙的自来笑，留分头的不戴帽"，可见那时留个分头也是身份的象征。其实这句俗语后面还有两句，"戴手表的撸衣袖，穿皮鞋的走石条"，皮鞋后跟上都打了响钉，走在石板地上咔咔响，很威风。我们那时有一拿手好戏，就是把香烟盒里的锡纸箔揭下来，贴在牙上，亮晃晃的，说是镶的"银牙"，看到有包大金牙的人走过来，比如石裁缝这样的人，就悄悄地龇着牙跟在他身后跑，惹来一阵笑声。

刘心文的牙医诊所外面，飘着一面白旗，上面画着满口的牙齿，巨大的两个字"镶牙"嵌在其间，很是引人注目。可见，刘心文是把镶牙看成自己业务的主攻方向，这就说明刘心文是手艺人，而非治病的医生。刘心文的专长技术叫"吹焊"，就是点起一个小酒精灯，然后口里衔一根古怪的紫铜弯管，对着灯焰吹气，吹出蓝蓝的火头，集中到一点，将一个小小的金豆烧化，最后能套到牙模上才算成功。由

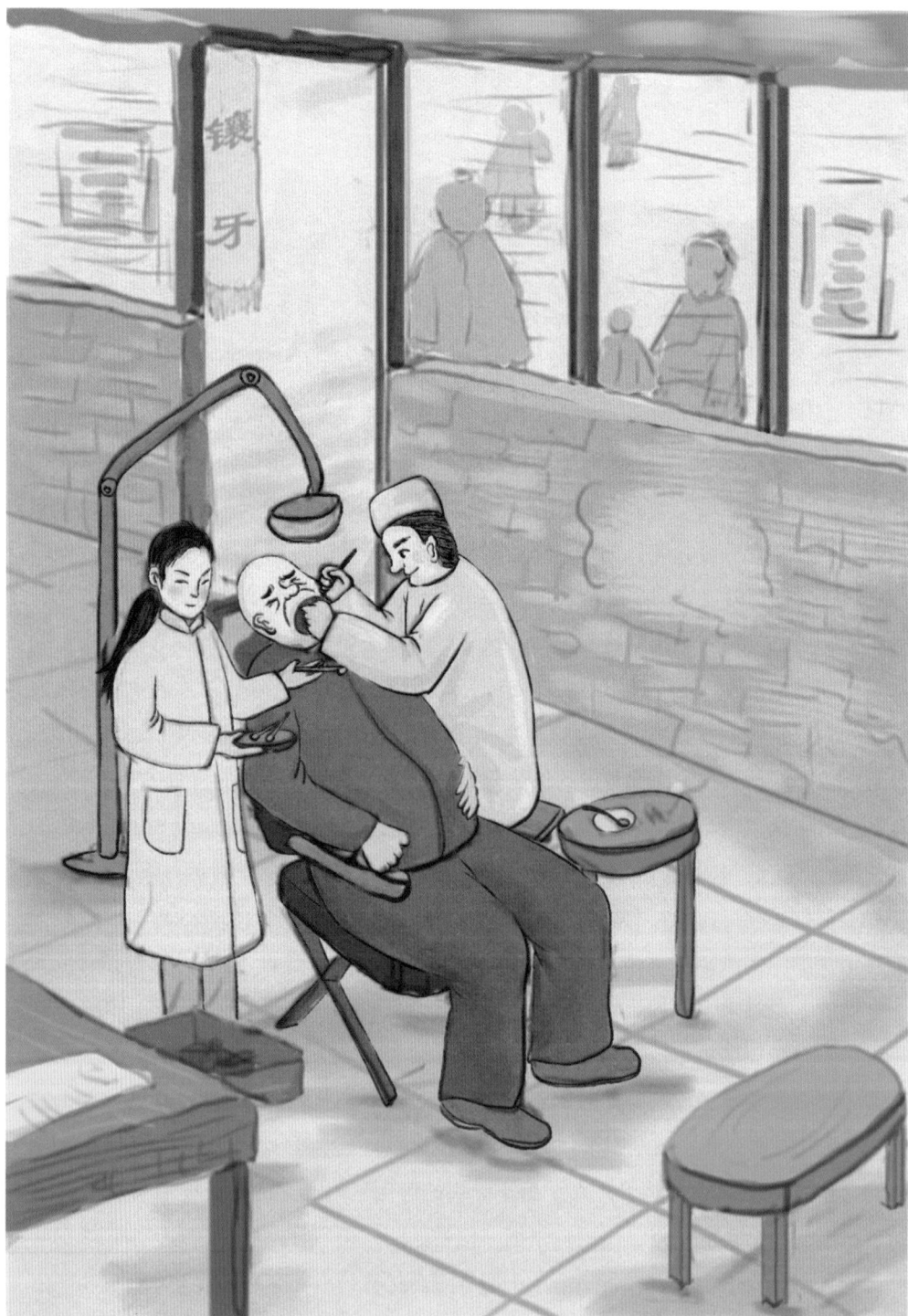

于长年累月地吹，刘心文的腮帮都吹肿了，吹歪了。如果是要补牙、植牙，刘心文的第一道工序，就是打牙模，用热水化开红色或蓝色的打样膏，调匀后放进牙托里，然后伸进患者大张的口中，往下一按，就打好模了。接下来，就是次日或若干日之后来装牙。等到牙装好了，刘心文照例会问感觉怎么样，人家说有点不习惯。刘心文说刚开始都是这样，习惯了就好了。在平时生活中，刘心文只要是同别人说话，眼睛总是很注意地朝人家口里看，这是他职业养成的习惯。人家都说，刘心文最爱的一种人，是嘴里没有一颗牙的齙巴子，试想一下，这样一无遮拦的嘴中，做出满口的牙，岂不是一笔大生意？其实，这种人逮眼就能认准，只要腮帮子是瘪进去的，扒开他的嘴，保准是笔大单。刘心文有一种特别便宜的植牙材料，是用生石灰、苎麻丝、桐油三者搅拌而成的，这种东西干了之后，的确坚硬无比，但不耐磨，也缺乏韧性，基本上一年之后在嘴里就找不见影子了。

凭良心说，刘心文并非黑心之人，起码，他给人弄的金牙都是成色能讲得过去的真金，不像有些游医，给你贴的是黄铜片。镇上小学看门的老鲍，就是因为贪便宜吃了个闷心亏。你没听老鲍经常叹息："唉，现在镶个金牙也不亮啦！早先有牙粉，金牙用牙粉一擦，闭住嘴也能冒出光来。现在不行啦，你看我左边这个牙，还黄亮亮的，右边这个，像他妈破铜片子，都快长了绿铜锈啦……"

住三圣坊的张妈有一对耳丝，连同一个戒指都是当年自己母亲给的纪念物。张妈已经把那戒指给过儿媳妇了，可是儿媳妇一直想把耳丝也要到手。没办法，张妈就找刘心文用吹枪把耳丝化了，做了一个金牙镶在口里。不久，老太太身体渐差，在床上睡了两个月就去世了。老太太死后，儿媳发现她自己的那个戒指也不见了，找了好几天也没找到……突然想起，好像听给婆婆殓容的老头儿说，死人嘴里有两颗金牙……两颗牙，这不是多出来了一颗？就去问刘心文到底给老太太镶了几颗牙，刘心文肯定地说只镶了一颗……这就怪了，那女人怔怔了半天都回不过来神。

刘心文的老婆叫桃花，湖北天门人，也是做牙医出身的，不过说出来有点让人笑话，她是跟着父母挑牙虫才到这边来的。江湖骗局挑牙虫，是以一种树叶晒干磨成粉末，藏在指甲里，当患者前来求治时，挑牙虫的把挑虫的筷子或银针放在患者口腔里，在藏粉末的指甲边一拖，指甲里的粉末遇到水，就成了牙虫的形状。挑出的牙虫论条数跟你算账，少则三五条，多则十数条。桃花的父母则是施的另一路法术，将一种有韧性的物质切成虫状，干燥后粘在银针的凹槽里带入口腔，遇到唾液泡开后，如同白线头般细蛆，泡在水里蠕蠕游动，活灵活现。同时也挑眼虫，手段大致相同。至于耳里有虫，则要把韭菜籽放烧红的锅铁片上再倒菜籽油熏，熏耳虫要堵住另一只耳，闭口，捏紧鼻孔。

那一回，十八岁的桃花雏莺初啼，独当一面做活计，正好撞到刘心文枪口上。刘心文见这姑娘生得杏眼柳眉，面白腮红，不禁心下暗暗一动，便故意设了局。桃花被勘破，好在并未当众出丑，人家温柔地留了一手……桃花心里有数，一来二往，两年之后做成了一家人，刘心文当然早就不准她挑牙虫了，让她穿上白大褂子，给自己打下手做石膏模子，学会用医具在患者口中叮叮当当敲击一阵子，然后说出一些正经的医治术语来。因为这女人的手法特别轻柔，在诊治过程中患者有省去打麻药的功效。

郑五八讲的钉秤的故事

打铜巷里的郑五八是钉秤的。制秤叫钉秤，是因为秤杆上的星花全部是手工一个星一个星钉上去的。郑五八的叔叔也是一个钉秤匠，在叔叔的影响下，郑五八自十二岁起就跟随叔叔学艺，十八岁那年，便接过叔叔特意给他准备下的钉秤家当，来到我们镇上另立了门户。

早先，郑五八都是自己做秤杆，一般挑选纹理细腻且质地坚硬的材质，如柞木、枣木、红木等。为了保证做出来的秤杆不开裂，选好的料要堆放两个伏天，干透了后才能使用。做秤杆的材料刨成笔直的细长棍，再用碱水浸泡，拿细砂布打磨光滑，也有的用蓼珠子来回擦拭，等到两端都包上亮闪闪的金属皮，秤杆才算初步成形……后来，郑五八嫌这些工序太烦琐，就听从了一个同行的建议，从外地购进已安装好秤纽、秤钩和铜皮包头的半成品，到他手中只做校秤、分刻度、手工钻眼、钉星花、打磨着色等工序，方才省了不少事。

不过，一根秤杆上动辄要钉进成百上千个星，如果没有足够的耐心，还是干不了这个活的。而弹线定星位，则是做秤的关键程序，墨线直、星位准是最起码的要求。提绳的位置，秤砣、秤钩或秤盘的重量，秤杆的粗细、长短，都直接影响星点的定位。郑五八将秤杆挂上秤盘确定支点，用砝码校验。他左手不停地轻轻拨移秤砣，当秤杆处于平衡时，就用双脚规在秤杆背面画一道印记，在此位置钉出的一排星叫定盘星，后面的重量刻度一一标明，所有秤星都是根据定盘星确定。一杆度量为三十斤的秤要钻近三百个眼，他用一把极为精致的小旋钻照着刻下的记号打眼，一杆秤上有多少星，便需打多少眼。

鼻梁上架着眼镜的郑五八，每天坐在他的铺子里，埋头给一把把秤杆钉星。地上散乱地摆放着一些制秤工具，墙上则挂着各种杆秤的成品和半成品。郑五八膝上铺块麻布，一手拿刀，一手拿一段细铜丝，先将铜丝插入已经钻好的星眼，然后用刀贴着秤杆割断铜丝，掉过刀背在秤杆上轻敲几下，然后再插下一个星眼，再割断……动作既连贯又快捷。最后统一锉平，拿细砂纸一打，一个个闪着暗光的星星点点就钉在了秤杆上。各个秤匠会排出不同的星点，不同的星花图案，也成了各秤匠之间辨认自己产品的标识。听说外地也有些秤匠图省事，直接将水银抹入星眼中。

最后一道程序是上色。需要青黑色秤杆的，用五倍子、青矾捣碎调水涂抹；喜欢红褐色的，用泡过的红茶渣、石灰搓揉抛光……秤杆的颜色完全凭客户的喜好决定。所谓"秤不离砣，公不离婆"，强调的就是不离不弃。秤砣都是铁铸的，早先的殷实人家和富有的商行店铺，还在秤砣上浇铸自己的堂号和商号。

小秤以"钱"进位，大秤以"两"进位。有一种大抬秤，秤杆有小孩子的手臂粗，一百斤以上的重量才能够称得上，一百斤以下一般为中秤的称量，而那种带秤盘的小秤，通常是小贩们用的，只十斤以下的称量。那时的民间，都是通行十六两制，即十六两为一斤，半斤则为八两，"半斤对八两"即比喻"两个都差不多"。

钉秤是一项良心活，有黑心人会在秤上做手脚，这就是被人称为"做鬼秤"的，有了"做鬼秤"的，就有"卖鬼秤"的。有一天，郑五八的铺子里来了一个黑汉子，未曾开口说话，先掏出一把钱，把话挑明了说工钱可多付，但一定要把秤钉"老"一些，即多于标准斤两，因为他要去山里收茶叶。郑五八看了眼这人，没说行也没说不行，起身给他倒了一杯茶水，说，你先喝口茶，我给你讲一个故事。

郑五八讲的是从前有个靠卖馍发家的王老板，刚做生意时，他要钉一杆如意的好秤，于是对请来钉秤的人说，你钉秤钉"嫩"一点，若能将十五两馍称成一斤，除工钱外，再赏你二钱银子。王老板出门后，老板娘对钉秤的人说，你钉秤钉"老"一点，若能将十七两馍称一斤，除工钱外，我会赏你五钱银子，但要对当家的保密。于是，"老"秤称馍，称出奇迹，顾客盈门，王老板生意越做越红火。你想想，倘用黑心"嫩"秤克扣顾客，他这生意还发得了吗？赵五八的故事讲完了，那黑汉子怔了一会儿，然后起身收起放在桌子上的钱，朝着赵五八恭恭敬敬鞠了一躬，头也不回地走了出去。

过春节时，那人给郑五八送来了一副对联：制衡奇偶求公平，斤两重轻照眼明。

乔达子驭龙有术

乔达子是个六十岁左右的干瘦的老头儿，嗓音低沉，言语不多。每到冬腊年底，乔达子家里走动的人就多起来，进进出出，来来去去，显示着一种肃然的气氛——他们在筹划正月里耍龙灯的事。乔达子是耍灯的师傅，即俗呼的"灯师"。"灯师"不单经验丰富，更要威望出众，一个眼神，一个手势，比说话都管用，扎灯、演练、祭灯、出灯，各项派活，乃至联络交往诸多事宜，都要听他的。

我们那里耍的龙灯有两种：一种叫"滚龙"，又称"地龙"；另一种是"板龙"。乔达子每年领着人闹腾的是"板龙"。

大约在腊月初八这天，乔达子把人召到家里，说明思路，各抒己见，厘清头绪，相当于开一个筹备会议。但这个会的效率很高，因为分工派活特别是准备扎灯的材料的事当场得以拍板落实。大约是看主帅升帐点将的戏看多了，那些叫到姓名受领了任务的人，竟也自然而然双手当胸抱拳一揖，就差没将口里喊出的"是"换成一句"末将领命"。

第一桩事是扎灯。自有会木匠和篾匠活的人不请自到，锯木、剖竹，刨出一块块光净的板，扎成一个个圆的竹筒，竹筒上饰以各色花纸，如果以红纸为基调就是红龙，以白纸为基调就是白龙，以黄纸为基调，当然就是黄龙了。龙头、龙尾均以竹篾扎成，再糊上彩纸，饰以龙须、龙眼、龙眉、龙角。每一道工序都是手工活，来不得半点马虎。龙头是整条龙的关键部分，必由乔达子亲自带人制作。有多少块板，就有多少节竹筒，一块一节的，接成龙的身子，也就是龙骨。"板龙"气势雄伟，别具一格，龙身每段用板凳面大小的木板做底座，两端凿圆孔，用一尺多长的木棒连接，既可直线行走，又可左右盘旋。龙身上画着"八仙过海""岳母刺字""穆桂英挂帅"和"桃园三结义"图案，一板一出戏，是板龙最具特点之处，那是要专门请画师来画上去。"板龙"龙身长短不一，视具体情况而定，风调雨顺好年成，太平世道，人心欢悦，龙身长达一百多板，几百米长，首尾呼应走动起来，气势非凡。

乔达子既要监工扎灯，又要到场指挥演练舞龙的动作套路。相对一些"纱龙""纸龙"和"草龙"，"板龙"结构粗重，风格古朴刚劲，基本动作有"翻滚""绞缠""穿插""蹿跃""叩首"等。每条"板龙"数十块龙身板，一人一段举之，龙头六人擎，三人摆舞龙尾，一个手持红绸宝珠的人在前引龙戏舞。持珠人头扎绣巾，扎腰束腿，鞋尖上缀着红绣球，扭、挥、仰、俯、跑、跳，珠行龙行，珠退龙退，珠伏龙伏，珠绕龙绕……先前，这个持珠人一直都是乔达子自己担纲，后来上了年纪，才交给别人。被挑选出来舞龙的，是身体素质较好的青年人和中年人，一般都是老面孔，年年耍龙，知晓套路，是队伍里的基本成员，不须多讲，训练起来省事。

到了腊月二十八的晚上，整个演练及扎灯贴彩的最后几道工序全部结束。富丽堂皇、神采奕奕的"板龙"停在一所空闲的大屋里，轩敞的大堂被打扫得干干净净，神龛点上灯，燃起了香，摆上了各色供品。长出了几十条腿的龙，被盘在堂屋中央，龙头高高昂着，乔达子领着人作揖磕头，将贴在龙眼睛上的两片金箔揭去，叫作"点龙睛"，龙身各板皆点上蜡烛，叫作"放龙光"。

正月初二出灯，出灯前，乔达子再次拈香跪拜，放过二十八支双响炮，抬着龙去码头渡口边，见过"圣水"，还要在镇上巡游一周。唢呐锣鼓相随，吹吹打打，好不热闹，小孩子奔走欢呼，出灯了！出灯了！游龙首巡第一站是十字街口，表演了"龙头钻阵"和"游龙戏珠"还有"金蝉脱壳"之后，就前面摇头后面摆尾地朝万年台蜿蜒而去。耍"板龙"灯，盘龙是压轴戏，在万年台开阔的场地上，整个盘龙表演翻腾变化莫测，盘旋的圈数一般为顺时针三圈、逆时针三圈，盘旋的速度随着鼓乐由缓到急，时而转龙门阵，时而变天门阵，时而转五大循环阵……锣鼓喧天，鞭炮齐鸣，掌声、喝彩声、打哨子声，一浪盖过一浪！晚上盘龙那一场最好看，盘到高潮时，宝珠光影闪动，金碧辉煌的龙头、龙尾时分时合，近看似火龙翻滚，远望如满天流星……龙嘴里一阵阵喷出耀眼的火焰，那是乔达子用谷糠掺上黑火药做出来的；龙身子里插的蜡烛，是把棉花缠在芦柴秆上蘸羊油、牛油制成，跑动时风吹不灭。

　　初三一早，乔达子举着一面小小的三角龙旗，领着"板龙"下乡。过渡时，抽掉板与板之间那个插孔里的圆轴，龙身就拆断，分散上船，需半个多小时方能全部渡完。离渡口最近的村里走过来两位老者接灯，乔达子迎上去，一番打礼，从两老者手里接过用红布包着的"封包"和香烛篮，有年轻人随后放响冲天炮。进村前，乔达子手中三角龙旗一挥，命持珠人领着长龙从庄稼田里踩一趟，说是"龙踩脚"，逢着麦苗踩麦苗，逢着油菜踩油菜，田块被龙踩过，意味着当年会获得大丰收。从田里上来，这条巨龙就前面摇头后面摆尾地往村里的稻场上而去……盘龙开始，鞭炮鼓乐齐鸣。

第三辑

江南古镇

锦　溪

执扇俏佳人　宛在水中央

如果说，周庄有商人气，南浔有官宦气，同里有富贵气，乌镇有书卷气……那么，锦溪多的就是水霭气了。真想在锦溪住下来，在这个晚霞静静燃烧的黄昏，沉湎到她的最深处。

"睡梦中的少女"

在江南水乡行脚悠游，只要留点神，总能撞见一些古朴秀美、水汽氤氲的小镇。同样是小桥流水人家，却少了许多摩肩接踵的游人和盈耳的小商贩叫卖声，有的只是那些往来的小船和行走在廊桥长堤上恍惚人影。昆山的锦溪，就是这样一个水乡古镇。锦溪这名字，本就充满诱惑：一条如锦带一样的溪流，除了夹岸纷披的桃红李白，还有朝霞夕晖尽洒水面吧？于是遥想，锦溪定然就是一位手执绢丝团扇、临水而立的江南俏佳人……那我一定要去一睹她的芳容了。

正是早春二月，烟雨迷离时节，我来到了锦溪。旧称陈墓的锦溪，距周庄仅八千米，周遭一带围聚着淀山湖、五保湖和澄湖等五个湖泊。相比其他的水乡古镇，锦溪除了内布河网、小桥纵横，外面又铺张着大河湖泊。民居依水，长廊卧波，初春的锦溪，整个仰躺在水湄之上。未进镇里，我就先被满眼的湖光波影迷倒。

锦溪是收门票的，票务中心就设在停车场的一头，很简陋，票价六十元，我出示记者证可通行无阻。大约是春节刚过不久，停车场边有一大群穿水乡传统服

饰的老婆婆们排着方阵丁零当啷地打莲枪，还有挑着花篮走舞步的，动作都有几分夸张。

进了大门，一条清亮的河道把古镇分为上塘街和下塘街。两旁灰暗的房屋虽然上了年纪，因是有人居住，并不显得特别落寞。不管你走到哪里，都能看到淡定的水流倒映着树的影和桥的影，倒映着临街的飞檐和高挑在檐角的红灯笼。青石铺就的老街，转角处有早点摊子将小桌凳摆到了河边，旁边的围墙上垂挂着尚未透青的藤蔓。时常可见一些阿叔阿公们坐在长廊里喝茶聊天，一声声丝竹的音韵，从墙那边窗口飘逸过来……

虽然时令偏早，装扮锦溪的夹岸桃李尚未及飞花，但那些水巷、河埠、骑楼、廊坊，宛若一幅徐徐展开的画卷。"锦溪碧汤汤，落花时泛香。钓船频往返，渔唱复悠扬。"站在石拱桥上，低吟着古人的诗句，放眼桥上桥下风光，的确有一种满眼清新的感觉。难怪沈从文先生要把锦溪喻为"睡梦中的少女"，而刘海粟则称誉她是"江南之最"。

唱曲的船娘

在多水的锦溪游走，坐船是最明智的选择。寻常百姓出门也是这样，要么坐船，要么过桥，不然出脚都不方便。许多乌篷船一字排开在码头边，干净整洁。六百元包一条船，可以坐满六个人。我和几个年轻人拼了一条船。坐到船上一问，他们都是去年刚参加工作的中国政法大学的毕业生，从全国各处赶来锦溪聚会的。摇橹的船娘先戴着斗笠，后来摘下，蓝布帕子包着发，白花蓝底滚红边的斜襟布褂勾勒出腰身，笑容满脸地招呼众人坐好坐稳，便驾橹掉头。随着船橹的摇动，小船缓缓驶离码头。船娘都是会唱曲的。为我们摇船的这一位，四十往上的年纪，模样还算周正，只是嘴形有点走样，难得的是手勤嘴也勤。等把船摇出一箭之遥，她就同我们唠话，说自己有个堂妹也在这儿摇船，歌唱得最好，赛歌得过第一名。我们就问她自己会不会唱，没想到这船娘趁势就来了个开场白："各位游客，我为大家先唱支《摇船歌》，唱得不好，请大家多多包涵！"说着清了清嗓子，就唱起了《摇船歌》。本地方言的歌词晦涩难懂，我只能毛估带猜拼凑着记下开头几句："锦溪溪水清又清，四方来客亲又亲……两岸景色船头看，千年一直看到今……"原汁原味的水乡吴歌曲调，音韵委实清丽，甜润抒情。咿咿呀呀的唱腔，伴随着水中摇曳的倒影，让人生出隐约的怀想。我问她可否唱几支听起来方便的，船娘笑一笑，弯腰从放着救生衣的脚边拿起保温水杯，一手摇橹，一手举杯喝了几口。放下杯，抹一抹嘴角，随即歌从口出："太湖美呀太湖美，太湖美在太湖水。水上有白帆哪呀，水下有红菱哪呀，水边芦苇青，水底鱼虾肥……"在众人的掌声中，船娘接着还为我们唱了《茉莉花》《苏州好风光》等民歌。我们的小船从湖面摇进水巷，穿过一座座桥洞。船娘一路摇来，一路嗓音高亢地唱着。初春水面上的风还十分冷冽，但气氛早已热烈起来。

这时，一条只坐着一对恋人的轻便小船从后面赶了上来，摇橹的船娘也正唱着歌，飘入我们耳中的是极为熟稔的曲调："天涯呀海角，觅呀觅知音，小妹妹唱歌郎奏琴呀，咱们俩是一条心……"我们一起抬头观望，看那船娘摇橹，娴熟轻盈，身姿优美。小船悠悠往前，只见橹动，没有浪花与响声。我们的船娘以为众人都是听歌入了迷，就笑着说，江南水乡的船娘天生有一副好嗓子，哪一个都会唱歌。一条条小船从水巷里进出，许多船娘都是一边摇着橹一边唱着歌的。有唱本地山歌的，有唱地方戏的，这边唱"西边的太阳快要落山了，微山湖上静悄悄"，那边则有男女声混搭唱"妹妹你坐船头啊，哥哥我岸上走……"一阵阵掌声和起哄声不时响起。

陈妃墓寄予的同情与惋惜

离船上岸，与那几个年轻人分了手。我沿着临河小街散淡的石板路漫步，不知不觉走近一座寺院。几树蜡梅，清芬袭人，看看介绍文字，得知这就是莲池禅院。南宋孝宗皇帝的爱妃陈妃水葬于斯，遂筑寺院，命寺僧为陈妃诵经超度，并在寺旁莲池内种植白莲，意谓陈妃之冰清玉洁。寺院中至今尚存赵昚皇帝手植古柏、罗汉松各一株。

因为锦溪是陈妃香消玉殒之地，过去一直叫陈墓，二十世纪九十年代后才恢复锦溪古名。关于陈妃墓，另一个版本分明有几分凄婉动人。说是南宋绍兴年间金兵南侵，太子赵昚携陈、葛二妃登上战船由杭州赴苏州前往抗击。至锦溪，一场激战中，陈妃舍身为赵昚挡箭，重伤而殁，葬于水下……说来也怪，八百多年来，不管有多大的洪水，即使湖岸边都成了泽国，陈妃的从水底筑起的土冢却从未被淹下去过。冬去春来，孤岛总是矗立在湖面上，摇曳着芳草萋萋的情思。

这个传说，很有点爱屋及乌的意思。南宋几个皇帝，孝宗算是最有作为的，他从高宗赵构那里继承来皇位后所展示的工作作风，确实令人有耳目一新之感，诸如为岳飞平反、革新吏治、整军北伐……但却遭太上皇死死摁住，一举一动都不自由。以至岁月蹉跎，空留叹息，后人不能不对这个一生受气、壮志难酬的儿皇帝生出同情与惋惜。从莲池禅院出来，往东几步，过石牌坊，就见一条蜿蜒的石堤，辟出两片明镜似的湖面，分别称古莲池和菱塘湾。古莲池一侧是一条长长的廊，中间连着一座长桥——正是当初在镇口看到的那幅大照片上的古莲桥，外面一个大大的湖是五保。问为什么叫五保湖？以为其中也沾上点雅趣，谁知一位当地人解释却有点糙：因为此湖所在位置属于镇的第五保，顺理成章就叫成五保湖。

古莲桥横在开阔的水中央，连接着陈妃水墓，两头长堤引桥，交汇出一条完美的圆弧，故当地人又喊"宝带桥"。桥有九柱十孔，木质的扶栏，连带廊柱和顶篷……下午的阳光从禅院西边照过来，整个古莲桥就如镂空的剪纸一般，美得让人心醉。

长桥所对的孤岛，中间有一个高耸的亭，飞檐翘起，造型别致漂亮。既是水葬，墓当然在水底了，孤岛只是土冢。湖不曾干，下面墓室也就从来不曾被打开过，始终保持着与水共存的秘密。见到一块碑，上面字迹犹清晰："谁见金凫水底坟，空怀香玉闭佳人；君王情爱随流尽，赢得寒溪尚姓陈。"作者竟然是明代的文坛大佬文徵明。

莲池旁还有一座三层四角的古建筑，为文昌阁，供奉着文曲星，事关文化盛衰。

禅院前和菱塘湾内，照例泊有一字排开的乌篷船，坐船可以遍赏古莲景区和五保湖风光。载上客人后，船娘们一边悠悠地摇着橹，一边曼声吟唱着吴侬小调，清亮的歌声，在水上飘。

桥与博物馆

有人说，锦溪桥梁密度之高，远远超过了姑苏水城。从唐朝的红木桥，到宋时的里和桥、太平桥以及明清的古莲桥、普庆桥……唐宋元明清，从古看到今。桥上还可看到镌刻精细的碑文、柱联和纹饰。我乘船游览时，已见识了众多的河埠、系缆石、亲水长廊，小舟不时从散发着湿润气息的桥洞下穿过，稳实的圆拱滑过头顶，似乎就是滑过了一段幽深的历史。同古莲桥一样，天水桥也是一座明代老桥，横卧在文昌路西边几条河流的交汇处。历经六百多年风雨，仍如长虹满月一般坐实在河面上，恬静悠远，古意盎然。桥头两端蹲踞四尊表情怪异的石狮，鬈发蛋眼，昂首瞪天。年岁更大的里和桥，俗称南塘桥，坐落在古莲池西侧的三图河上，与莲池禅院仅一溪之隔。这里河道宽阔，夏秋之时，两岸垂柳依依，鱼游鸟飞，骚人墨客，不唤自来。桥畔又有宋井一口，风亭一座，井水尤清，久旱不枯。如今，南塘桥古韵犹在，只是多了几分苍颜与斑驳。桥西有老樟沿河成行，苍劲蓊郁，香气四溢；桥东廊棚临水，坐于其间，可听市声，观风景。锦溪的另一传奇之处，就是那散落在街巷里五花八门的博物馆。中国古砖瓦博物馆据说是全国唯一的专做砖瓦题材的博物馆。我不知道当地乡谚"三十六座桥，七十二只窑"与此有无关联？只听说以前烧窑制砖是古镇一大产业，但能把秦砖汉瓦以及故宫太和殿的"金砖"弄来展示，真的是一种穿越了。一片铜雀台筒瓦，背面"建安五年三月造"字样并不模糊……要知道，曹操当年建在河北临漳邺城西岗之铜雀台，早已被历史的风尘所湮没，然而这片筒瓦却从中逸出，穿越时空，呈现在眼前，让你疑惑是否有一只岁月的按钮不小心给触动了……

在"中国历代古钱币珍藏馆"里，一对三千八百年前的铸制铁贝壳，为人类历史上最早生产和使用过的钱币；而那枚朱元璋的随葬品"阴阳神鬼币"，据说可以阴阳两界通吃。"古董博物馆"里，一辆宋代遗留下来的马车，不知当年有哪些人乘坐过，长一程短一程地穿行过哪些风霜驿道？还有紫砂馆、美术馆、篆刻馆、奇石馆、根雕馆等，既飘荡起岁月的回声，更显露出人文的广博厚重。

散不去的文人情怀

在"江南书画篆刻艺术馆"里，我看到曾任户部侍郎后又惨遭腰斩的诗人高启的一首颂扬诗，主题鲜明，内容真实，舆论导向正确，遂信手抄了下来："春风拂拂柳依依，无数莺声燕语时。红杏碧桃花烂漫，长堤曲巷水流滴。浮梁滩下维鱼艇，野店门前漾酒旗。此景欲描描未尽，一溪烟雨当迷离。"明清时期，众多文化人为"红杏碧桃""长堤曲巷"的美景所倾倒，他们会聚于锦溪，开座谈会，研讨诗画，你唱我随，形成了"莲池结社"的文坛奇观，共留下五百多首咏景诗词。

一九七六年唐山地震后，沈从文夫妇来锦溪探亲，他们家的亲戚就住在天水桥堍下。当时，沈从文刚刚从"五七干校"回到北京。由于受唐山地震累及，京城到处是低矮闷热的防震棚，极其憋屈。夫人张兆和决定与沈从文投奔苏州娘家兄弟处暂住，之后，又乘坐轮船从苏州来到锦溪住了七八天。一到锦溪，沈从文就被古镇风貌深深吸引住了。虽然锦溪的小桥流水与湘西沅水风格迥然不同，却使他格外着迷。他将故乡沅水比作赤膊的纤夫，而把这江南水乡比作"睡梦中的少女"。晚年的沈从文，早已不再写作从文，而是钻研起包括纽扣在内的历史服饰。他在古镇见到穿戴着传统镶边布裙和绣花头饰的妇女，竟然流露出孩童一般的欢悦。我从天水桥堍下走到文昌路，见有店名叫"黑皮面馆"的，心生好奇，便坐到河边的桌子旁，叫了一碗奥灶面。奥鸭的浇头，加了些咸菜，面极细韧，汤里放了酱油，口味偏重。吃过之后，老想喝茶。之后，走进"汲坞茶驿"。一间较大的茶室，散落着几张桌子，阳台上也有座位，但天冷无人，隔水望得见莲池禅院。茶驿的装饰很随意，有民族特色。二楼有客房住人，进进出出大都是年轻人。邻座的一个北方小伙子告诉我，这家茶驿网上名气很大，老板叫小兵，云南人。茶驿艺术情调特浓，有沙龙味，特受青年人追捧。到了晚上，小兵会放下手头的活计同客人一起听音乐，品茶聊天，喝他亲手酿制的桂花酒，讲述自己的身世经历。

黄昏来临，一线霞光透破云层，天气有好转的迹象。微风吹过青瓦白墙，游客在静静地离开……

千　灯

梦里千灯多少事，唯有古韵唱到今。你说舞随风起，曲伴心唱，后来亭外春深，牡丹花残。今夜，琵琶婉丽水轻浅，那些静穆错落的屋舍已铺满月色……无论是刚刚进来还是离去，都会成为美好回忆。

千灯之惑

千灯在昆山市区东南十五千米处，东距上海三十五千米，西接苏州三十千米。

千灯的得名，我以为一定与灯有关。在久远年代里，灯，总是黑夜里的盼头。一盏灯，无论是行路的风灯还是渔火，抑或是光漏林外的荒岭之灯，哪怕只是豆火飘摇，它都是灯……若是众多灯火齐聚一起，照亮曲水长桥的夜空，那将是怎样的诗一般意境。这不仅是我，每一个来千灯的游人，总想对这地名来源一探究竟——是否真的因汇聚千盏灯而得名？

二〇一一年四月二十七日，昆山千灯镇第七届文化旅游节开幕，请了京剧表演名人梅葆玖等一干大佬前来助阵。我不想挤这趟旅游节，便在四月二十五日由苏州乘车而来，第一次走进了千灯。

小河前有一个大的停车场，下车后，跨过石桥，就正式踏入了古镇。举首四望，最挑眼的是"千灯古镇"金字牌楼，接着就看到了古镇的地标秦峰塔。停车场旁边，就是状元码头和恒升桥。望过去共有三桥，联袂而筑，分别呈现宋明清三代的不同特色。东边的小桥叫方泾浜桥，为明代遗物；中间横跨尚书浦上的三孔石拱桥为恒升桥，身架最大，清时所建；西岸一座小巧玲珑的木桥，是鼋渡泾桥，宋朝时就在这里了。它们共有一个美丽的名字，称"三桥邀月"。

站在恒升桥上，可以一览无余观看古镇。一树树海棠花正盛开，胭脂点点，岁月苍茫。忽然听到有人在唱曲，是地道的昆曲唱腔："我与你前世里姻缘有分，初相见两下里刻骨铭心。词偏短，意偏长，缠绵无尽……"一个清瘦的眼镜男唱完后，倚着桥栏弹筝的长发女子就吟唱着李香君的"洞房昨夜春初透……"给那个男的伴声。虽然只听了几句，可那个美呀，立马就将我俘获了，这就是昆曲之乡迷人销魂的魅力吧！

下桥左拐，便踏上号称江苏保存最完好、最长的石板街，走过几十米便是顾坚纪念馆。继续前行，终于踏入了设在李宅内的千灯馆。极有情调的一间间展厅内，陈列着成百上千盏各种样式的古灯，从新石器那会子到民国年代，陶瓷器的、青铜的、玻璃的，历朝历代的灯都有，动物造型的汉灯，雕饰华贵的唐灯，简洁明快的宋灯，精美别致的明灯……还有专为省油而制成双层和夹层的灯。千灯千味，穷极想象，真是中国古灯的盛大集会。

其实，在千灯的发展史上，曾有过烽火台的使命，有着以灯传讯的原始意味。而真正得名，却是"墩""灯"串音的巧合。最早年代，这里是一片水淋淋湿地，一个个高墩冒出水面，成为定居点。当地史志解释得很清楚：昆山县东南三十六里，川乡有水曰千墩浦，盖淞江自吴门东下至此，江之南北凡有墩及千，故名千墩。

左边繁华市井，右边琴韵流水，千灯至今保留着"水陆并行，河街相连"的江南水乡风貌。刚走过的那条老街，名曰"胭脂红"，蜿蜒三华里，两侧灰黑屋宇挑檐而出，小楼相依，头顶仅有一线天光泻下，耳闻木板门吱呀开启，幽深的巷弄里时有风味浓极的吴音越语飘出。这条南北贯穿的窄巷石板街，连接着各支路，状似一条蜈蚣，据说是由两千多块花岗岩条石铺设而成。脚底踩着陈年旧道，隐约似能听到石板底下流水声，跟巷子里萦绕的小调声交相呼应。

昆曲探源

千灯名声大振，最要归功于所谓"百戏之祖"的昆曲。昆曲源自千灯，不如说是千灯独特地域文化滋润喂养出了昆曲。

这里是昆曲开山老祖顾坚的故里。顾坚活在元末明初，他本就精南辞，善古

赋，醉心于风靡江南的南曲，最早把南曲修炼成"昆山腔"。后来又有追随者在伴奏中引入了箫、笛、拍板、琵琶、锣鼓等乐器，从而形成以缠绵婉转、柔曼悠远而见长的"水磨腔"。到了嘉靖年间，当地人魏良辅借鉴江南民歌小调，把昆山腔打磨得像水磨糯米粉一样细腻软糯，演唱技巧上，更注重声音的控制以及节奏速度的顿挫疾徐和咬字吐音的讲究……至万历末，这种以婉丽妩媚、一唱三叹著称的唱腔，一跃而为诸腔之首。传入京城后，迅速取代北曲的地位，时称"官腔"。从那往后的二百年间，这种"官腔"，一直是国剧的老大。"三岁孩童学戏文"，便是早先年代的写照。

听一位解说员说，当年，汤显祖写成《杜太守还魂记》，便立马带着剧本来到千灯，在好友老徐的宅屋里试演。这徐宅不但有一株"残而忽复烂漫"的传奇牡丹，附近还有假山池园与亭台楼阁，更不乏有一大帮子粉丝骚客唱和。于是人们猜测，汤翁日后将剧本改名为《牡丹亭还魂记》，且粘贴了大量清词丽句，应与此次的千灯之行有着因缘关系。

《牡丹亭》堪称明人传奇第一，那"不知所起，一往而深，生者可以死，死可以生"的至情，那"雨丝风片，烟波画船"，"如花美眷，似水流年"的藻采，曾经倾倒了多少青春男女……情爱的极致，就是要成为一生一世的眼前人哪。数百年来，《牡丹亭》同元人高明《琵琶记》、清人洪昇《长生殿》一同成为最热演不衰的三大昆曲剧目，而杜丽娘、柳梦梅、春香、杜宝、石道姑这一系列个性鲜活的人物形象，乃至汤显祖的才名声誉，都是通过昆曲广泛传播颂扬开来的。

作为安徽芜湖人，我当然乐意相信《牡丹亭》是汤翁原创于芜湖十里长街，但说法含糊，语焉不详，尤其是"世传"二字，多少显得有点底气不足，令人难以确信。而吴人肯定都乐于附会《牡丹亭》作于吴中，似乎人事具体，言之凿凿。

有一本叫《梅花草堂笔谈》的书，其中写到昆山妙龄女俞三娘抱病苦读《牡丹亭》，竟致芳心寸碎年仅十七而殁，临终前抄下其批注寄给汤显祖。汤得信后，想起《牡丹亭》第一个读者太仓老先生王锡爵家庭剧团演出此剧后"颇为此曲惆怅"的前事，感慨系之，遂作五言绝句二首，其一云："画烛摇金阁，真珠泣绣窗；如何伤此曲，偏只在娄江。"首句写王锡爵的惆怅，次句写俞三娘的伤情，一老一少，一痴情读剧本，一先阅剧本继为演出……经历迥异，却有着一样的伤感。如果《牡丹亭》作于吴中之说尚为有待于进一步查实证据，那么该剧所赚得的第一把婆娑眼泪和最早的社会反响来自昆曲源头姑苏，则大抵是事实，且在《牡丹亭》问世之初就由作者本人确认了。正如诗中所吟："磨腔宛转唱还魂，梦里情缘孰与论？休作寻常戏场看，伤心岂止在吴门！"

顾　园

千灯两个顾姓名人，除了顾坚，另一个名头更响、分量更重的是顾炎武。顾，是一个好姓，除"一顾倾城，再顾倾国"外，更有"义无反顾"和"奋不顾身"。顾炎武，号亭林，是明末清初头等大儒，早年加盟复社，专碰宦官权贵，明亡，又多次投身抗清起义。起义不成，这个很有现实感的人于是转换角色，辗转于北方各地，遍览历代史乘、郡县志书，考察农田、水利、矿产、交通，将调研材料整理成极丰厚的著述。七十岁时卒于山西曲沃，遗体运回故乡安葬。

顾园占地三十亩，与故居祠堂及墓均相通，是融湖光水色、历史人文为一体的具有江南私家园林风格的游览区，颇能让我窥一方诗意与豁然。园内曲水环绕，有致用阁、思宜圆、颂橘轩、秋山亭、三徐居、慈母阁及碑廊等景点，均以诗文、字画、语录、塑像等形式展示主人的人生轨迹和精神层面。园中还有一样十分独特的陈设：一个半人高的圆玻璃瓶中，收集着顾炎武所生活过的八地泥土。细观这些泥土，各具样色，颇有意蕴——让我们再一次回顾三百六十多年前，吴侬软语的昆山人奋起抗阻满人席卷而至的铁蹄。他们失败了……他们中最杰出的最有影响的人物顾炎武，呐喊着"天下兴亡，匹夫有责"，埋葬了绝食殉国的老娘，留下了"不死不还家"的誓言，离乡而去，终生不为清廷所用。

故居宅院简明清爽，门内两棵枇杷树，亭亭如盖，有小鸟跳跃其间，且鸣且唱。堂屋里阴凉得很，一幅中堂，一张八仙桌，一对楠木椅，花窗上能看到一角蓝天白云。转到后院，高高的青砖精雕的"芝兰玉树"的门楣边上，几片芭蕉叶在风里招摇，自有一种灵气，如小桥流水在悠悠流淌，又仿佛那就是甩动的水袖，古老的昆腔正向耳际飘来……抑扬顿挫，似断似续，曲折迂回，无论宣叙咏叹，都有无尽的意味，供人咀摸品味。一个大戏台立在那儿，感觉爱戏曲的人真要来一趟。

顾炎武以死抗清、拒清，让人很容易联想起孔尚任的《桃花扇》。数年前，我在网上看到一帖，叫《板子矶上忆旧游》，演绎南明旧事，竟能让安徽芜湖长江边的板子矶与当时正在南京上演的昆曲《桃花扇》暗通款曲。遂多方打听，联系上发帖者，并让其专程去南京拍摄了"第三十一届戏剧节大型演出——昆曲'一六九九桃花扇'"剧照，最终以两个整版的篇幅将此文刊出。板子矶号为长江二十四矶之首，古往今来看尽了多少波涛连江的杀伐争战。明末，战将黄得功奉命截击左良玉之子左梦庚于板子矶。孔尚任在《桃花扇》中专门写了《截江》一折，即描绘此战获胜场面的。后来黄得功于此再战清兵，中箭而死，逃来芜湖的弘光帝朱由崧被俘于江上，南明第一个小朝廷遂由此收场。一枕似前尘，一枕是今生。明末旧史，多孤愤妍艳和清绝之气，此间渊源牵连，竟然皆由昆曲而起。

错认牡丹是前缘，歌尽桃花扇底风……来到了昆曲之乡，脑子里思绪联翩，一刻也不得消停。

今夕何夕

那回，从顾园走出来，古镇的会场上已在为旅游节进行热身了，先拉起来一个"和谐颂名家名段千灯演唱会"的横幅。夕阳西下，天边一片酡红，幸福满满的。几个昆曲扮相的小姑娘，俏艳的扮相煞是养眼好看，有游客拉住她们求合影。廊檐一角，有人在吹箫，音色很纯美，仿佛高远明净的天空中划过一声声清亮的鹤鸣。听旁边两个工作人员操着吴音普通话在谈论一个叫胡什么的昆曲名角，我大致弄清了，名角幼习昆曲，成就卓越，正所谓"给我一个舞台，世界因我精彩"。正说着，一位化着精致妆容的绝美女子在一行人的簇拥下从旁边一条长廊下走过，从人们一起惊羡地投向她的眼神上，我估摸这十有八九就是那位名角了……学昆曲出身的江南女子，气质特别婉约优雅，你看伊惊鸿照影一样走路姿势，真是美极了。

在故里千灯，昆曲就这样走着，走过了悠悠数百年，经历多少缠绵婉转、柔曼悠远，一颦一笑，至今芳容不改。亭台楼阁，河船街桥，追寻昆曲在千灯走过的每一步，步步有故事，节节皆精彩。

在旁边的一家音像店里，我买了一张碟，是白先勇的青春版《牡丹亭》，以做"到此一游"的纪念。所谓青春版，按正常理解，因为《牡丹亭》歌颂生命、青春，正如剧中杜丽娘对青春的醒悟，生命的焕发，就是一首青春颂歌。但爱穿中式服饰、浑身散发优雅气息的白先勇的解释更直观：青春化其实就是让昆曲回春，就是恢复正宗、正统、正派的昆曲形式。给昆曲注入活力，让昆曲真正成为一种结合了文学、音乐、舞蹈、戏曲的综合艺术，表现艺术之美，展示诗化美学。从二〇〇四年青春版昆曲《牡丹亭》问世之日起，白先勇的名字便超越了"作家"的单纯范畴，与昆曲深度纠结缠绵在一起。

于是，我再次想到了《桃花扇》。与我早前看过的《西厢记》《牡丹亭》不同，《桃花扇》甫一亮相，就让人倚红偎翠，听琴品乐，绣口锦心，说的看的听的，都是最美之物。帷幕一拉开，眼睛都使不过来……我不知道白先勇为什么不从《桃花扇》着手，那可是真正的史诗，因为唯美到叫人心痛，而被誉为昆曲最后的绝唱啊！

入夜，我站在一处水景戏台前，观赏了《牡丹亭》中《游园》选段。仿佛时光倒流，戏台上杜丽娘少女的青春、现实的无奈、神思的恍惚，以及那满腹的酸酸楚楚，女演员唱到动情处，台下许多戏迷一起跟着伴声。至于像我这样的游客，字里行间能听出多少人生感悟的弦外之音，那就要看自己身处哪一层境界了……

这就是充满温馨与醇美气息的千灯。最唯美的音符，流转浸润在这个古镇的血脉中。只是现在市声杂了，再来，要买票，六十元联票通览全镇。

仙　潭

仙潭有"逆鱼"　老饕品出真滋味

雨后初晴，古镇安静地泊在暮色里，水面散发着幽幽气息，红灯笼的倒影，有一种来自民间的暖意。尘世无忧，心如风轻，仙潭不像周庄和乌镇，这是个实实在在生活的地方，安详，闲适。

仙风袅袅

这个地方有两个名字：新市和仙潭。两个名字都流通，前者是户头上的正式称谓，后者虽只是别名或"曾用名"，却撑开了一部《仙潭志》。对于外地人来说，你问"新市"在哪儿，人家可能一脸茫然；若打听的是"仙潭"，或许会反问是不是德清的那个仙潭？对呀，就是德清的那个仙潭。所以，我在文章中就统称这个古镇为仙潭吧。而且我还想，既然古称仙潭，多好的名字，山清水秀，仙风袅袅，令人多有遐想奇思。何况镇上的古桥名多嵌有"仙"字：望仙桥、会仙桥、驾仙桥……何不把行政区划上的名字也改回来，就叫仙潭。

自从余杭划归杭州城区之后，仙潭就成了西湖的近邻。仙潭位于杭嘉湖平原腹地，在桐乡与德清交界处的德清境内，距杭州、湖州、嘉兴均五十千米，往东北三十千米是乌镇，正北三十千米处是南浔。由于距离主要公路有一些距离，因此略显寂寥。曾有网络媒体评选"中国最美冷门古镇"，仙潭赫然列为榜首。

仙潭绝对是一个有故事的地方。仙潭最早的名字叫"陆市"，但这块"陆市"却并不靠谱，因为经不起雨水冲刷。那是很早很早的年代，一场超级暴雨，洪水泛

滥，陆地沦为泽国。老地方淹没了，乡民们只好扶老携幼往东迁移，找到了一块高地，歇脚筑庐，岁久成聚。人们遂弃"陆市"而就新居，故而名之为"新市"。

再后来，这地方又出了一个有头有脸的道士陆修静。陆道士皓发银髯，道行高深莫测，每天都会去一个古潭，潜到水底弹琴。乡人视他为仙人，顶礼膜拜，竭尽追捧，为他修观筑楼，更将其沐浴弹琴之潭取名仙潭。南朝文人叶申，作赋记其事，"仙潭"的名字渐被叫开。

仙潭同不远处的塘栖一样，京杭大运河穿镇而过，明清时期，商业空前繁荣，俨然而成江南重镇。时至今日，仙潭仍是一派河道纵横、空灵娟秀的水乡风情。据说，在这里，最为乐道的，不是众多数不清的青石小巷，而是人人热爱的羊肉。羊肉通常被认作是西北胡人的膻腥之味，在东南近海一带，能得此际遇，难免不叫人暗中称奇。

逆 鱼

我去仙潭，完全是误打误撞。数年前那个梅雨天气，本来是要去萧山，结果却给几个朋友截留在杭州，转而他们又开了两辆车将我挟持到仙潭，说是要吃一道外人知之甚少的叫作"清炖逆鱼"的名菜。"逆鱼"是什么鱼？几个家伙故意掩盖事实真相，只说仙潭有"逆鱼"，体纤肉细，味道特别鲜美。并搬弄来古人之句：味似鲥鱼而无骨刺，鲜若河豚而无毒汁。他们知道我是长江边人，就故意拿鲥鱼与河豚来挑逗我的味蕾。

后来我才搞清，所谓"逆鱼"，完全可以望文生义，就是逆水游动的鱼。逆鱼是德清名产，它们从太湖起程，一路戗水而上，越是水流湍急，冲得越欢。德清邑人徐本璇曾作《逆鱼》诗："梅黄水涨逆鱼肥，美胜春鲈是也非？见说熏笼传食谱，恰当赋罢遂初归。"江南入梅后，淫雨霏霏，苕溪水涨，逆鱼从太湖回溯产卵。逆鱼溯流而上，只走苕溪这条路线，这让逆鱼颇显神秘，而且除了梅雨发大水的那几天，平日里要想找到它们的身影，就如同找寻深山隐者一样困难。即使在梅雨时节，若是雨水不多，水流不够给力，苕溪里的逆鱼也很少见。

大约是前来吃逆鱼的人实在太多，那天我们在新市大酒店包厢里等了好长时间，直到把两三壶龙井茶都喝完，话也说了无数遍。终于上菜了，先上一硕大砂锅，是清炖逆鱼。我拿起砂锅里大汤勺搅了一下，里面有许多手指长的小鱼上下浮沉翻腾。这就是逆鱼呀？乍一看，跟水塘里最常见的穿条鱼非常相像，只是稍胖一点，个头长短都差不多。如果说还有区别，那就是穿条鱼的嘴尖，而逆鱼的嘴是圆的。服务员上来了，给我们用小碗每人舀了一碗。先喝汤，再用筷子夹了一条鱼入口，感觉肚子里的鱼子特别多，密匝匝的，甚是细嫩甘美。又因为炖得入味，鱼的细刺都酥软了，完全可以忽略不计而直接咽下。

随即又端上来了一大盘油炸逆鱼，这回能看得更仔细了，连腹鳍基部至肛门那道腹棱都觑清楚了。刚从油锅里炸出来的逆鱼，肉身干而不焦，鱼的香味，穿过酥皮散向空间，萦绕座间。刚炸过趁热吃，又酥又脆，鱼腹中金黄的一块鱼子几乎占去鱼身子的一半，那个香真的没法说！就像我们长江边吃刀鱼一样，桌子上放了一碟醋卤，可以根据各人的口味蘸了卤来吃。还可以蘸一些蒜蓉和姜末，背脊上丰厚的鱼肉，可用手撕成条放进嘴里……鱼太鲜美，吃了一条又一条，欲罢不能。

其实，大凡鱼类，都喜欢逆水弄出些际遇来，而逆鱼逆水，则跟洄游产卵有关。但此鱼身子较小，没有足够的力气甩出卵粒，需借助水的冲刷力对腹部产生挤压，将鱼卵顺利排出体外。至于这鱼为什么好吃，我想主要是鱼的卵块好吃，还有，就是逆鱼经过长时间的逆水窜游，大量消耗了体内的脂肪，鱼肉收紧，吃起来自然有别于常鱼了。逆鱼宜清炖，宜油炸，而油炸似乎更胜清炖一筹。

后来我看俞曲园先生的《春在堂随笔》，那里面专门说到逆鱼："多时贱至每角银毫十余斤，城内店家常积数担，以为待客佳肴。此鱼以清炖最宜，煎熟晒干后，久藏而不变味。"这本《春在堂随笔》，还提到杭菜名肴西湖醋鱼，说西湖醋鱼其实就是源自仙潭人的烧鱼方法而研创的。

描述羊肉

朋友们说，可惜现在不是吃羊肉的季节，否则，定要让你好好领教一下仙潭羊肉是怎样的好吃。据他们介绍，这地方风气，历来就是"崇羊抑猪"，养羊多于养猪。到了羊肉销售旺季，整个镇子都被浸泡在了浓郁的羊肉香味中，因此每个餐馆都有几样拿手的招牌羊肉菜。最有名气的要算"张一品羊肉"，已有上百年历史。

我说，这就怪了，"逆鱼"是从太湖里游过来的，难道这羊也是赶齐了从什么水美草肥的地方跑来的？写诗的大胡子老汪哈哈一笑，说你讲得一点不错，好酒好醋离不开一口好水，养羊也是如此。昔时东栅有大片滩地，草极肥美，旁有一潭深不可测，潭水清凉甘冽，所饲之羊称湖羊，肉肥而不腻，鲜嫩香酥。清末仙潭人张氏，利用古潭的水煮本地湖羊肉，创出"张一品羊肉"的牌子。那烧出的羊肉，外观色泽红亮，酥而不烂，汁浓味醇，味道之好实难形容，过往食客无不交口称赞。

虽然未赶上羊肉的节令，但朋友们说仙潭这里黄鳝有名得很，品质肥壮鲜嫩，非比寻常。时近端午，吃黄鳝很是应景，就特别点了一盆爆鳝丝……菜上桌后，只见鳝丝深褐，鸡丝、姜丝嫩黄，火腿丝艳红，油重蒜香，柔滑鲜嫩，吃得舌尖起舞，连呼过瘾。

酒足饭饱后，有圆润润、甜津津的时鲜水果枇杷润舌。之后，便钻进时有时无的小雨里上街看风景。水埠边有一段又一段卵石小径，几个人走得东倒西歪。

老街游人稀少，显得十分从容，没有那种成群结队的团队游客，间或有三两手端相机的拍客，或是像我们这样几个酒足饭饱的家伙踩着湿滑的街石东张西望流连其间。街上的店堂都很安静，一家小吃铺的廊檐下，坐着两个女孩子，在吃油炸豆腐干——一种加了葱花、甜酱和辣酱的当地小吃。她们脚边的石阶和背后墙上生着暗绿的青苔，门侧有石块随意垒砌的花坛，种着指甲花、牵牛花和美人蕉，深红的月季花瓣坠着将滴未滴的雨珠。再往前走，一连排三口小缸里都种着栀子，白花飞扬，芳菲氤氲。这些草草花花，自开自落，将清宁的日子打发得流水一般平常。河岸的美人靠上，坐着几个剥蚕豆的老人，不紧不慢地说着话……

宅深深，巷悠悠

仙潭不像乌镇，只有直不笼统的一条街河，这里的街河曲折柔情，拐弯抹角之处，更多一份妩媚。

主要景点，一处是西河口至神驾潭一带，那里小河两岸有老式河埠、骑楼、廊棚、古桥，还有老电影《林家铺子》以及《蚕花姑娘》的外景拍摄地；另一处是觉海古寺一带，那里有古寺、老桥、旧时商号当铺和庙宇等。另外，还有众多博物馆、展览馆等，有收费的也有不收费的。

和南浔那里的半边街也不同，这里人家是前门沿街，后门临河。浓郁明清格调的过街楼，顺小河两岸错落排列，石板铺道，两岸飞檐走角，把河面挤得很窄。放眼望去，河道上每隔一段就有一座老石桥连通两岸。阶、堤、桥都是用大块暗红色的麻石砌成的，常有藤蔓或灌木类植物由石缝中长出来，若是梢尖点缀小花，红绿相间，很是鲜亮。这里的桥都不长，造型也没什么大讲究，但那静默无语、不事声张的模样，却和周遭的环境气氛配合得甚好。立在桥头，想象着那些吴歌里沉浮的青衫云鬓，但水面照见的，却是时间与人生的悠缓。偶有小船驶过，船后留下一圈圈梦幻般的涟漪。

一些明清古宅院却有气势，宅前青石路道平坦，两侧都栽松植柏或列有槐桂。走入幽深庭院，但见布局精巧，厅、堂、楼、阁、厢、廊俱全，雕梁画栋，气派非凡。镇中心有一处"胡尔慥故居"，有二十五间厅，占地总面积五千多平方米。这个姓名古怪的人，是明朝一个高官，他留下这处故居，也就成了浙江省境内现存最大的明代老屋。

古镇多弄巷，号称有七十二条半。有不明就里的暗弄，也不乏通向河渠开阔处的明弄。长弄幽深狭长，短弄望得见河边的杨柳依依。我们随便择了一条足音跫然的小巷，兜兜转转许久，视线豁然开朗，尽头那端竟是车水马龙的公路，俨然一副两个社会两重天的光景。

从老北街穿入，就开始进入一条叫"后弄"的悠长小街。后弄是七十二条半弄巷中最长的通道，也是古镇所有街弄交通最为复杂的道路，中间有许多弄中弄，一些狭窄的弄，向南北方向辐射出去，连缀和衍生着许多街弄里巷，起承转合，引人入胜。后弄西承商业重地的老北街，东接镇郊休闲之处的望仙楼，牵连着许多成名老店和深宅大户，号称"江南品茗宝地"的紫香茶楼，还有"张一品酱羊肉"，都在此弄的邻近。

宅深深，巷悠悠，江南梅雨天里时有时无的细雨飘在雕花的砖墙上，浸润着墙头的瓦松，空气中飘浮着潮湿的霉味。百转千回的小巷子，古墙如削，苔痕斑驳，巷名亦弄人：胭脂弄、斗富弄、陶沙弄、五猖司弄等等。

不过仙潭这里还真出过一个十分给力的女人，名字也叫得雷人，叫章要儿，南朝陈武帝陈霸先的老婆。据史籍记载，此女少时聪慧，美容仪，爪长五寸，色并红白。善书计，能诵《诗》及《楚辞》。陈霸先初为陈王，旋代梁为帝。武帝前头老婆早卒，乃续娶章要儿，及即位，立为皇后。武帝死，章要儿先后做过太后、太皇太后，权势可想而知，要是有人有兴趣，大可据此写出一部几十集的宫斗剧来。

诗意的仙潭

在西河口，我们看过一溜长长檐廊，还看了茅盾的外婆家钱宅。这是一幢多进深的宅院，占地颇广，为五代吴越国王钱镠后裔在此的聚居地。二十世纪五十年代，北京电影制片厂拍摄茅盾的《林家铺子》，曾选取西河口做外景地之一。门庭如昨，人事已非，我们踮起脚，从老式花格的玻璃窗向内窥视……除了那些挂在墙上的梅、兰、竹、菊立轴外，还能看到什么呢？是那些远去和正在远去的岁月和背影吗？

而后，我们又踱入了沈铨纪念馆，与他第七代传人聊了一会儿。沈铨是清代花鸟画大师，他的画风对日本画派有着重大影响。从沈铨纪念馆出来，头顶的云层突然散开，露出满天晚霞。视人视物，皆恍若隔世。朱栏倚遍黄昏后，大胡子老汪的指间烟雾缭绕，背影残留余晖。

看晚霞中的老房子，像一朵朵不肯凋谢的花……

就在今年的梅雨天，汪大胡子在手机上给我转发来一首诗，叫《我在西河口的桥上阅读了〈仙潭志〉》，作者"八月江南"，一位妥妥的仙潭本地诗人。诗句饱满，意象纷呈，自有邈远深邃的根底，特抄录如下：

> 这段时期天气连续放晴
>
> 这段时期我的心底涌动历史感
>
> 这段时期我在西河口的桥上阅读了《仙潭志》
>
> 那本书全是发黄的纸，木版印刷，线装了仙潭
>
> 我顺着竖排的文字往下爬
>
> 继后又往上爬
>
> 弄巷的深深浅浅，河网的曲曲弯弯
>
> 历史阴晴不定，古诗词的涩味，明清袍子发霉的空气
>
> 天目山系地理形势的地下通脉
>
> 想念着名人的印迹，堆积的旧居，名目怪异的弄巷
>
> 我设想背下古人咏新市的诗词，设想在美丽的骈文里识别着七十二座桥

炊烟，古树与羊，成群的绵羊在青石板的街道上列队行走

郊外缫丝坊细长的烟囱是绸缎商行路的目的地

我与桦树结成眷念，与紫香茶楼低诉，与觉海寺攀谈

我心中的芽麦饼情缘不绝

说起茶糕，满脑子是早晨泊船的动静

橹声与鸡鸣把河流拉直，历史是觉得短了一些

直通了南北朝与东西两晋

接着明清下来，所有的窗户木格就异常典雅

所有的人物热衷于宗教的信仰

我继续阅读着《仙潭志》，一轮明月滑过西河口上深黑蓝的天幕

屯溪老街

依山凭水　收拾往事好逛街

能屯聚溪水的地方，风景肯定是绝美了。一九三四年的桃花流水时，郁达夫夜泊屯溪，留下赞美诗："新安江水碧悠悠，两岸人家散若舟；几夜屯溪桥下梦，断肠春色似扬州。"但是，扬州的春色里却没有这样一条蓄着水汪汪灵气的老街。走在老街褐红石板路上，仿佛就是走在徽商和徽文化隐秘的历史里。

老街的前世今生

有首歌谣里唱着："屯溪美呀屯溪美，一半街巷一半水……"这一半街巷，当然就是老街了；一半水，即为新安江上游两条河流横江和率水。

上黄山，要从屯溪起脚。屯溪与黄山总是连在一起的，若今生只爬过黄山而未曾留意过屯溪，那真可谓憾事一桩了。莫以为屯溪是沾了黄山的光，受了黄山提携……说起来，屯溪成名远比黄山早哩。

屯溪古属休宁县，三国东吴大将甘宁、黄盖"屯兵溪上"，这就是屯溪得名由来。历史上，屯溪是由新安江、横江和率水三江汇流之地的一个水埠码头发展起来的。今日老街西端，即老大桥桥头紧连的一段曲尺形街道，原名八家栈，就是老街的发祥地，也是屯溪的发祥地。

老街的形成和发展，与宋徽宗移都临安有着密不可分的联系。当时，宋都大兴土木，大量徽州木材和民工匠人沿新安江被输送到杭州。竣工回乡后，这些工匠在地方大佬的倡议和赞助下，模仿和复制宋城的风格，建造了这条店铺林立的老街，

因而有人称老街为"今日宋城"。

老街初成于宋，立下屯溪之根基。到了明清，随着一个个徽商的好日子开张，水运优势带来白花花银两，再加上茶叶猛促了一把，老街当仁不让坐上徽州四大古镇的头把交椅，成为徽商业务中心。民国时期，安徽省厘税局、盐公堂、商会等商业机构均设在屯溪。抗战爆发，大批商贾和难民涌入，第三战区司令长官部加上江浙一带党政机关和学校也都后脚赶前脚搬来屯溪，人口剧增，一时经济异常繁荣，被称为"小上海"。

要寻老街很容易，来到黄山市府所在地屯溪区中心地段，看到那个高大的古牌楼就是。数着步子往西直到明建横江石拱大桥——镇海桥（老大桥），老街全长近三华里……它的悠久的历史和文化，都镌刻在牌坊前面那块巨大的石碑上了。

老街将徽派建筑特色发挥到了极致。站在街口，放眼望去，街道狭窄幽深，蜿蜒伸展，首尾不能相望。最有特色的一段，当是从第一楼到酒吧那条街的十字路口。一色的青瓦白墙，檐牙挑出，屋与屋之间是飘逸的马头墙。精巧别致的楼阁叠致有序，黑漆镏金的店招匾额古朴典雅，窗棂门楣有砖雕木刻的花纹图案……八角玲珑挂灯悬挂檐下，犬牙形旗幡店招在风里飘拂。再往里去，小巷里有一些居家院落，留存老旧的残墙断壁，歪仄的门板木色已经呈黢黑，将倾未倾，显得有些落落寡合。

街面上游人悠闲地走着，新安江水浓淡隐现。老街的魅力倾倒了影视界，约有百余部影视作品是在老街拍摄。影视中，有不少展示老大桥的镜头。华岭葱茏，长虹侧影，石桥六墩七孔拱圈，逆水的一面，六个分水头尖尖地翘起，充满古意。可惜这么一座曾吸引郁达夫泊舟留诗的地标古桥，刚被国务院宣布为第八批全国重点文物保护单位，竟于二〇二〇年七月七日被大洪水给冲毁了。

老街的老字号

我的一个中学同学，是在屯溪老街上长大的，初三才转学出来。因为父亲给电影院画广告布景，所以他也有一些美术根基。他常跟我描述老街的情景，一一列数那个年代的茶楼、书场、墨庄、画店、照相馆、乐器行、油布伞店、漆器工艺店、张小泉剪刀店、上海布店、老式秤店、药铺……他说，沿街店铺多为二层，朱漆木板大排门，早卸晚上。有些很老的店，门楣上刻着戏剧人物和新安山水；楼上临街一面，有伸出楹外的裙栏或"美人靠"，顾客可以坐在上面伸头看街景。店堂有曲尺形柜台，后院一般都较深，是住家和加工货物的地方，走进去，一重又一重，光线暗淡，全靠天井采光。街面是清一色的褐红麻石板路，傍晚，余晖从两旁屋脊的间隙里漏射下来，在石板的接缝处留下深深浅浅的阴影，若是夏天暴雨冲洗后，石板上纹理清晰，洁净如画。

眼下的老街，景况依然如此。店家多是冲着游客下力气做生意，主要经营文房四宝和贡菊、茶叶、菇耳等土特产品，各类古字画、古瓷器、古家具品种繁多，也有卖蜡染、玩具、石壶和徽州四雕的。整条老街，到底有多少家店铺？没法弄清。只知道"同德仁""老福春""汲古轩""艺林阁""徽宝斋"等是老店，因为都挂有"老字号"牌匾。居然还有一家"荣宝斋"，不知是分号还是山寨版？

大名鼎鼎的"天下第一楼"，就位于老街东口牌坊左边，店堂装修得古色古香，服务员着宋代衣饰，头上别着大花，活脱脱就是戏剧里的店小二，店外窗棂门楣有精湛的砖雕木刻，显示了徽派建筑格局的古朴典雅。如果不看店堂摆设，单看匾牌，你不会想到"渔埠头"竟是一家经历过太平天国时期兵火的百年老茶叶店，店主姓杨，能讲一口流利的英语让人惊讶。一家"涵澄阁"，卖文房四宝，店面的楹联是"砚勘人生梦，笔书天地新"，感觉对仗欠工整，不似老店底蕴。往前走不远，一家书画店的楹联"通观古人名画，欣赏历代奇文"，更是有点漏了气提不上劲儿。

我学过一点中医，十多年前第一次在老街看到"同德仁"即走了进去，留下一些印象。至今，那黑底金字的楹联仍是引人注目："壶中日月不老仙龄，架上丹凤长生妙药。""同德仁"也是前店后坊，不过后坊已改成了陈列室兼出售药蛇酒和当地药材。陈列室里有店史介绍，还有当年"同德仁"的中医们出门看病的药箱，那种药箱每屉分四小格，共装七十二味药材，两个药箱都装满得几百斤重，往往都是驮在驴马的背上，跋山涉水为乡民义诊。"同德仁"开设于清同治二年（1863），至今有一百五十多年的历史，店名含有创办人程德宗、邵运仁两人名中各一字。走进古色古香的店堂，右边是一排高高的药柜，药柜顶上的大锡罐看上去有些年头了，连柜台上的铜杵钵都满是包浆。从高高的天井上方泻下的光线洒在"橘井流香"立匾上，显得字体分外苍劲有力。

"六品居"是一个卖文房四宝的小店，上了年纪的店主仪态儒雅，看着就让你生出交流的欲望。他说是为儿子守店的，店里东西质量好，价格也贵些，但物有所值……与老先生聊过我才知道，原来徽墨还可以分为松烟墨、油烟墨、漆烟墨、净烟墨和彩色墨等。墨块上描龙画凤，精心雕刻各种图案，不仅可用于写字、作画，还具有较高的鉴赏和收藏价值。虽然最后我只买了几小块胡开文的龙凤图案墨，但老人仍是一脸诚恳地挥着手送我走出店门。

展馆与名人戴震

老街有两家博物馆。公立的屯溪博物馆，主要陈列明清家具，有花床、书桌、太师椅、罗汉床等。门口条案上摆放着一些徽州历史及宏村、西递、黄山的旅游书。二楼陈列古字画和瓷器，较有价值的是一幅乾隆年间《福禄寿喜图》。馆藏珍品有清代人物门罩砖雕、歙石砚板、法华釉瓷枕、春秋青铜器。

私人博物馆万粹楼在老街中心地段，大门两侧有联语广告"感受徽文化，请进万粹楼"。原来，这是一座用散落民间的古旧构件重建的徽式楼阁，凭票进入。里面的各种展物涉及古徽州文化的方方面面，反映了当时徽州官宦人家和徽商及普通百姓的生活。一楼"九百砚堂"陈列一方出自婺源龙尾山的砚台重达两万五千多斤，还有一对曾经高踞在状元府前的华表上俯瞰人间的石雕独角兽，另有一些清末民初高档时髦的生活用品。二楼展出瓷器、字画之类的文物和艺术品，还有化石。三楼为主人起居室，却也布置得古色古香供人观看。四楼天台被搞成一个小庭院，盆景花树和鱼池假山，一派徽州园林的风味。

老街立新巷1号（隆阜中街）有戴震纪念馆，为窄巷中一幢风烛残年的旧民居。戴震是清代著名思想家、哲学家。他学识渊博，天文、数学、历史、地理全都钻研，尤精音韵、文字、训诂学，是"乾嘉学派"的代表人物。但早先却一直混得不好，直到五十一岁时，经《四库全书》总编纪昀的推荐，才到《四库全书》馆做了个小编辑。干出的成绩肯定是有目共睹了，五十三岁那年被皇上赏了个同进士出身，授翰林院庶吉士职务。不久，因积劳成疾死在任上。

一九二四年，戴震诞辰二百周年，戴氏后裔献出此屋，建为"隆阜私立戴氏东原图书馆"。后交给国家管理。门楣上"戴震纪念馆"五个大字，一看就是张恺帆的体势。著名学者周汝昌留下深情吟咏："整衣来肃皖东原，一代真儒百世尊"；

"收拾遗痕零落后，高芬长挹古时村……"瞻仰厅有戴震塑像，玻璃柜里陈列着著作手稿、乾隆谕旨。两侧是藏书室，收藏戴震参与编撰的《四库全书》和各种版本的二十多部戴震著作，及后世文人学者研究戴震的理论书籍，加上经史子集共计上万册书。休息厅内摆放着古朴典雅的清代家具，挂有戴震生平图画，形象地展示了其"治学不为媚时语，独寻真知启后人"坎坷求索的一生。四壁悬挂楚图南、周谷城、王力等当代大师为纪念馆题写的诗词和楹联。

戴震不仅以其如炬的思想启迪后人，且能学以致用为民造福。当时，两山夹峙下的珠塘年年暴雨成灾，冲毁农田，淹没街道。正值青年的戴震，自告奋勇勘察洪灾现场，领人筑起了一道石坝，坝下有辟洪沟直通新安江。平时关闸蓄水，以养鱼鸭和灌溉农田；遇山洪即开闸放水，农田和屯溪街遂不再被淹。珠塘坝至今保留完好，珠塘顶上的华山岭已辟为戴震公园。

戴震公园我是在一次开会的间隙里去过。当地新闻界两同人陪着从南门进入后，近百级陡阶，辗转上升。踩着满阶厚厚落叶气喘吁吁攀上，眼前闪出一亭，被栅栏四围，只留一口入。进去后，我们从亭内俯瞰，远处的新安江、老大桥清晰可见，大半个屯溪市区也能尽收眼底……但可惜由于角度不佳，近处的老街却被杂树所阻反倒观看不得。

食在老街

那天从戴震公园下来，撇下会议餐，两位朋友径直将我领入"天下第一楼"。只点一"锅"，七荤八素的菜在热腾腾的鸡汤中边涮边吃。我问这不会就是胡适博士弄出的一品锅吧？坐中的李君摇了摇头，笑着说："别以为徽州人不问青红皂白什么都一锅搅，这叫烫火锅，不是炖火锅，如果细论起来，也就是菊花锅……它比一品锅用料精巧多了。"

接着就给我讲了个故事：光绪末年，休宁五城籍黄状元自上海回乡省亲，在当时老街名店紫云馆大摆宴席。烫火锅上桌时，一阵秋风忽地吹起窗台上几片菊花落入锅中，正在众人难堪时，紫云馆老板程伯言急中生智说："金秋送香，乃上天雅意……上天雅意呀！"大家闻此吉言，争相摘几片菊花投入锅中，再吃，竟有一股奇香，菊花锅从此一举成名。

我说："你们徽州真是太有文化了，菜里落进异物，要在今天不闹个投诉索赔，还能让你胡诌雅扯？"不过玩笑归玩笑，这锅子里菜也太好吃了。听说刚倒入的半盘嫩白肉块就是石鸡，赶紧于沸腾的汤水里抄一块入口，爽润嫩滑，香鲜透骨……还有黑乎乎的石耳，在汤里辗转沉浮，筷子很难夹住。

从第一楼出来，早已满街霓虹闪烁。回头看看，旁边是"美食人家"，中间还有"老徽馆"。一条不长的老街，绵延排下去都是大小酒肆、菜馆。其实，最能体现一个城市饮食文化特色的，还是那些散布在街头巷尾的小吃摊。

我二〇一七年春天另外一次来，就是一个人在老街遍尝小吃。漫步街头，步履不徐不疾，眼睛早在四下张望了。记得有个"口福堂"，是一家专营小吃的百年店，内有馄饨、饺子、面条、艾叶粿、毛豆腐、臭豆腐、老豆干等特色小吃。其宫嫂馄饨皮薄肉多，加上紫菜、香葱、榨菜和独家秘制调料，入口香嫩、柔滑。还有一家老远就闻到香味的"秀嫂挞粿"店，卖的挞粿皮薄馅儿足，荤素都有。人说一粿尝尽徽州味，虽言过其实，但仍值得一尝。

那时，老大桥附近新安江边，大排档长龙般迤逦排开，颇有些气势。选一个干净的摊口坐下，叫烧两个菜，一时三刻就好。三鲜毛豆腐滋味悠长，韭菜炒虾仁入口鲜润带有清香……臭鳜鱼烹制时间长一点，入油锅略煎，再配以肉片、笋片，用小火红烧至汤汁浓缩端上来。碰上能侃的档主最能助兴。那一回，就因为一盘韭菜炒虾仁，让我听了一个颇有趣的"九（韭）菜十（石）桌"故事。说是乾隆下江南来到黄山脚下，因想探考一下徽州女人秀外慧中的传言，便走入一户农家，请农妇做来"米饭一碗、九菜十桌"。不多工夫，农妇便将一盘韭菜、一碗米饭放到一块石磨上，请客人享用。乾隆心中暗叹不已。临别起程时，乾隆又来一招，他手持马缰，一只脚踏在马镫上，问："大嫂，你看我这是上马还是下马？"农妇不慌不忙，手搭门框，一只脚跨出门外，笑着反问："客官，你看我这是进门还是出门？"

街边最多是烧饼，用霉干菜和肉丁做馅儿，外面撒上芝麻，在火炉中烤成蟹壳那般红黄。有一种小小的蟹壳烧饼，半个乒乓球大，咬在嘴里，如果不是太辣和过咸，单那一个酥脆啊，真是香死人！好似绍兴之茴香豆，烧饼也是游客们买得最多的纪念品。卖烧饼的也有老字号，如"好再来""周济烧饼"和"救驾烧饼"，名头都很响。

犹记得我那自小在老街长大的同学曾说过：小时候，老街上有三种气味让人难忘，一是"同德仁"的中药味，二是"程德馨"酱坊的酱菜味，三是"筱苏州"糕点店的糖渍味。最让人流口水的，是"筱苏州"那飘满一街的浓浓的糕饼香。也不知道"筱苏州"现在有没有了？只看到满街糕点店都卖皇品徽墨酥，还有木槌酥和板栗酥、核桃酥的。

人们常说无梦到徽州，那是因为徽州太美，美得叫你魂牵梦萦……真的，就连品咂徽州的菜肴和小吃，也会让你咂出文化，咂出品位，咂出无尽的遐想来……

行走在屯溪这地方，不需要着急，不需要选择景点，随意逛逛，寻点小吃，散散步就行了。

深　渡

放船一江碧水　迎面皆是青峰

人们以在这样的地方生存为荣。春夏相交之际，大阵的鸟群在炊烟里聚拢，花和树安然成了背景……深渡哇，谁把你这帧幽静的山水，私藏在青山的内心？

岁月留痕

二十多年前，朋友范君交给我一纸《深渡月色》诗稿，此诗编发见报，古镇河滩上的那一片银子一样的月光，便长久落在心头，我才一次又一次去探望那个深深的渡。

深渡镶嵌在黄山至千岛湖之间的水道上。新安江与昌源河在此合流，二水交汇处，铺出一个河滩，每到初春，就会开满黄灿灿的油菜花。而一片油菜花映衬的背景之上，就是古镇深渡。

深渡西距歙县城二十六千米，是徽州通往浙江的水上咽喉，新安江上第一码头。自古以来，这里就是徽州商贾出入沪杭的必经之道和泊舟处。眼下，是旅游者由黄山去千岛湖弃车乘舟的中转站。在那个久远年代里，徽州当地的竹木茶炭等一应山货终日不歇地顺江东下；自江浙进入的日用百货和商人们赚取的金钱，则源源不断地溯江而上，最终，一箱箱地搬入徽州人家的深宅大院。

徽人经商，历史源远流长。明嘉靖至清乾隆、嘉庆年间，徽商达到极盛。但徽州的位置却并不好，地处万山之中，陆路重山阻隔，云锁深林，唯有依靠一条新安江水路连通外面世界。要出外闯荡和谋生，只有走到深渡坐船，借助清澈的江水顺

流而行。徽人经商，既为环境所迫，也是数百年濡染积习的民情风俗，乡谚有"前世不修，生在徽州，十二三岁，往外一丢"。外出学生意，必经苦熬苦挣，自立成人，如有吃不得苦，中途逃回者，则遭邻里耻笑为"茴香（乡）萝卜干"，从此一世无颜见人。

深渡老街幽深，古巷纵横。岁月深处，数不尽的徽州人就是踏着这些巷陌下到码头，上了去往苏杭方向的乌篷船……天际或有一弯将落未落的昏黄月亮，除了脚步声里的轻言悄语，四周静悄悄……那些高大残缺的围墙，都是曾经的见证。在家千般好，出门万事难。出了深渡古镇，就是异乡，就要自己打拼了。不知有多少人当年就在这渡口暗暗发誓，一定要装满一箱箱的金银珠宝衣锦回乡。如果不能混出模样，就让家人年年清明时节在渡口插一竿永远飘摇的招魂幡吧。

码头冷落的一角，系船的石墩已爬满了青苔，只有那蜿蜒曲折的青石板路上坑坑洼洼的印窝，似乎还诉说着昔日的杂沓与仓皇。那样的码头和栈桥，寄托了多少的情思和希望。离别和出发，相聚和等待，都在这里演变成亘古流长的故事……孤帆远影，长河落日，在岁月里沧桑的不仅是山河，更有人的心情。

绝美景色

深渡四面环山，两面临水，被碧玉色的新安江深情缠绕着，遥遥望去，宛若一幅浓淡相宜的水墨画。发源于安徽省休宁县与江西省交界处的五股尖山的新安江，一路浅吟低唱流至深渡后，江面豁然开朗，波光潋滟，两岸奇峰高耸，山色空蒙，风景秀丽。《读史方舆纪要》称："……而浦口东南四十里，亦曰深渡。盖自严州界溯流而上，穿山峻流，峰峦掩映，萦纡旋绕，清深若一，故皆以深渡为名。"

一千四百多年前，南朝梁沈约第一次见到新安江，就被这山水的空灵和幽碧深深折服了，当即写下《新安江水至清浅深见底贻京邑同好》："洞澈随深浅，皎镜无冬春。千仞写乔树，百丈见游鳞。""诗仙"李白更是被美丽的新安江激发灵感："清溪清我心，水色异诸水。借问新安江，见底何如此。人行明镜中，鸟度屏风里。"到了南宋时，成都府有个姓姚的探花郎拖家带口来歙县任职，爱此山水，就扎下根来。过了一百多年，又有湖州府姚氏迁来，定居于江的两岸。两家姓姚的打下基础，遂逐步形成徽州明清重镇，是以有"深渡渡船深渡渡，姚来姚去两边姚"

的乡谚俚语流传至今。就连渔梁也有个姚家巷，可见姓姚的就是同徽水有缘。

深渡比渔梁大多了，街市依山而筑，分为岭上、里街、外街、横街。远远望去，店铺林立，马头墙层层嵌叠，错落有致。清代学者凌廷堪有《深渡》诗云："客子溪头晚放船，缓摇双桨下长川。一湾流水清见底，两岸乱峰高刺天。饷妇携筐回旧袖，村翁赛社敛青钱。香醪莫惜频沽满，今夜蓬窗起醉眠。"遥想当年，这里必定是桅杆林立，商贾云集，社戏散晚，渔火明灭，人声鼎沸，一派古渡繁华的景象。所谓"深渡九景"，如梨岭横云、深渡古渡、凤池红叶、北岸渔火、九里归帆等，现在已难觅其踪。二十世纪五十年代后期，新安江大坝建成蓄水发电，深渡老街大部被淹，原里街、外街、横街全部拆除，唯岭上部分老街尚存，算是留给人们一段依恋和怀想。这条长约二百米、宽仅展臂的原汁原味老街，青瓦房、马头墙，古朴典雅，曾冠称为"皖浙街"。路面上一块块青石板，年深日久的踩踏，光可鉴人，清晰地映照出两侧翘角飞檐的徽派门楼。据说这还是一条"阴阳街"，街的一半是清一色的浙江人开的服装鞋帽店，另一半则由当地人经营日杂百货和食品，如今仍然保留着"前店后坊"的传统经营特色。

来龙山下一带有丁字形新街，修建了适应不同水位停靠的轮船码头和十孔钢筋混凝土大桥。沿着江边漫步，一座将近一华里长的雄伟壮观的长桥映入眼帘，这就是二十世纪九十年代初才建成的深渡大桥。千岛湖旅游方兴未艾，深渡也给带动起来，星级酒店与小桥流水、亭台楼阁的民宿，一同收罗着八方来客。青山绿水，长桥卧波，舟舸往来……大街上走动着的是青春韶华的俊男美女。信步走入深渡临街市场，人群熙攘，刚从新安江里捕上来的鱼虾，欢蹦乱跳，充溢早市街头，小吃店摊更是星罗棋布。若是端午前后和深秋季节来此，会看到源源不断运来三潭枇杷和街口柑橘，一船船一车车地卸下在这里批发零售。

深渡码头旁，停泊着许多两头尖翘的蚱蜢小舟，坐上去游江，每人三十元左右，最多可坐四人。船家会说绕凤凰岛一周，其实凤凰岛很大，几乎无法绕行。这种小船游江没有特别的时间限制，当地船工都比较纯朴，一边操舟一边同你拉话……于你而言，暂把世俗的忧乐都抛却，置身于青山绿水间，绝对是一种享受。晚秋和初冬的清晨，新安江经常是浓雾弥漫。大雾下的江面，水平如镜，烟波缥缈；四周翠峦隐约，绕岚似纱，如梦如幻，端的是好一派雾锁深渡的美景！

口舌之欢

旅游来此，徽州风味小吃"深渡包袱"不可不尝。"深渡包袱"形如其名，看上去像一个装满东西的口袋，实则就是一种配汤食用的水饺，入锅煮熟捞出。馅儿中有火腿、香菇末，汤中除放熟猪油、酱油外，还有猪油渣、葱、蒜、姜末，是一种方便的美味小吃。如何有"深渡包袱"这个得名呢？说来话长，那个年代人们外出，行走天涯都是要背上包袱，凡吃穿用的一股脑儿尽塞其中。八两的包袱，千斤的乡愁，父母妻子送别到渡口，叮咛复叮咛声中，将一个个包袱交到远行人手中，仍是意犹未已……便有那守候在奔波路口的小吃摊主仿其形，创意了一种在馄饨皮内放馅儿、卷包，形若行人包袱状的点心，因为保持了徽菜的原汁原汤，吃起来特别鲜嫩、香美。只是，商道日往，而乡情弥真，品在游子的口中，怕早已分不清是热腾腾的乡味，还是万般迷茫的客愁。

徽州人就这样告别深渡这最后的乡关，走向了江浙一带。他们数年甚至数十年才得以回归，有的甚至一生难回，客死他乡。有人说，没有徽商，就不会有古徽州的一切。同样，没有新安江，哪里会有名噪天下的徽商呢？如果深渡算是起点的话，桨声流水中，船只已悠然远去，连那送别的目光和铭心刻骨的惦念，一并消融在重重的烟雨帘幕的那边。

臭豆腐是徽州传统小吃，虽是吃起来十分香，却真的能熏臭一条街。你只要见着那些在深渡街边蹲着、站着、坐着往口里送食物的，不必细看，凭着钻入鼻孔的味道，就知那都是大口大口地吃着臭豆腐，既有外地游客也有本地人。其实，来深渡最好的季节还是初夏。此时，正值新安江解除渔禁之时，肉质鲜嫩的翘嘴鳜、翘嘴白等上等鱼，源源送上岸，进入厨间，再端上桌，你的味蕾就要经受强烈的冲击。每年的五月，素有"天上王母蟠桃，地上三潭枇杷"美誉之称的三潭枇杷就源源上市。通往深渡码头的黄山大道边，井然有序地陈列着一筐筐黄澄澄、甜滋滋的三潭枇杷。它们个儿大色艳，皮薄肉厚，肉质柔软，汁多芳香，酸甜可口。"三潭"是指瀹潭、绵潭、漳潭，都在深渡附近，"游新安山水，品三潭枇杷"，每年枇杷成熟的季节，新安江山水画廊景区都要举行盛大的枇杷节。所谓的山水画廊，只是泛指新安江沿岸的山水和村落，起始地就是深渡。这里的枇杷好吃，得益于得天独厚的自然环境气候。三潭一带群山环抱，雨量充沛，气候温和，终年云雾缭绕，冬暖夏凉。到了五月，黄澄澄的枇杷就会挂满枝头，一颗颗清香可口，只要你来，让你撑饱也不觉够。五月的深渡，空气里都溢满熟透的三潭枇杷醉人的醇甜！

深渡人喜欢唱黄梅戏，在水边，几个人对坐着，你唱我答："你我好比鸳鸯鸟，比翼双飞在人间"；"为救李郎离家园，谁料皇榜中状元"……耳中感受着黄梅戏清新撩人的抒情味，手里抓几颗枇杷，慢慢地走，浅浅地尝，如果就这样走上一天、一年、一辈子……真的是件幸福的事情。

江风轻掠，暮色渐浓，寥落的几盏路灯照着台阶。没有想象中渔火点点，天上没有月亮，江面幽幽地泛着水光。远处的山峦，只剩下约略的轮廓，一切都在沉沉之中模糊起来。几只游船浅浅静静地泊在那里，微风吹浪，江水轻吟，这样浓郁的夜色，是不是才更具夜的本质？远处飘来了二胡悠扬的旋律，近岸的楼阁把几窗灯火倒映在水中，细碎的光影微微地波动着。

回旅社去吧。

翌日一早，我将再一次作别深渡。

弋 江

诗书华章　以江河为名

　　我的老家弋江镇够牛的了，流经那么多地方的青弋江，却被挪作了自己地名标签。水边小镇，古柳旧巷，有美食，有故事，有倚栏佳人……今夜，我浮动在幽渺的夜色里，做一尾游弋的鱼。

因水成镇

　　青弋江发源于黄山，会石台、太平、旌泾诸水出桃花潭而下，过泾县、南陵、芜湖县，在芜湖市区宝塔根下汇入滔滔万里长江。它流经南陵县时，究竟是如何遗下自己名字的？其中细节已不可考，只是由史籍中得知，早在两千多年前西汉之初，弋江镇就成了九江国庐江郡宣城县治所，这甚至与鸠兹芜湖设县历史一样古老。我的朋友柳拂桥指认，在《汉书·地理志》中早有青弋镇（即弋江镇），而青弋江之名隋唐时期才见诸史籍。

　　因为紧傍水运通道，商贾聚集，人流熙攘，市井繁华自不必说。老街在外河，入口便是一排青石台阶。背倚大坝，地势虽高，但在坝上却可俯视，除了下河石级，临水处都很陡峭。一条直通江边的东西向主街，衍生出蜿蜒交错的小巷，青石板铺地，高低难平，却也天衣无缝。有的路面老石缺失，被人糊上水泥，阳光照不进，晴天里也湿漉漉地泛着暗亮的光。沿街商铺均为青砖砌墙，槽门石槛。每间商铺门面都不大，却很幽深，许多墙面长满青苔，黑魆魆的。早年商铺各有名号，如人和太、恒元西、元太和、柳州酱坊、柳州盐坊等，江西会馆、湖北会馆、江南会馆以及王氏老宅等保存完好，斑驳的匾额和依稀可辨的招牌，很容易就把人带入遐想中。

老街背依堤埂单向通往江边，水大时会被淹没，但下面墙基由石头砌牢，任凭水来水去。门面依次排开，大家都知道哪是当年的药号、旅栈、酒肆、作坊，哪是酱园子、裁缝铺和典当行。皆是前店后坊，抬头望去，楼上一线天，两边有连绵花窗和悬向街心的靠栏，一根竹竿横搭在上面，晾晒着各色衣衫。穿过店堂，大屋后面都是几户人家合住，干燥而清静。丝丝缕缕的光线，从屋顶天窗泻下，照着梁柱和屏风上那些精细木刻，也照清两边的起居室、厨房和储藏间。

走在被岁月打磨得光滑的青石板路上，阵阵竹木的清香从僻静处飘散出来，一些灰黑的门楣虽已敷不住陈年旧事，但侧目瞅去，仍能见着铁匠、篾匠、弹花匠等老行当，别处早已湮灭的手艺，这里依然存留。镇上的小吃很多，有糯团、发糕、小馄饨、渣肉蒸饭、瓜果、菱角、蜜汁藕之外，还有毛栗和粉甘葛，数不胜数，让人很容易就触着江南的丰润。

与紧邻的下游古镇西河相比，弋江镇少了山的峻峭，但文化积淀层显然要厚得多。有人不明白，弋江镇何以没有宏深的老宅？这原因，便是一九四二年弋江大堤溃破那场人寰惨祸。一些老年人至今仍记得：那一年六月黄梅天，豪雨连日，山洪暴溢。以往每逢涨水，街上店家都用槽门抵挡，由于日寇飞机狂轰滥炸，许多槽门都已损坏……洪水先从一家店铺冲开缺口致堤溃，将老街鳞次栉比的房屋连片掳掠一空。水头冲下，涮成巨塘，一口清代大铁钟被冲落水底，直到半个世纪后方重见天日。那一次，差一点毁了整个弋江镇！与汤篷街相邻的沙河沟，原是一弯浅浅水沟，后来成为大塘，也是日本鬼子飞机投弹炸的。与众多沿江码头相同，弋江老街随水运昌盛而繁荣，也因水运的没落而萧条。早年的江边景致，就像一幅水墨画，屋舍参差，江树连绵，绵延不尽的木排或竹排顺流而下，排上搭着小篷，小篷有时会拖着长长炊烟。偶见扎纸一般的鹰子艇，多是贴着江流回湾处兜来兜去。还有带着小狗的乌篷船，那一片两片帆影所承载的，便是似水流年的浪痕和沧桑。

到了"文革"中期，江边空地上忽然就形成了旧木材交易集市。支架和堆满河滩的，全是黑乎乎旧木柱和屏风板材，也有一段一段雕梁画栋的枋额、梁垫和雀替，里面肯定混杂了许多金丝楠木，都是从泾县徽州运下来的，也不知拆掉了多少价值连城的古民居和老祠堂。人们买回去砍刨打制家具，那些镂空的屏风花窗，已无多少实用价值，只能当烧柴论堆数卖。

才子佳人

因为身在皖南，只要不是汛期，流水绕古镇，那肯定是美不胜收了。站在街头大堤上，放眼眺望：竹林村舍，柳暗花明，江水青青，白帆远去……早先的"南陵十景"中便有了这动人的"青弋波光"。历代骚人墨客，到此都情不自禁诗情大发。汤显祖曾吟咏过："青弋秋江接赏溪，赏心人望竹园西；青衫草色兼晴雨，白荡开花山鹧啼！"

既往岁月里，除了王维、李白、王昌龄、贾岛等一批超级大腕来南陵诗酒高会，更有杜牧曾在弋江赋闲多年，"九华山路云遮寺，清弋江村柳拂桥"，仅凭他这两句诗，后人就建造了一座真正意义的"柳拂桥"。当年两岸垂柳曼舞翩跹，不知多少往来桥上的士子佳人，见证了春光明媚好江南的动人景致……

在以操舟行船为重要运输的历史河流中，作为当时县治所在地的弋江镇，扼中江要津，上通宣歙，下达芜湖、金陵，埠头舸舨密泊，驿道上车来轿往，舞榭楼台，笙歌竟夜。当地民谣"青弋江水清又清，青弋江边姑娘嫂子分不清"，原是表达一种暧昧意味的，但也从侧面证实，由于青弋江水滋润，这里的年轻女子格外肤色细嫩，俏丽妩媚。"垆边人似月，皓腕凝双雪；未老莫还乡，还乡须断肠！"

杜牧是在二十八岁那年随恩师沈师传离开京城长安，一路辗转，从水路由芜湖至弋江转道去宣城。青弋江宽阔的水面以及两岸优美的风景，给他留下了深刻印象。当时杜牧年轻气盛，英雄无用武之地，常有怀才不遇之感，便时常赋闲郊游，以消无聊时光。他在弋江诗酒饮宴时，邂逅了一个叫苏柳云的妙龄女郎。虽是歌伎，但红袖添香，翠帘初卷，一样的才子佳人风流缠绻。正是情深深处，才写出下了那首《南陵道中》："南陵水面漫悠悠，风紧云轻欲变秋；正是客心孤回处，谁家红袖凭江楼？"

杜牧两度到宣城为官，两次都未娶成佳人。民间附会，苏柳云终身未嫁，最后入柳拂庵削发为尼。诗坛巨子英年早逝后，他的这一段风流韵事便在当地传为佳话。明戏剧家汤显祖欲编成戏剧，曾为收集材料专门到过南陵，最终却未能如愿。可能是忌惮杜牧名气太大，不好设计故事细节吧。有人甚至猜测杜牧一定为苏柳云

222

写过倾心诗文，只是出于名节考虑而没有公之于世。据他的外甥裴延翰说，杜牧病重时烧毁所作诗文十之七八，留下仅十之二三。而杜牧保留《苏小小诗》《杜秋娘诗》等，可能因为她们是官妓而非民妓，依当时的官场准规则和潜规则，对他的名声不会有多少负面影响。

不禁遥想，千年之前的那个烟花三月，江南郊野，春日迟迟，碧草青青。诗以言志，写景写心自是正常，离别写柳，更是惯见手法。但诗人一段惆怅心事喷涌而出，独为一地留下诸多掌故，也成为后来弋江镇文采之滥觞。清代诗人刘开兆曾作《青弋江棹歌》九首，其二便是写的这段传闻："杜牧风流步屣遥，柳丝婀娜小蛮腰。而今憔悴江潭上，不见青青柳拂桥。"晚清举人吴学洙亦有留诗："板桥杨柳今何在？过客犹吟杜牧诗。"

柳拂庵建在镇郊，成于唐元和年间，杜牧曾亲书"柳拂庵"匾额，并手植柏树一株。至民国初年，柳拂庵仍有前中后三进各三间正房加三间偏屋。如今的庵堂已移至老街南侧，几栋红顶建筑，外围白墙上，有墨笔写的"柳拂庵"几个大字及庵堂简介。风雨侵蚀，和墙体一同剥落的，还有那个凄美的爱情故事。

厨艺如姿色

镇上有美人，自然便少不了美食。邻家小妹，巧手厨娘，炭炉小火，亲切随性，食之有美味佳肴，听之有管弦之声。董桥说："厨艺如姿色，不可凋零……"中国的美食，从来都是和美人美色相关。以历史的眼光看，美食佳肴并非产自皇家内苑，而是起于诗酒饮宴的楼堂馆阁。文士诗酒风流，自有十指尖尖、香风细软的青楼女子亲为烹菜侍酒。比如有一种船菜，顾名思义，就是在船上摆出来伴着丝竹之音享用的美味佳肴。

那时，是否常有载了美姬的小舟放棹青弋江上，不得而知。但在明朝末年的秦淮河上，你若上了一只花船，除了吹拉弹唱之外，便是吃茶喝酒……因此，在那样的社会背景下，整治出一桌好菜，是勾栏女子们拉客留客的基本手段。什么地方多美艳的女子，那里就一定有着良好的笙歌饮宴的美食环境。

当年商业最繁盛时期，镇上有十多家餐馆。主要是徽菜馆子，以醉香楼和笋香居档次最高，登楼可见疏柳沙洲，竹林村舍，微风徐拂，沙禽掠岸。有本地文人为醉春楼写下酬景对联："醉看流水当窗去，春暖飞花隔岸来。"客人入座后，盖碗香茶，美味干丝，双双牙筷，立即送上桌面。还有扬州馆子，最大的一家叫富贵春，位于繁华的镇中心，极是豪华，有中厅、后厅、后院，楼上雅室设有坐床和靠椅，供有盆景花卉，装饰华丽，典雅幽静，窗明几净，画联满壁。这样的名馆，却在日本人占领时期几近关门歇业。日本人投降，生意再度兴隆，曾专门请名绅易次九撰写对联"烽烟曾漫秋浦月，胜利重开富贵春""举杯邀月群贤乐，击鼓传花众宾欢"，其内容和书法皆令人欣赏称羡。还有沙毅书写的条幅，黄叶村画的风竹、篱菊，亦誉满江南。

扬州馆子用的多是扬州师傅或淮安师傅。有些老人至今还能报出一些冷盘菜，像妙玉素什锦，又称十样菜；姜汁肴肉，皮白、肉红、板实，为淮扬经典小菜；特别是一种酸梅花生，吃口有韧劲，酸甜生津，富有鲜明的江南风味。当年，有那些附庸风雅的士绅，携上美肴，专在满月的晚上从富贵春叫了厨师，带着炉火来到青弋江边船上，或者就把桌椅摆在月色溶溶的沙滩上，等到渔人捕来翘嘴白，立即在炉火上做成最新鲜的豉油白鱼，肉质细嫩如酪，味极鲜美……还有水汆鳜鱼和醉虾，喝酒、品鲜、赏月、唱曲子。风月之间，盘空杯尽，酣畅淋漓，真是人生之极乐也！

羊肉火锅风味好

诗酒也好，民谣也好，风流总被雨打风吹去。现今，一到冬天，街上就飘荡着一股诱人的香味，循着香味找到源头，就是"三老太羊肉"。这是三十多年前就开始出名的品牌美食，由三位老太太"结盟"研创。坊间传说，各人保留一套卤汁配方，制作时按其秘方各自下锅，三家合一才能烹制出正宗美味，再加上传男不传女，让"三老太羊肉"又增加了一层神秘感。

入馆就座，店家自然会推荐两个锅子：一是羊肉锅，一是鱼头羊肝锅，一辣一清淡，一羊一鱼，人间"鲜"味尽在其中。其他如羊血汤、羊蹄、羊杂碎等可自由选择。"三老太羊肉"之所以扬名，就是选用青弋江百里大堤上散养的本地山羊为原料。一方水土育一方生灵，水净草肥，加上自由放养，现场宰杀，秘方烹制，羊肉香而无膻，腴而不腻，入口就化。

以我平时做羊肉的经验，并不复杂。就是切块洗净，锅里油热，放葱姜、辣椒、花椒、大香煸炒，等香味出来，倒入羊肉，放些料酒、酱油，以中火翻炒。等肉里的水分炒出来了，再搁盐。羊肉膻味大，非重料不能遮掩，故生姜、辣椒和花椒都应舍得多放。焖到肉烂，拣去调料，羊肉色泽红亮，非常入味好吃。当然，"三老太"肯定有一些至关重要手段，那是轻易不向外人说破的。

那些年，每至冬腊，镇上朋友都要给我送来正宗"三老太羊肉"，半精半肥，切块烧好，作料放齐，有时还用食品袋装上一些有白色凝脂的浓厚冻汤。吃时，只需放入火锅内回烧，根据爱好口味随意加配些青绿红白的芫荽、菠菜、红椒、青蒜，或冬笋、香蕈、豆腐、粉丝，汤干了再添水，味道醇厚，鲜美不减。

美食是一种情致，也是对精致生活的追求。要寻情趣和情致，就在下雪天里叫上朋友开了车去弋江镇吃羊肉。两只咕嘟嘟响着的红泥小火炉，被有着杨柳腰肢桃花颜色的店家女儿端上来，一锅羊肉，一锅杂碎，加上一堆活色生鲜水灵别致的配烫菜，炭星飞进，红光流溢，雾气升腾……酒过数巡，话说亢奋，羊肉作暖，直趋妙境，脸热心更热，脱了几层衣。那一回我酒喝高了，控制不住自己，直讨了店家准备写春联的纸笔，龙飞凤舞地写下歪诗两行：羊肉火锅风味好，腮红酒热弋江青。写成，将笔一掷，直把几个朋友激得嗷嗷直叫！

江水青　花潮涌

二十世纪八十年代以后，江面上就趋于平静了。现今，两座公路大桥各自静卧在码头上下的江面上，几叶孤舟，朦胧可辨。水边有人洗菜浣衣，捣衣声寂寥可辨。

青弋江中下游平原地区气候温暖湿润，自古便有种植紫云英的传统，当下，紫云英种子"弋江籽"大量出口到日本、韩国。紫云英俗称"红花草"，是一种传统绿肥，绿色稻米的保护神。每到四月中下旬，紫云英盛开之际，满田畈一片红潮翻涌……你不知道有多少紫红花密密麻麻地挨着挤着，宛如一望无际的花毯，围绕着村林和水塘，直铺到遥远的大堤脚下。

二〇二一年四月十七日，正是春光绚烂之时，镇上举办了一场为期三天的"春遇古镇，缘来弋江"紫云英嘉年华活动，同时进行的，还有网红打卡美相约、花海风筝大派对以及"中国紫云英，千年弋江镇"摄影、诗歌、绘画大赛。引得八方游人纷至沓来，摩肩接踵，热闹非凡，包括央视在内的许多重量级媒体皆赶来采访。沿着别致的风车通道走进现场，花潮连绵一望无际，一朵朵紫红小花随着春风摇曳生姿，在艳阳下跳动成美妙的音符。身披红纱的曼妙女子在表演高空节目，弥眼花海做背景，舞台文艺演出更让人大饱眼福，乐声清扬，舞蹈灵动，简直就是天上人间！人们笑着、闹着，在花田里赏花、拍照、写生，一些汉服爱好者袅娜穿越其中，与花海相映成趣，更有网红在此现场直播，欢快的音乐以及热烈的互动，引人围观，自成一景。

紫云英嘉年华展示了田园风光，千年古镇传统工艺和文化展演搭建了平台，游客不仅可以看到非遗展演和弋江竹编"贡篮"竹篁的现场制作，更有隐匿江湖的鸬鹚捕鱼，现场买鱼烹食……紫云英还是一道绝佳美食，清爽可口，且有祛痰止咳治咽痛等功效，游客竞相品尝"紫宴三绝"后，纷纷竖起拇指。吃货们心仪的应时小食，还有甘蔗、荸荠、熟葛、糯团、蒿子粑、油炸藕圆和渣肉蒸饭……凡此种种，都是古镇的血脉和记忆。

数日前的一个深夜，我走在古镇的老街上，四下里一片静寂，零星灯火之外，一轮明月从浮云中穿过，投映在江面上，波光漾动，银鳞万点……不知怎么，无端又想起杜牧那首《南陵道中》来……

西 河

迭影交错　尽在清风明月里

许多不同声音嘈杂起来的时候，她情愿关上窗，静静地枕着河流，仰望着夜晚的星月冥想……她曾有过一头柔柔的秀发，一张精致的面孔和绝美的容颜，那时，没有谁能挡住她眼转流波的莞尔一笑。数日前，我回到小镇住了一晚。一轮明月，万般滋味，那就是一种地老天荒的岁月轮回。

因缘有分

西河，是我教过十年书、写出第一本诗集的地方，也在青弋江边，由弋江镇往下十千米，过了古塔矗立的珩琅山便是。

西河古称茶庵，位于芜湖、南陵、宣城三地交界处，因是落在青弋江西岸，故得名西河。原为明初洪武年间百姓挑圩筑堤时搭棚歇宿之处，聚而为村落，因是扼水运要道，南来北往客户商船络绎不绝，渐成繁华集市。顺流而下的竹木茶炭以及山珍，与下游来的日杂百货，每天在这里交汇，或就地贸易，或擦身而过。

鼎盛时，镇上店铺有一百多家，光是中药店有六家，自制中药，诊病配方。浴池有"沧浪园""大乐园""新新园"，最有名的茶馆叫"金谷春""柳翠仙"，还有数家糖坊、糟坊（酿酒）。街呈南北走向，都是前店后坊，青石板和鹅卵石交替的路面，在每一处街口或者岔道延伸着江南古镇的喧闹与繁华。

由于傍堤筑舍，为防洪计，圩堤逐年加土，故街面亦随之壅积增高，形成两边店铺人家的窗户与青石板街面平齐的奇特景观。无论里坡、外坡的居家或店堂，均为数进串联，从街心踏青石台阶下，低于路面一人深左右。

清代，这里设立军事防务机构"西河汛"。到咸丰时，太平军与清兵皆筑营垒战于此，拉锯四年之久，百姓蒙难，店铺倒闭。民国初年，集镇复归繁荣，码头上常日停靠百多条船只，连绵排开，河里歇有多少竹排木筏和运粮船，岸上就建有多少竹木商行、粮行和碙坊。中街内侧的芮家巷，下街外侧江东巷和徐会兰巷，整天人流涌动。但是东洋日本人打来了，多次飞机投弹轰炸和扫荡，古镇再遭重创。

现存的徽派风格的清末民初建筑物，一律的粉墙黛瓦，彼此勾连，高低错落着。曲曲折折的街道，最窄处仅容数人擦身过，抬头只见一线天。下街头临河住户的后屋，多以几排粗大木柱凌空撑起，要么便是如悬崖绝壁那般从河底用大条石直驳上来，高拔数丈，汛期时任凭水冲浪击。

二十世纪八十年代初我在这里教书，那时河水清澈，波光粼粼，一渡摇摆两岸客，来去多是采买人。每当东方露出鱼肚白，整个镇子就活跃起来。那些酱坊、杂货店、剃头店、箍桶店、竹器行，都噼里嘭啷响着，清一色的槽门接连纷纷卸下……街上人声活泼，主妇蹲在路口生起小火炉，扇出滚滚的白烟。提篮、担筐、拉车的人们从四面八方向此会集。

早年，镇上的茶馆里，可以品茗吃早点，可以议事、叙谊、谈生意，或者什么也不做，泡茶馆只是每天的习惯。堂倌肩搭毛巾手提长嘴铜壶，迂回应酬，循环往复轮番给茶客续水，眼观六路耳听八方，嘴快腿快手快，方能照应周全。只要有人招呼，立即应声而至，立身一定距离外，右手揭开茶壶盖，左手拎高铜壶，长长的壶嘴冲下，一点、二点、三点，热腾腾沸水注满茶壶，桌上滴水不落，行话叫"凤凰三点头"，堪称一绝。那些气定神闲的老茶客，茶斟上来，端杯闻一闻，轻轻呷上一口，却并不急于咽下，而是闭上双眼，含在口中，尽心去融入彼此……

同许多江南古镇一样，西河也是诗情画意的性灵之乡。女子容颜清丽，一颦一笑，一举手一投足，都别具风韵；男人心性极是灵慧，多喜欢莳花弄草、养金鱼、扎风筝。雕窗屏风的人家，条几上摆花瓶，壁上挂字画自不必说，天井里和深墙院落大多都植香橼树，四周摆上花草假山和鱼缸。墙角苔痕，落花盈阶，都是文人雅居应有之意。

这个安静如画的江南小镇，一直是萦绕在我心头的梦里水乡。相见亦无事，不来常相思。多少人间过往已经沉淀，便是岁月弥久，相见，却不如怀念。

月上西河

游客多是经宁安高速、芜宣高速和铜南宣高速过来的，从南京驱车上路，两小时就能到达。

江南古镇很多，但还没有哪个像这般高高建在堤埂上，循着一条青粼粼的江，屋舍环匝，列岸耸峙。外人过来，放眼一瞟，兴趣徒增，于是上上下下看遍。许多影视剧都来这里取景拍摄。中街立有一堵赋墙，上面《西河赋》是我写的："乌篷扁舟，酒幌飘摇；杨柳芳草，徽商成名。春来江水绿如蓝，青石古道幽且长。曾经是雕梁画栋，院落沉沉；曾经是芭蕉夜雨，筝弦悠悠。高檐挑月，洒辉半街之朗朗；佳人悦目，增美一水之泱泱。茶舍窗明，客栈灯暗，苔痕上阶绿，水流多少事……"

当一轮圆月为古渡口洒满如霜的清辉，抑或是一弯古典的幽月转过高高马头墙耸成的巷口，照着那些翘角飞檐、小巧的庭院和优雅的月洞门，清风拂过，风铃摇响，传到耳底尽是往日的悠长余韵。还有那些有雨的秋夜，雨打芭蕉，纱窗寂寞，若是听到青石板小巷传来一串幽沉足音，该会唤起多少别样的心情意绪呀！

二〇二〇年深秋，我在古镇住了一晚。月亮很大，夜风生寒，瓦砾草丛间，偶有微弱虫声传出。看望了一位老友，他送我回住宿处时，特意到渡口处转了一下。一大片野菊黄花被月光照亮，时光之河，幽深辽阔，数点孤星远在天边，话题落到了我当年写下的一首《渡口送别》上，朋友的口里断续就诵了出来："过客一样的黄花季节／在生命高高枝头闪亮／将照耀谁的小屋／仿佛前世／前世的前世／伊人临水／唯我翘首作别前路／这最美丽的河流哇／静静地漂流过／那年渡头送行的翠堤春晓……迢遥长路／帘幕重重／时近时远的容颜／可有缘分与风聚散……"

一个古朴宁静的小镇，应是传承文化和记忆的地方。从芮家巷上来，是一家中西合璧的"西美咖啡厅"，青石门框上方还存留着"录像厅"三个仿宋油漆字，这是西河文化站旧址，我那时经常过来借书翻阅报刊。戴眼镜的方立中先生形容清瘦，是镇上文化名人，右派平反后担任文化站站长，他的三个女儿三朵花，明眸大眼，辫子长长，下河洗衣担水，腰身闪闪走得如同风摆柳。当年的"陈家大酱坊"，现在已改成一个高档客栈。保存在西河城市记忆馆内，有一块光绪二十九年

（1903）八月的"西河公所"石匾，但方立中先生给我看过一方桌子面大的《珩琅宝刹图》，是更早的清人画的，也不知此图现在何处？新四军第三支队五团曾在西河深入开展民运工作，同日军激战过，新四军纪念馆内有详情介绍。

有一个北京的画家来古镇落户，门头牌子写着"朱明德画画的地方"，可以想见其内心是怎样的从容与安宁。还有一位姓杨的成名画家，常来画画写生，有时带一大群学生来，有时一个人来，什么也不画不写，只在河边坐坐，听听水声和鸟语。

我一直认为，作为古镇，保留了原居民的西塘和南浔是最为出色的。西河也保留了原居民，保留了烟火气里真情况味。进出人家，看看，聊聊，仿佛是走访亲戚。老街有点灰暗破旧，但绝非仿品复制品，就如同万年台、文昌阁、吕祖庙、八面佛等遗址，它们都曾在日益远逝的年代里真实地存在过。下街头河埂内侧房屋店铺多为数进串联，实际上也是抄近路的通道，从街心青石台阶下来，穿过住户共用的锅灶厅堂，一直走到后门亮堂处，再下到埂脚底，踏上通往圩内的小道。眼下，很多房屋坍毁，院落里长满杂树，空地上种菜，荒凉和沧桑也是一种美感。

将古镇历史化身为民俗集市，"月上西河"民俗文化节已经办过四届，有喷火变脸、汉服婚礼、皮影戏、放河灯、投壶等内容。去年的主题是"西河探秘·广寒相会"，游客与居民互动体验，在一起吃百家饭。有人穿一套汉服，行走在青砖灰瓦的巷子里，能拍出很多浸透文化气息的美照。

晚风习习，河岸枕水人家窗户渐次亮起……月上西河，树影婆娑。月朦胧，鸟朦胧，犹如在梦中！

珩琅山

隔着青弋江，珩琅山在古镇东南一千米处。山不高，却实实在在是一座佛山，历史上曾经庙宇遍布，香烟缭绕，有"小九华"之誉称。因为天竺僧杯渡去九华山前，先在此修行，便又有"九华佛光出珩琅"之说。

珩琅山突兀峥嵘，孤峰独秀，形若日本富士山。湾西公路由东北迤逦而来，铜南宣高速东西穿越，垂若织带；弋水西流，望之俨然的古镇西河似巨舻待发。这里的人家，户户广植桃李，烟柳三月，杏花的红霞，梨花的白云，掩映着青砖红瓦的屋舍，加上菜花黄麦苗青，远远望去，确有画中仙境之感。早先年年清明时节，从三县四镇来登山赏景的游人如织，商贩臻至，形同赶集。

过去，山顶有白云池，池下有代明湖，天光云影，水清如镜，放生之龟鲤悠然乐游其间。山腰有八洞，洞洞有寺宇，暮鼓晨钟，香火鼎盛。最早庙宇兴云寺，为杯渡所建。杯渡吃鱼啖肉，衣不蔽体，破冰洗澡，跣履入市，唯身不离两物：一饮酒之芦管，一渡河之木杯。一日，云游浪迹至珩琅山，见幽壑深崖，云蒸霞蔚，紫翠万状，弋水环绕，碧澄如练，帆影缥缈，一时禅心大悟，遂住洞研修，深耕佛经。常去仙人石上仰躺，昼听松涛，夜观天象，时间长了，石面磨得光滑如鉴，后人称之为"杯渡岩"。杯渡后来又到九华，在大安禅山峰修建化城寺。只因佛门后世对此形骸放浪的酒肉僧讳莫如深，隐匿其功，推戴地藏为化城寺开山祖师。

随着时事变迁，九华山名扬四海，珩琅佛地却寂寥埋沉。当年庙宇巍峨，僧众如云之盛况，至"文革"期间已无迹可寻，唯西南山坡残立七层砖塔一座，茕然兀立，独对远天。此为六面七层宋塔，我见过修复前真身，顶端斜倾，摇摇欲坠，塔刹是当年被日本鬼子三发迫击炮弹打歪的。老人们告知，民国年间塔下原有十王殿古刹一座，规模宏大，僧人过百。日军占据时期，挖壕筑垒达两年之久，十王殿古刹数遭兵燹，毁于炮火，就连后建的塔子庵，也成一片废墟。

珩琅山佛踪不胜枚举，然真迹至今仍存者，仅珩琅塔与禅师洞。禅师者，杯渡也，洞深丈余，在南麓半山绝壁处，四周开满风车花和白檀花，空山啼猿，白鸟滞飞，于此洞绝世修行，该需何等定力呀！不知谁在洞内仿铺了垫盖，旁有稍大之斜跨岩穴，称之"精舍"。屋坡巨石上依稀沧桑有刻，记述梁武帝来此拜会杯渡之事。

珩琅山眼下共有三座复建寺庙，山北观音寺、山顶灵观寺和西南半山腰华严寺。十多年前，华严寺有俗名胡六斤法号果青的僧人六十一岁圆寂，置塔后山坡，三年后开缸未腐，遂供于西侧平房石灰瓮中。一次，我陪同一批北京来客观瞻，几位报界大佬皆惊呼难得一见！眼下已修起应身宝殿，又称真身宝殿，移入镀金的"肉身菩萨"，让后辈修行者敬仰。

去年记者节下午，我在山顶灵观寺，正好赶上一场法事。法物幢幡，佛殿庄严，十多黄衣僧人时坐时行，礼忏诵经，超度亡灵。秋风飒飒，红日西坠，远望尘烟心似洗……而江水源远流长。一花一世界，一念一菩提，于是口诵四句：

　　禅庙依珩琅，烟华秋复春。

　　黄衣飘带处，杳邈木鱼声。

来去流连梅溪塘

梅溪塘依傍珩琅山，面朝青弋江，不远处就是古镇，流云徘徊，有梅临溪，清光照影，充满情调……当年梅尧臣笔下"梅花溪上村"，描绘的就是这里的美景吧。眼下，因有大面积花田在侧，繁花灼灼，青山四围，于是又称"玫瑰谷"。

周边有我许多学生，他们中有人在珩琅山下养鹿、经营果园、建鳄鱼山庄，算起来也都是五十上下的人了。早先就曾听闻学生家长说过梅溪塘有来历，不仅梅尧臣后代世居，又传朱元璋二十世裔孙也埋骨此处，还附依了一个周瑜和小乔的传世爱情故事，算得上是历史文化深厚。

江南暮春，一年最诗意动人的时节，绿柳堆烟，处处啼莺，水塘边开满粉红的野蔷薇和如雪如绫之白的金樱子花……我又一次来到梅溪塘，和几个朋友一道，为爱梅溪好，来寻玫瑰花。玫瑰谷花期会从四月底持续到十月中，"五一"期间是最惊艳绽放的盛花期。花期如此之长，花朵如此热烈奔放，真的是美爆了！其实它们应该就是月季，和玫瑰蔷薇一起并称"风流三姐妹"，玫瑰最香，月季最艳为"花中皇后"，但在欧洲，她们都叫玫瑰。眼前，这一大片炽热洋溢的花海，宛若张扬着万千姹紫嫣红的旗帜，把山野渲染得美艳至极！

大朵大朵盛开的花，红的像火，白的如雪，黄的似金，粉红的如霞，还有轻白浅紫的小朵蔷薇，只一眼就让人心动，随手一拍便成唯美的回忆。走在田埂花间，醉人的芬芳，一点点渗入灵魂深处……抬眼蓝天白云，远岫苍苍，恍若遗世，每朵花每一蓓蕾都让人格外珍惜！想到孔子带着一群弟子远足沂水边，"风乎舞雩，咏而归"，就是一路欢歌吧，可那春寒的沂地如何比得四月的江南？人生远旅茫茫，诸多劳顿，芳草斜阳，但醉情伤，何如赏花、歇心，找回这静态时光。

回到白墙青瓦、庭院深深的村中，一盏清茶，足可洗尘。檐廊天井，临窗而坐，由花格漏窗看外面林木扶疏，正所谓构园无格，借景有因，如此纯美，能不依依？自梅溪塘徽派民宿村修建之初，我就多来流连。二〇一八年盛夏，曾与几个年轻记者在相去不远的森林小木屋住过一夜，早餐就是从梅溪塘这边送过去的。去年柿红晚秋，在住过西河"金谷春"后，又陪几位友人游览珩琅山，至暮来此餐饮投宿，为的是次日早起踏露徜徉于花海。

因山得灵，以水见秀，漠漠水田之上白鹭翩飞，有几匹马在悠闲地啃食青草。"归归儿——""归归儿——"三声一度的杜鹃鸟在云端里一声递一声响亮地叫着，声音像被水洗过一样。村落已融入田园湿地和树林中，石板小路，花开野溪，清新的草木气息扑面而来，一步一景仿佛置身于古徽州一般。因为许多民宿是我取名，由著名书法家吴雪题写牌铭，看着诸如"梅溪坊""沁芬阁""溪语轩"这些檐头标志，心里自是颇为热乎。推门而入，幽清院落，簌簌落花，园蔬佐酒味更香。

又回到属于我的月夜了，与前两次一样，我独自走在幽暗的林间小道上，月光像轻柔的白纱，将整个乡野都包裹起来。偶有从花丛中飞来的甲虫撞在脸上，蛙鸣阵阵，远处传来几声狗吠，一切是如此安静，朦胧而神秘。这份独一无二的寂静中，隐藏着我无比熟悉的乡村气息……在城市里，是找不到月夜的。而且，只有乡村的月光才是流动的，过滤尘世的喧嚣和繁杂，让人回归心灵的宁静。

回到宿屋，推开窗，一轮明月，离得好近哦……苍穹浩浩兮，月皎然，愿今夕无亏兮，无亏我名"邀月楼"！

233

第四辑

江南风物

学　校

三岁小伢来上学，

老师说我年纪小，

我背着书包往家跑，

跑，跑，跑不了，

了，了，了不起，

起，起，起不来，

来，来，来上学，

学，学，学文化，

画，画，画图画……

当，当，当，校长站在老槐树下举着小锤敲响一段生锈的铁轨，放学的钟声悠悠飘起……一群赤脚的孩子，背着式样各异的自家缝制的书包，口里唱着胡乱的歌，追追打打，散播在长塘附近的各条乡路上。鸟儿扇着翅翼飞过水塘，西斜的太阳照在禾苗青青的田野上，散发着一种迷幻的光彩。

不远处，就是那条从长塘流出、沟通埂外漳河的丈余宽的小港汊，喊作"慈姑河"。也不知从什么年代开始，河的东岸长出一棵树，西岸也长出一棵树，东岸的树向西岸倾，西岸的树朝东岸斜，枝杈缠到一起成了一棵树。在这棵树下游，有个"揪渡"，两岸立有木桩，用粗绳将渡船两端拴住。小河弯弯，河水清澈，岸边柳树繁茂，林子边就是一条渡口小路。要回对岸的家，就登船揪绳，慢慢过河。

三年前，因为爸爸出了问题，西宁被送来外婆家。刚从西安市雁塔小学转来时，学校在上埂头，两三个老师，领了几十个学生。后来，迁到大队部所在的长塘村，正式称谓是长塘中心小学，老师也增到十多人。要是站在大埂上看，长塘就是圩心里一大片狭长的白茫茫水面，大雁北去南归的时候，多半都要在这片水域滩涂歇歇脚，获得补给。

学校在村外，贴紧一处水湾，是一个什么水神庙改建的，有正房和偏房十数间，教室和老师办公室的布局显得有几分混乱。雨天里，砖缝间青草杂生，雾气从墙根处冒出。每间教室不一样，课桌也各异，有木头的，有土基（坯）的，散发着泥土的潮湿和俭朴。学校周边都是槐树、杨柳、桦树等形成的浓荫，光线不好。屋子太老，便常有一些意外事情发生，有时正在上课，突然，一只黄鼠狼从外面窗台上跳进来，或是发现一条菜瓜大蛇摇摇欲坠吊悬屋梁下，便引发一阵骚动。

教语文的老刘老师喜欢把课堂搬到树荫下，简易黑板支在木架子上，阳光从树叶缝隙间投射下来，风贴地吹来，凉润润的。叽哩子叫得太吵，老师跺跺树，受惊的叽哩子"吱——"一声飞走。老刘老师原是私塾先生，后来并入公家学校。因为早先私塾都是教些《百家姓》《三字经》之类，所以要是哪个捣蛋鬼被拎耳朵罚了站，同老刘老师有了过节儿，就唱"百家姓，姓百家，先生打我我打他，先生打我我不怕，我打先生先生要回家"。老夫子却不以为意，听到了也像没听到一样，自顾将一张藤椅搬到树下躺倒，享受悠悠清凉。

有走村串乡的货郎担到学校卖些零食，主要是小麻饼和灌心糖，还有做成手枪、飞机、小人等各种形状的小饼干。一分钱一粒水果糖，二分钱一根麻花，三分钱可买一块鸡蛋馓……五颜六色糖豆被放在一个大玻璃瓶里，好多人围着看，七嘴八舌说这种颜色好，那种颜色不好。有个睁眼瞎常跑到学校卖老鼠药，竹板一打，嘶哑的声音就响起，让每个人都学会了："你不买，我不怪，老鼠子晚上啃锅盖，一晚上就去掉几十块！"上课铃响了，校长站在老槐树下敲响铁轨，眨眼工夫，大家一哄而散。

学校难得有个宽阔的操场，跑道用细沙铺成。上体育课一个沙坑不够，就再挖了一个，让高年级学生到青滩渡河滩上挑沙。校长自己动手做了一副跳高架，用红漆涂好刻度，打出洞眼，两边插上铁钉，钉上再放一根笔直的瘦竹竿。体育老师亲自示范，从左侧助跑，起跳时，先提起左脚，紧跟着提起右脚，很轻松地跳了过去。

春天开学时，学校来了位姓姚的年轻漂亮的实习老师，齐耳短发，大眼睛，腮边有一对好看的小酒窝，笑的时候，一漾一漾的，异常动人。她把学校那架手风琴背带往肩上一套，头稍稍侧仰，两手在琴键上轻快地滑动，好听的歌曲像水一样流泻出来。为了那年"六一"会演，她挑出十个男生十个女生，天天放学后在林子里排练"小燕子，穿花衣，年年春天来这里……"西宁是领唱。结果，在县里拿了一等奖，奖品是每人一支黑杆子"新农村"牌钢笔。

老师大都住在邻近村子里，只有校长以校为家。学校东边有一片菜园地，是校长开垦的。校长在地里忙出了汗，就把那顶蓝鸭舌帽摘下来，挂在地头的树杈上。由于肥料充足，菜长得分外茁壮，连附近的老乡都赞叹不已。田野里的小麦勾了头，桑果子熟了，期盼中农忙假也快来了。每年夏、秋收的时候，学校都会放差不多一周的农忙假。

乡下孩子，在家都是父母的帮手，能坐在教室里上课着实不易。尽管如此，半途辍学的人还是很多，低年级教室坐得满满的，五年级和六年级教室里就稀稀拉拉了。大家每天系着红领巾上学，在课桌上刻"三八线"，高年级同学用粉笔末刷白球鞋，除"四害"交老鼠尾巴，还要交牙膏皮和废报纸。四年级开始背"乘法口诀表"，再往后，还要背"珠算口诀表"："一归如一进，见一进成十""五归添一倍，逢五进成十""六一下加四,六二三十二"……又进又加，添了又退，搞得一头雾水。西宁尽管作文写得特别好，但是拨拉着算盘珠子时，怎么也想不明白，为什么上面一粒珠子就能抵下面的五粒珠子？

下课了，大家从各个教室里奔出，很快就闹成一团。"扭扭掐掐，问你吃鸡吃鸭还是吃黄鳝？嗨——"忽然一齐出手，扭住某个缩作一团的倒霉蛋，伸向胳肢窝呵痒。对于女生，也有手段，看到头发蓬乱未梳理的，就唱："麻雀子窝窝——格像萝卜？奶奶打水我唱歌。唱把哪个听？唱把奶奶听，奶奶骂我小妖精！"逃课的机会很多，钻到屋檐下抓鸟，爬到树上摘果子，溜到塘梢里掰菱瓜，跑到慈姑河里摸鱼……总是一出校门就不见影了。

五年级教室里，坐在门后第三排的，是一个叫罗小妹的十六七岁的胖女生。她在教室里很少抬起头，腰也总是躬着，身体整个趴在桌子上，屁股就显得格外大。那一次，她背着书包走进教室刚坐下，窗外扒着几个坏小子挤眉弄眼地唱："格么大的窗子格么大的门，格么大的姑娘没把（嫁）人……"

杏子黄熟，黄瓜落地。放完农忙假，再回到教室里，已不见了罗小妹的身影。她辍学了。

初 夏

五月里，

麦脚黄，

家家田头闹洋洋；

三岁小伢割牛草，

八十老头儿送茶汤。

五月初夏，当风向由北转南的时候，麦子颗粒越发饱满，颜色转黄。顺手捋下一枝穗，一搓一揉再一吹，一小把又胖又嫩的麦仁便呈现在手心，摺一粒进嘴，轻轻一嚼，嫩生生肉筋筋甜丝丝，带有一股自然醉人的清香……

"立夏小满，秧苗发棵"，水田因为接连数日降雨，早已灌满，明镜一样倒映着天光云影。绿油油、齐崭崭的新苗，挤在秧床上贪婪吮吸养料和雨露。一边是满垄麦子"小得盈满"，一边是稻田水已盈满，小满节气的深意，就在这一稻一麦的两方田野里得到了尽情诠释。

小满天里，野鸡格外多，一只咯嗒咯嗒叫，四周立马有许多应和的叫声响成一片，引得村子里家鸡也一起咯嗒咯嗒跟着叫。有时，两只衣着光鲜、通红脸的公野鸡打架，夯开颈毛相互扑啄……最终打胜的那一只，得意地站在草墩上，逆着满天彩霞拍着翅膀咯咯咯起劲啼鸣。待麦子全给割倒，失去平时那些可钻来钻去的田垄做掩蔽，远远地看到一群野鸡在啄食，你一靠近，它们就扑棱棱飞上天。有时，牵着牛走过草地或是沟坎，突然就有一只野鸡从你脚下咯嗒咯嗒惊叫着飞起，吓你一大跳——这通常是一只正在下蛋或是孵窝的母野鸡，走过去，温热的窝中还有十多个麻壳蛋呢。

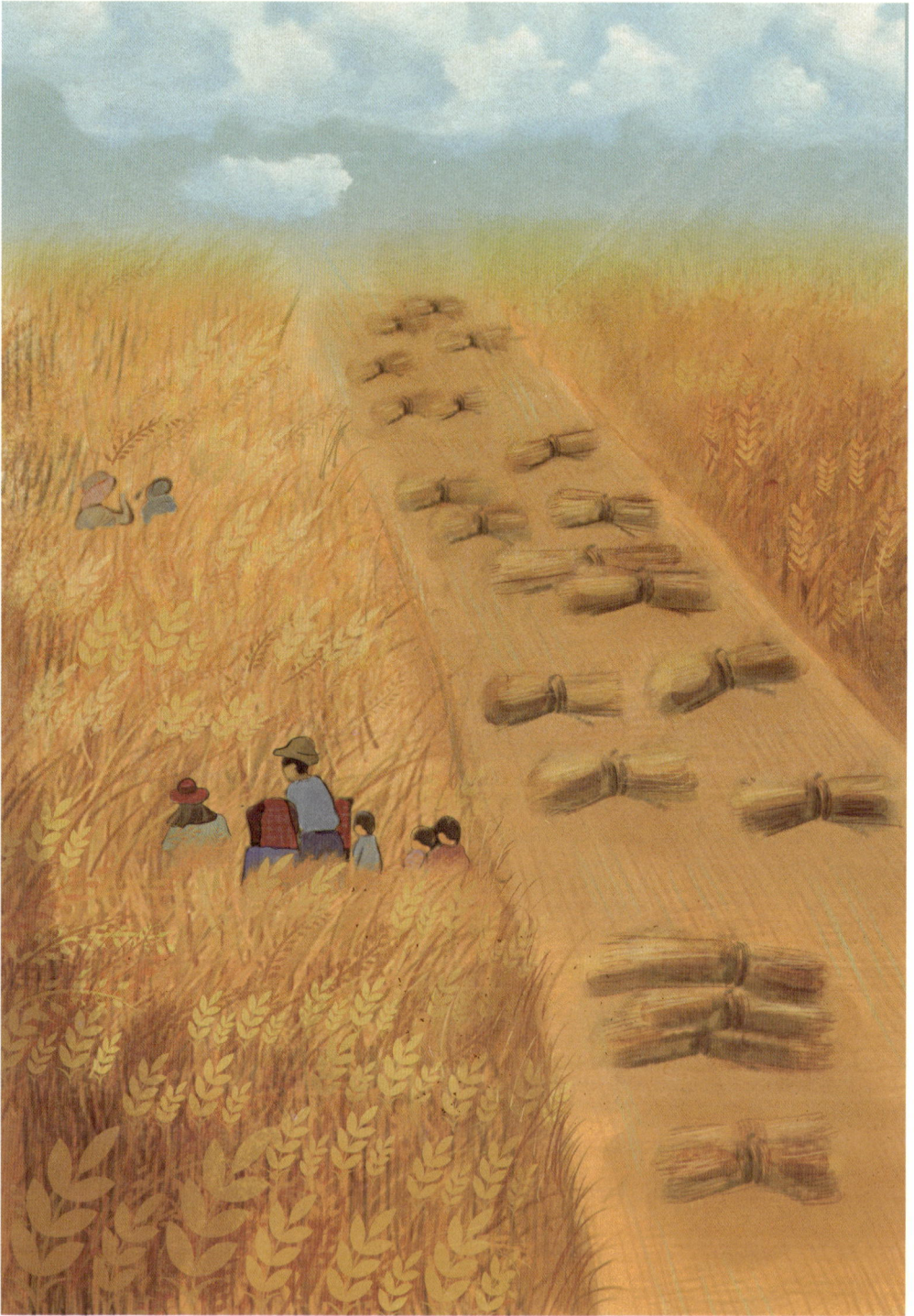

田间什么农活都有了，"小满不搭话，芒种不回头"，午季作物陆续登场前，先要把早稻秧插下田。"小满栽田家把家，芒种插秧遍天下"，人们真是忙得来也匆匆，去也匆匆……"又起早又摸黑，路又远，田埂窄，中饭送到地里吃"。大、小麦和油菜收割后，留下硬硬的茬桩，捡麦穗时一双光脚常给戳得生疼。大人小孩都下田了，村里静悄悄，花儿簌簌飘落，偶有陌生人走入，一只土狗跟过来，抬头望望，不吠一声又走开。

从田里运回的麦捆、油菜捆，草绳解开后，一绺一绺的，以扬叉插入，抛起，打散。"噼噼啪，噼噼啪，大家来打麦，麦子好，麦子多，磨面做馍馍……"骄阳之下，整齐有节奏的连枷声响起，尘土飞舞，还有牛拉石磙吱扭吱扭的碾轧声也是不绝于耳。几个来回之后，拿起扬叉将地上的麦秸和油菜秆翻个底朝天，再打，再碾。突然，拉石磙的牛停下来，张开了两腿，有人喊："快，快，牛要屙屎了！"立刻从斜刺里伸过一支木锨，一泡热气腾腾牛屎，不偏不倚全都接在木锨里。

入夜，稻场一侧木杆上吊一盏风灯，引来无数小蛾虫团团飞舞，男男女女拖着长长的影子在忙碌。秸秆挪到一边，场上干净了，几个持锨老头儿走近扫拢的堆前，撮满一锨向上奋力一扬，落下来形成三条线，上风是饱满的籽粒，中间一条是半瘪籽，下风如扇面扬开的是草屑、瘪壳。最后，还要用上风车，将扬净的籽粒倒入木斗，打开活门，摇动摇把，车叶子哐啷哐啷响，籽粒哗哗淌下，半瘪的由另一处泻出，而那些灰尘杂屑则由风口远远扇出。

"割完麦，打完场，谁家姑娘不想娘。见了娘，泪汪汪，婆家收麦人太忙；东方发白就起床，先烧饭菜后烧汤，一肩挑到地头上。五月天，热难当，身上衣裳不得干……"其实，这个时辰娘家还是回不成的，仍有做不完的事。"芒种动三车，忙得不得歇"，三车指的是水车、油车和缫丝车。收割后的农田要灌水，有水渠的放水，没水渠的便整日忙着踏水车。新打下来的油菜籽也等候送油坊上油车春榨。蚕上簇结茧了，白花花一片，白昼去田里忙活，夜晚在油灯下摇动丝车缫丝，好快一点拿到供销社卖钱。

这些日子，大大小小的水渠里，清亮的水日夜哗哗流淌。水塘河道里，所有的鱼，腹部饱胀，它们常常在清晨或傍晚时的水草丛里甩子，打起水花叭叭炸。叫天子更是成天响亮地荡气回肠地鸣叫着，三五一伙箭一般从田沟里直冲而起，像比赛似的一个比一个蹿得高，倏忽间就蹿上云霄。在高空振翅飞行鸣唱一会儿，接着又俯冲回到地面。

桑果子下场杏子黄，槐树结荚，黄瓜开花亮汪汪。初夏呀初夏，这是一年中最美好宜人的季节，也是一年中开花最多的月份。月月红、野蔷薇、槐树花、石榴花一齐出场，白兰花正打苞，金银花四处飘香。扁豆爬到篱架上，南瓜牵蔓正要连绵开出一路黄花。蒲公英飘絮，蚱蜢乱飞。

"大人信捧，小把戏信哄，桐子树开花稻下种——"指的是麦收前中稻秧下种。但是，眼下麦地翻耕后有的还没有来得及耖平，连阴雨就来了，泡着。水太多，哗哗流向低处沟塘，鱼逆流而上，多是穿条鱼和鲫鱼，可以清晰地看到它们在犁出的垄沟里乱游。几个人从两头追赶堵截，不一会儿就能捉好多，回家时用柳条穿起一大串提在手里。不仅刚翻耕过的麦地里有鱼，拔秧插秧也经常顺手抓鱼。小孩跟着拔秧，常常心有旁骛，被鱼所惑，不好好干活而老挨大人数落。

田头积肥的水凼子里也跑进了许多鱼，堵住凼子口，用水桶粪瓢把水戽干，一个凼子里能捉半桶鱼。要是不能全部戽干，就躺倒在剩下的水中挥臂旋腿把水搅浑，鱼被呛昏了头，露出水面张嘴呼吸，一抓一个准儿。

龙船花开，端午节到了。外婆头天晚上就把粽子包好，整整齐齐码进锅里，尖头朝上，加水淹起来，烧开就闻到粽香了。一直焖到第二天早上，西宁抄起一个，解开粽叶拿筷子戳了，香喷喷的粽子又黏又滑润。

242

划龙船

五月五，是端阳。

门插艾，香满堂。

吃粽子，蘸白糖……

龙船下水喜洋洋。

农历四月下旬，河水一天天涨起来。稻秧插下田，长塘宽泛的水面上就有了练棹的龙船。农事再忙，也不能影响端午节划龙船祈求龙王赐福，同时，这也是一年一度的乡村狂欢日。

端午早上吃过蘸白糖粽子，男男女女、老老少少都跑到大堤上，等候龙船划过来。小孩子荷包里装满炒蚕豆，一边嘎嘣嘎嘣嚼着，一边抻长颈子张望。漳河两岸，每个村子都有固定的船口，称为"香火地"。平时在河面上戏水的鹅鸭，早被赶进圩内水塘。河湾那头转出一条龙船的影子，岸边人顿时欢呼雀跃，猜测是哪个村子的船……许多人催促队长拓佬赶紧放爆竹迎接，迟了会被别的村抢先接了去。拓佬却不慌不忙，等看清了是黄龙还是白龙，是哪个村子的，才点燃爆竹，烟起火冒噼噼啪啪炸响起来。

龙船听到爆竹声，顿时神情一振，擂起大鼓，唱起《龙船调》，朝船口"香火地"划来。近岸时，有一个简短的迎接和答谢仪式。然后，开始表演，时而载歌慢游，时而加速疾驶，时而昂首旋转。如果一个村子同时接了几条船，那就要抢棹了——派人在远处插一杆红旗，几条船一字摆开，点燃一支双响炮，砰叭一声，算是发令。船上大鼓擂动，几十支桨桡同时起落，合着鼓点，动作整齐地往后划水，激起阵阵水花，朝红旗方向疾驶而去……船后高高翘起的棹杆，每落下一次，船便

如同给抽了一鞭一蹿多远。岸上人拼命地呐喊助威，不时地燃放爆竹渲染气氛。抢得红旗者，掉转船头，扬扬得意划过来，接船的村子为龙船挂红披彩。

西宁听大人说，江北划龙舟，江南划龙船。二者区别，龙舟窄长，舱浅，桡子柄短而窄，击鼓出桡，锣响收桡，"咚——锵——"，"咚——锵——"，一鼓一锣划一桡。棹也短，只有丈把长，比赛时始终不起水。龙舟走水快不易掌控，桡手都是一对一对坐两边，否则必翻。龙船身粗，船舱装蹬脚棍，划船时脚蹬在棍子上好使劲。桨桡长短不一，船头和船尾的桡子柄长一些，鼓舱柄最短。棹与船身等长，除掌握行船方向外，更在赛棹时应着鼓点起水颠动，助船前进。龙舟用锣，龙船用鼓，行船和赛棹时，鼓手站在中舱擂鼓领唱，以鼓点为节拍，打一鼓，划一桡。鼓手领唱，桡手帮腔，"速儿呢唉！速儿呢——！"就是快点划呀快点划的意思。

龙船都是前装龙头，后饰龙尾，划起来，远看就像一条活龙在水面上游蹿。龙头一般以篾扎成，再蒙上油纸或布，也有木雕的，涂上彩色油漆长久使用。龙尾多用弯曲的整木雕出，上刻鳞甲，两旁插上彩旗。龙头颜色，根据姓氏房下规定，有赤、白、蓝、黄、黑等。如果白龙头，船上人员皆头扎白巾，着白装，黄色龙头就扎黄巾着黄衣，也有龙船以两边蒙布表示颜色。每船有二三十人不等，侧身斜坐两边，各执一桡，鼓手坐中舱，是全船的指挥兼领唱，船后有三四人专职按棹杆，负责掌舵和加速。

对河三联圩官坝村出的是一条黄龙，桡子上有红漆写的"官坝"，中间竖写"黄龙得胜"四个字。船上所有人员都头扎黄巾，打着赤膊，有的露出了一个背心形的白印。看赛龙船，河东、河西两岸人山人海，男人戴着草帽，年轻妹子穿上最漂亮的衣衫，打着花阳伞，都期待着官坝的龙船来到。水里还有点冷，小孩儿们却光着屁股像一条条泥鳅在河里不停地潜上潜下，追逐嬉戏……龙船一到，立刻慌忙从水里爬上来套上衣裤。两岸爆竹声响成一片，人声沸腾，热闹非凡。

官坝的黄龙出名，因为他们有个出色的鼓手，就是车水歌唱得好的五丫头。他的嗓子一亮开，就像一股清风拂过水面："大鼓一打响咚咚，惊动村中多少人；惊动老者添福寿，惊动少者添儿孙"或"打鼓咚咚龙船开，棹棹得胜转回来"。遇有鸣炮或挂红，就答谢："大鼓一打响咚咚，多谢上来挂红人；老者挂红添福寿，少者挂红添儿孙。"碰上另一只龙船想赛棹，两船招招手，等船头并齐便起鼓……鼓手五丫头第一次跺脚，提醒桡手们注意力集中；第二次跺脚，桡子深插入水，身子外倾以脚蹬棍，准备快速发动；第三次跺脚，赛棹开始。五丫头双槌击下，一鼓两跳，全船人应着鼓点齐喊："划呀呃嗬！划呀呃嗬！"快起水，用全力……如此阵势，站在岸坡上看龙船的男女老少都发了狂，"加油，加油"的吼声震得河水都直发颤。《龙船调》伴着大鼓，一声声传来，高亢而苍凉：

打鼓哎——咚咚哎——

把（那个）船儿——开哟。

（齐唱）：划龙船——赛龙船——

老龙（哎）得水（哦），

再回（哟）——来（哟）

（齐唱）：咳呀——呵嗨，咳咳呀！

海棠花香——唷呵呵呵嗨，

嗨哟，划哟！嗨哟，划哟……

小孩子们跟着龙船拼命地奔跑。西宁也在跑，他完全沉浸在《龙船调》里，这是怎样激动人心的乐调节奏哇……他一只手攥紧拳头，一只手按在胸口，那鼓槌仿佛每一下都击在狂跳的心头！

太阳西斜，炊烟袅绕。家家户户飘出阵阵饭菜香，祠堂里，院子里，稻场上，都摆满了酒菜……热情好客的主人，为邻乡邻村来看赛龙船的亲戚朋友准备了一顿丰盛的晚餐。即使你是个路过的陌生人，只要肯坐下，就一定会受到热情款待。

捉螃蟹

一匹蟹呀，

八条腿呀，

两个大螯夹过来呀……

蟹被喊成"毛蟹"，一对大螯上毛最密，黑乎乎两团，蟹脚上也生毛，所以才不耐秋风吹拂。"秋风响，蟹脚痒"，秋风一起，所有水域里的蟹即刻得了指令，潜河下江急急朝着入海处赶去。

蟹外形甚不雅，瞪一对蝉目，吐满嘴泡沫，八字长脚横行，动辄高张如钳似剪的大螯。螯大毛密最张扬的都是公蟹，母蟹螯小远没有公蟹生猛。在西安那边，西宁从未见过蟹，来青滩埂后，看到的蟹真多呀……特别是有雾的早晨，那些蟹，爬到河道边，爬到稻田里，爬到篱笆下，滋滋滋地喷一摊白沫，不留神脚下就踩到一只。放老鸭的人在河滩过夜，因怕有野物祸害，就把马灯点亮整夜高挂鸭棚上方。天要亮时，鸭子呱呱吵得凶，起来一看，栅栏内空地竟密密麻麻地爬满了蟹，鸭子给挤到一角……于是就扯开嗓子大声喊人过来捡拾。

秋天田里拔净泥豆，外乡张蟹网的就来了。那网通常为两扇，十来米长，半米多宽，撑在两根粗竹竿上。河岸搭个简易棚，一盏马灯照明，两岸灯火点点，都是张蟹网的。星光下，河水静静地流。网的上下两根线绳急剧扯动起来，有蟹触网。收网了，噢，好大的两只蟹呀，西宁他们看得心痒手更痒……于是，在葫芦的指挥下，找了一处平滩，拖来稻草，搓成几根粗绳，在火堆上过一下烧成半焦，一头系上块砖，扔到河中心，另一头集拢压在大石块下，旁边再烧一堆杂草，弄出螃蟹喜欢的烟熏气。一切张罗好之后，便打亮手电睁大眼睛盯住水面，水底的石子、薇草、鱼虾，都历历在目。待看到一连串细水泡从河底冒出，草绳动了……先是一团黑乎乎的影子，嘿，一只蟹攀着草绳上来了。刚一着地，横着八条毛腿爬得飞快，迎着手电光柱兴奋地舞起两只大螯，大螯上长满了密密的绒毛。西宁赶紧伸脚将蟹踩住，一手罩下去，掐住蟹背壳捉起来。

这仅仅是个开始，就像打开了魔盒，灯光照耀下，几只大蟹排成了"一"字形，爬过来了！不知是谁弄出响动，只见那蟹群一下子炸了锅，立刻四散逃去……

有一种竹篱，又叫蟹簖。选一处河流，用细竹竿插成弯弯曲曲的迷魂阵，簖口挂一盏诱蟹的马灯，蟹一进去，就找不到出路。最后一齐爬进一条窄道中，一次能收捡上百只呢。在浅水河床上筑一小坝，留一两处淌水口，只要守住豁口，拦路劫道捉的蟹也不少。

> 猫屎蟹，猫屎蟹，
>
> 半个肚兜翻过来，
>
> 吐泡当饭喂伢奶。

西宁一直怀疑"猫屎蟹"即是"小石蟹"的讹音。小石蟹随处可见，河沟里、水渠旁、田埂下，甚至只要是有水的石头缝里，到处可见它们活动的身影。这种蟹不大，除去几条腿，土棕色背壳也就有荸荠那么大，五六只加一起还抵不上一只大毛蟹的分量。从浅水里捉来小石蟹，翻看腹下的盖子，公的盖尖，母的盖圆，那是它们的肚脐眼，掐根草棍一捅，它会吐出一串串泡泡。

要捉到这些小石蟹并不容易，因为它们平时都住在洞里。一只小蟹在浅显的水中活动，觅食，连那两只支棱着可以向不同方向灵活转动的小眼睛都能觑得清清楚楚。西宁想捉住它，可不待伸手，身影一动，那小东西动作更快，早已踅回头机敏地跑入旁边一个小洞里去了，连线路都仿佛事先就设计好了……这洞可能很深，还可能和别的洞连通着。仔细一瞧，嗬，两边水下像安营扎寨一样掘着好多小洞，有的洞口外还堆着新鲜泥土。这些洞，傍着水，倚着岸，两岸风光很不错，西宁不得不佩服它们很会选择住家环境。不过，真要想捉到这些藏在洞里的小蟹，也是有办法的——用小棍绑上晒得半干的蚯蚓伸进洞口，闻到了腥味，它伸钳子夹住不放，轻轻一拉就出来了。葫芦更绝，掐一根狗尾巴草蘸点香油，就能从洞里拉出一个"馋鬼"。

和人一样，在这些小石蟹中，也有许多懒惰不愿掘洞修建家室的，或者曾有过

家室但因为这样那样的原因丢失了，或者是觉得鱼虾们从来都不掘洞也能活得好好的，所以它们也就不愿找那麻烦，索性做个彻底无产者了……总之是，在弄干一个水凼或堵住一截水渠放掉水后，通常能捉到和慌乱的鱼虾混在一起的许多小石蟹。它们一旦连着泥水淋淋漓漓地给扔进四壁光滑的铅皮桶里，就没办法逃脱了。

西宁把这些小蟹弄回家，外婆将它们洗刷干净，裹一层搁了鸡蛋的咸面糊，投油锅里炸成焦黄，又香又脆，里面小小的膏黄尤其好吃。一只蟹横竖两刀一斩成四瓣，放上油盐红烧出来，也是非常鲜美。有时捉多了，油炸、红烧都没法吃完，那就做成蟹酱长年累月地吃。

外婆做蟹酱也很简单，先在水里滴两滴香油逼蟹吐尽腔内脏物，再一只一只洗刷干净放进坛子里，加入盐、糖、烧酒、辣椒粉，用木杵一层层细细捣烂，最后扎紧坛口，外面抹上黄泥，封存起来。毛伢子家则用石磨把蟹慢慢地磨碎，一遍不够碎，要磨上好几遍，直至从磨槽里流出淡黄的黏稠膏酱。磨好的蟹酱，他妈在装坛时还放进白酒，说是除腥气，有利于保存，也会使日后蟹酱的味道更香浓。

个把月后，蟹酱发酵成熟，打开坛子封口，能舀出一层亮光光的蟹油卤汁，烧肉炒菜搁上一点点，鲜得死人。刚做好的蟹酱乳黄色，放饭锅上蒸出来，撒上点熟芝麻，酱香味浓，喝酒吃饭皆可。也有人家将辣椒去籽，切成一个个小圆圈，加入豆干丁，舀一勺蟹酱，兑上豆腐乳卤汁蒸出来，淘漉在饭上，那可真要当心给吃噎住了！嫩花生米、青毛豆米、茭白丁、红椒丁，都可以拌上蟹酱入锅里蒸。蟹酱也可以炒着吃，但还是蒸的蟹酱好吃，老话怎么说的，"蟹酱拌饭，碗底刮烂"！

圩里人走亲访友，携上一小碗蟹酱，就是很好的礼物。

乘　凉

天上星，地上钉，

钉钉拐拐挂油瓶；

油瓶漏，炒蚕豆；

蚕豆香，炒紫姜；

紫姜辣，炒皮塔；

皮塔尖，挑上天……

　　盛夏里，晚饭吃得迟，人们趁着太阳倒阴多干些田里活，回到家往往是蚊子撞脸了。晒了一天的屋子热似蒸笼，搬出竹床、长凳和矮椅，晚饭在露天里吃。先将一桶桶凉水泼到地上，热浪腾空而起，水马上被吸干，淡淡的湿痕里，热气倒是少了许多。吃过晚饭，跳到河里泡个澡，一天的疲乏就会随水而去了。

　　圩堤上是最热闹的地方。埂面很宽，断断续续的人家一直延伸着，连埂脚底也挤满房屋和林木。在圩堤上占地要趁早，那些没有人家遮挡的埂面是黄金地段。太阳刚一落山，老人和小孩子就搭帮抬了竹床或卸了门板扛着板凳拖着靠椅来占场子，迟了就没处下脚。竹凉床照样是主战场，几张围凑一起，你跳过来我追过去，在上面大闹天宫。要是几十张竹凉床连成一线，能在上面"走天桥"走出老远。"六月天气热，扇子借不得，如要借扇子，等到十二月。"某个倒霉蛋扇子被抢走，在竹凉床之间抛来扔去，吵吵闹闹，直至大人出面喝止。

　　夜幕终于降临，大地由远及近慢慢笼上一层轻纱。水边蚊子多，有人夸张"青滩埂的蚊子大似鹅，挨一扁担还飞过河"，但大埂上蚊子不多。要是点上一把半干艾蒿或是辣蓼草，放在上风头，淡烟徐徐不断，蚊子就更少了。有迟来的人，手摇芭蕉扇，腋下挟一卷凉席，见缝插针，寻到一小块空当，铺了席子仰身躺倒。最晚赶来的总是那些中年妇人，她们要摸黑洗完锅碗、洗净晾好全家人衣衫，一切都收拾停当，才拖着疲惫的身躯走出家门。年轻的女人从婆婆手中接过婴孩，侧身躺在竹床上，边解怀喂孖孖（奶），边吟唱催眠小曲。一旁，奶奶手中的那把大芭蕉扇，时不时地轻拍过来。

"青石板，石板青，青石板上钉银钉……"西宁睁大眼躺在黑暗里，头顶的天空挤满密密麻麻的星星，渺渺茫茫的银河两岸，牛郎织女星遥遥相对，格外明亮。牛郎星与两颗小星星成一条直线，那是牛郎一担挑着他的两个小儿。牛郎星附近是一口八角琉璃井，由八颗星星连成，牛郎在井边还掉了一只鞋子。西宁听外婆说过，每年七月初七后半夜，如果不睡觉，就能看到牛郎织女鹊桥相会……但谁能撑到后半夜一直不打瞌睡呢？

男人或坐或躺，嘴头烟火明灭闪烁，一边吹着凉爽的河风，一边天南地北地扯着九经。扯天气收成，扯一些道听途说的古怪事，也打一些并不难猜的谜语，比如猜茶壶和烧锅捣灶的火钳："一只无脚鸡，常在桌上立，喝水不吃米，来客敬个礼。""两个姊妹一样长，日里扎火，夜里乘凉……"一些鬼怪狐狸精的传闻，也在这时登场。如弓的残月带着风圈挂在西天，河面上，东边黑乎乎，西边波光粼粼。一颗流星划过，引得一片惊喊：驰星了，驰星了！天上落颗星，地上死个人，不知谁上天了……然后等待下一颗流星出现。

扬州佬老刘光着上身，手摇芭蕉叶扇从埂那边林子里走来，说睡不着，棚子里太热，睡了一身汗。众人取笑他棚子里囤了宝贝，要看紧点。还说，快回去吧，当心贼不怕热，把宝贝偷光。老刘嘿嘿一笑，说，棚子里有只装满鱼牙齿的坛子，小偷不嫌弃的话，偷去拉倒！有一段时日，他系在船尾鱼篓里的鱼经常被偷……老刘留了个心眼，熬了锅鳔胶悄悄倒在船舷旁，贼还真给粘住脚，原来是只吃鱼吃顺了嘴的狗獾子！这样的夜晚，总是有许多故事的。三年前，对河小汪村人乘了一夜凉，第二天早起，发现多了个大辫子姑娘。她是汪老大家念过高中的二儿子在苏州那边当兵时结识的，就拐带来了。大辫子姑娘活泼开朗，见人笑，爱唱曲。许多人凫水过去看她在月地里唱曲，看她手腕上银镯闪闪发亮……可这一年夏天，她竟然独自在家喝了农药。许多人再凫水过去，看见她仰躺在堂屋里一张新草席上，脸上盖着一张黄裱纸，一手屈着，一手无力地垂搭在草席边，两只银镯静静地——

该是姆妈为她套上的吧？此后，常听到那边埂头上有人唱："我与你前世里姻缘有分，初相见两下里刻骨铭心……"声音绵韧柔长，听得懂的人解释说，这是昆山水磨腔。

碰到特别闷热焐燥的夜晚，一丝风也没有，寥寥可数的几颗星星眨巴着眼，萤火虫曳着绿光在墨黑的河面上飞来飞去，比往日里稠密。有人就打起唤雨的口哨，"哦嘘……哦嘘……"，小孩子跟着喊："扯豁了，打闪了，风来哟，雨来哟……"远远的天空中果真连连打着豁闪，一闪一亮的，但就是老不到边上来，这叫打干闪。于是，人们就更起劲地打口哨，呐喊助威。并非所有的干闪都是一场空，有时扯着扯着风大了起来，黑乎乎的树梢上下起伏，突然间哨子吹得嘟嘟响，有人扯开嗓子喊赶快去队里场基上收稻子……所有青壮男子都奔跑起来，剩下老人小孩赶紧收拾家什撤回家，顺便把院墙头上的酱钵子也盖严实。随着一声惊雷当头炸响，瓢泼大雨从天而降……

西宁最爱大月亮时光，这样的夜晚，再热都热不到哪儿去。溶溶月色之下，有夜渔的小船激起粼粼细浪，摇碎了水中月影。小船行过，漾动的水面忽又回复如初，平滑如镜。间或有几声狗叫从远处传来，幽静极了。圩畈里，青青的秧禾、幽幽的村林之间，聚散缥缈的雾霭。

夜晚的清凉与草木的气息，渗透在每一缕空气里。竹床冰凉，身上早已没有了黏黏的汗渍，摸上去润滑润滑。语声不闻，瞌睡早已爬上眼皮……艾草燃尽，夜便深了。大人将孩子一个个叫醒回屋里去睡，说是露水重了会生病。有人极不情愿地揉着惺忪的睡眼，腿高脚低走入家门摸到热浪熏人、蚊子嗡嗡叫的房中，一头钻进厚厚的蚊帐里。而另一些人，则干脆在外面睡到天亮。

大清早，会看到三三两两卷起草席、挟着枕头趿拉着鞋的人，噼里啪啦地朝家里走去。留置在外的凉床上，还隐约有些露水的痕迹。

船拐子

日头沉地落，

船拐子拉断索，

乌龟淘米背个钵，

虾子挑水刮个脚。

江南的河流，就像树上的枝，枝上的叶，叶上的经络，数也数不过来。有水道，自然就有悠悠地来了又悠悠转去的行船，总是有几只水鸟跟着船走，呱呱叫几声，又飞走了。有时，从河的上游不知怎么就漂来了长长一溜儿木排或是竹筏，排上搭着小篷，一只或两只牛背鹭，缩着颈子静静地立在排尾，被风领航，载向远方。行船人的柴米生涯，就是在这样的时光里一点点积攒起来。

船上用品，比如脸盆、水缸和吃饭碗，都是木制的，无论船怎样颠簸，都不用担心摔坏碰碎。俗话说，行船走马三分险，小心能驶万年船。因为水上不似陆地，船家一年四季打赤脚，撑的是篙，扯的是帆，所以讲究多忌讳多。"天亮了，鸡叫了，船拐子起来屙尿了。烧根香，拜菩萨，保佑起风不起浪。"事实上，男人是不许站在船头撒尿，不可脚踏两只船，女人不可抬腿从船头跨越。就连修船也有讲究，比如把船翻过来补底板，不能叫"翻过来"，要叫"滑过来"。为了镇水怪，船尾架一把长柄大木刀。靠岸停泊，船头一律迎向上水。

在大江大河里行船跑码头的人，走南闯北，见多识广，能说会道，心思活络，是所谓"一肚子拐"，再加上那些古怪的忌讳，因此被称为"船拐子"。船上当家的不兴喊"老板"，"老板"与"捞板"谐音，尽量不和姓陈及姓方的打交道。据讲，正是此举惹恼了一些人，他们才编了话教小孩子站岸上喊："大脸盆，小脸盆，船拐子，船要沉！""大船湾，小船湾，船拐子，船要翻！"还有"船拐子，背袋子，掉到河里鼓泡子……"

这讲的是运粮、运肥、运石灰、运生产资料的船，体大，桅高，下江入湖，跑远程。由于吃水重，只有在丰水期，这类船才能一只连一只进入经络一样的汊河。船行进在河里，纤夫在岸上拉，有时还要喊号子。一条船就是一户人家，男女老少都有，女孩子长得豆芽菜一样白净，还养了鸡和狗。有的船上有矿石收音机，架了天线。船靠在岸边，一块长长的跳板是上岸的路。每天傍晚，他们都会用木桶打水冲洗舷帮，拿拖把在船上反复擦抹。

夏秋交接时，农民交清公粮卖余粮，青滩渡粮库场院外排满等待过磅的箩袋，人山人海。都是干透的稻子，抓上一把咬几颗，嘣嘣脆响。这边进仓，那边灌包扛上船，马上运走，运往一个很远很远的地方吧……那些粮船上的人穿戴体面，眼里有神，讲着城里话。他们在岸边老柳树下系一张吊床，悠悠然躺在里面，把两条腿搭在外面晃着。时常走到村子里买蔬菜及一些鸡鸭鱼蛋，算账特别精明，把一毛钱说成一角钱，一块钱说成一元钱。夜色降临，每艘船上亮起灯，灯光随着水流一漾一漾，像是梦幻。总之，有运粮船来了，连西宁都莫名兴奋，觉得他们带来了一种新鲜生活。而船上人每次看到夹在一群浑小子中的西宁，眼中也是微露诧异之色。

再后来，渐渐有了机器船，突突响着溯水开上来，船后拖着一两只盖着灰绿帆布的平驳。只要有响声传来，大家就跑向河滩，扒掉短裤跳入水中，争先恐后朝驳船游去。追上了，抠紧船帮让船带着前行，十分惬意。要是前面拖船上无人干涉，就爬上船，站成两排，喊一二三一齐往下跳，比赛看谁一个猛子扎多远。从船底穿过时，几乎是贴住河床，尽管有泥沙给搅起，但仍能清楚看到长发一样的绿水草一起一伏。

有一种在漳河上载客的乌篷小船，通常是一黑瘦人抱一支开着许多裂口的木桨吱吱呀呀地摇……乘客二三人、十多人不等。坐在船头或舱中，看着两岸的景物缓缓变化。还有一种小板船，船上有被褥、草席能睡觉，专门载客夜行，故叫"夜行船"。由县城到芜湖，终年航行，风雨无阻，遇水枯水涨，篙桨操纵不便，便有人上岸背纤。

最多的是渔船，这些船不大，统统有着陈年旧色的外貌。翻开后舱盖，下面是一个小小的房间，有床有桌，麻雀虽小也五脏俱全。船艄上拴一只小盆，船头堆着渔网，或者其他渔具，贴船帮外沿搁着镣。镣乌漆抹黑，有两排长齿，状如一个"非"字，打镣时，人侧坐在盆里握着扁圆的镣柄在水底一来一回地划扫，一些沉底的鲫鱼、鲤鱼、黑鱼就会被利齿挂上。渔船上人即使歇着，手上也抓个小磨石不停打磨一种一两寸长的利钩，这就是滚鳞钩，一种专逮大鱼的极残忍的渔具，它们一个连一个系在细绳上放入水中，游鱼被剐上，肯定要翻滚挣扎，越滚动扎进身上的钩越多。扯钩也是一种利器，有小秤钩大，系在绳子上沉入塘底，捕鱼人拉着来回扯动，手上有感觉，将绳提起，准是一条三五斤重的大鱼被勾上来了。

下黄鳝笼子的苏北船，船和人一样黑瘦，每年都来，只是不知道今年来的是不是去年的那只……本地黄鳝笼子都是单口，而他们直角笼有两个进口，收获大得多。晚上担了一筐笼子去水田里放，清早起回，取签，倒鳝，手法极快。做完了这些，就拿个工兵铲一样的小锹去挖蚯蚓，到下午全家上阵把蚯蚓穿上竹签，再于暮色中挑出去放。总是带有几分神秘色彩的摸蚌船，也是从苏北那边来的。他们行到一处河段，就停下来，从船尾取下一个三角形铁篮，在水下拖来拖去，有时则套上黑胶衣下水，两个人搬个箩筐又是淘又是洗地忙碌不停……他们似乎只要那种蛤蜊大的蚌，也不知卖哪里去，有人猜是做纽扣用的。

船家一生一世就在水上漂，男人做生活，女人洗衣做饭干活时搭帮手。小伢子怕掉水里，用绳子拴着，腰间系两个葫芦，是加一道保险。总是旧篷换新帆，这些船如同候鸟，夏秋来，冬天去。但有一只捕鱼船却例外，连续数年未移窝，或许是漳河里鱼太多，舍不得离开吧。

船主老刘，络腮胡，凸颧骨，自称是扬州人，领了一大两小仨丫头在船舱里钻进爬出，那么窄小的场子，不知怎么转得开身？"没娘女，真作孽，河里洗澡船上歇。"老刘那张旋网常常要浆，把渔网放在新鲜猪血里浸透，再晾干，这样渔网就不吃水，耐腐蚀，出水时也轻快利索。大丫头管家，捕来鱼都是她拎到镇上卖。下霜后的大晴天里，常看见一个穿着黄白牛皮罩衣的毛脸汉子站在小划子里撒网收网，一个十四五岁的小姑娘撑竹篙，按照父亲的指点，把小划子一会儿撑到东一会儿撑到西。只是，父亲每一网撒下，她还不能熟练地将小划子固定住，会招来一阵轻声呵责。撒网打上来的鱼，大都是不到半斤的鲤拐子、红眼鲹、鲫巴子、桃花痴子（塘鳢），有时会打到乌龟。

后来那个卖鱼的大丫头不知怎么竟同九十殿一个小伙子好上，嫁到岸上。就像有一根桩拴了，这老刘走不远，索性在青滩埂外坡林子里搭了窝棚长住。

夏夜乘凉，幽微星光下，常听到埂头上有人像是捏着嗓子唱："扯起船帆回扬州，扬州过去到东洋，三个姐妹前后长。大姐把到九十殿，二姐嫁给海龙王，三姐没处把，留在船上做姑娘，姑娘做到头发白，穿红着绿过江北……"

鸡头菜

什么圆圆圆上天？

什么圆圆在水面？

什么圆圆街上卖？

什么圆圆姑娘前？

太阳圆圆圆上天，

鸡头叶子圆圆在水面，

烧饼圆圆街上卖，

镜子圆圆姑娘前。

鸡头叶子浮生水面，遍布大小池塘。圆盾形绿叶经脉凸起，曲里崎岖，边缘一转向上翘起而多皱，翻过来一面紫红。满塘的叶子像被擀面杖擀开一般，看似挤挤挨挨亲密无间，实则其叶、梗、苞无一处不满布尖刺。鸡头菜结果球形，顶部似鸡头，刺最长且密。其长达数米的嫩叶柄或花柄，撕去带刺的外皮，即为鸡头菜，又称"鸡头苞梗子"。

鸡头菜是地道的草根菜。乡下逢上夏秋无雨，地里的茄子辣椒青豆多奄奄一息而无暇他顾，筷子只好向水塘里伸。两个半大孩子弄一张腰子盆，下到水塘里，看准那一张张大浮叶，先用绑在竹竿上的锯镰刀贴水面割掉浮叶，再将刀伸向水底齐根割断叶柄。一人割一人收，运气好，一刀同时割断几根叶柄、花柄还有苞柄。因为都是中空的秆，底下一割断，立马横着浮上水面，捡到盆里就行了……看到满塘侧翻凌乱的叶，像遭受了一场风暴，西宁的心里总是涌上一阵惋惜。

但这东西遍身是刺，怎么抓都会扎手的。弄回家一根根撕皮，待撕出一堆光滑清润的"鸡头苞梗子",一双手——尤其是拇指和食指,密麻麻地扎满暗黑的小刺,挑也挑不尽。好在都是软刺,并不阴险,你不去管它,任它在肉里埋藏着,十天半月后就一点感觉也没有了。有些胖手胖足的婶子大伯,甚至可以赤足踩踏或整把地抓起那些刺猬一样的"鸡头苞",尖刺亦奈何不了老茧皮!

将鸡头菜折成寸段,用刀拍扁拍裂,与红辣椒丝一起爆炒出来,十分可口下饭。鸡头菜如藕茎肠子那般有许多中通小孔,生吃甜津津脆生生的,能咂出一股来自水域野泽的清新气息。西宁学着别人把它衔在嘴里潜到水底换气,还拿它作电话线,牵起一端塞进耳孔,另一人将那一端握在拳心贴紧嘴边"喂……喂……喂"喊话,声音通过气孔传输,还真有点打电话的感觉。

鸡头菜的花开在悠长夏日里,挺出水面,紫幽幽的。布满尖刺的粗壮花梗,也是紫红色,顶着绿色花苞,从厚叶下撑破一个洞升上来,水淋淋的样子。有多少荒僻的水面,就有多少鸡头菜花,蜻蜓喜欢绕着花苞飞,累了就停歇在刚打开的瓣尖上。白脸秧鸡踩着满是尖刺的叶盘子跑来跑去,被踩过的一角会在瞬间塌陷下去,但很快又从水下浮上来……居然有翠绿的小含巴一直伏在叶盘子上一动不动。近岸处,茂盛的慈姑禾子上,开满一朵一朵小碟子样黄花。

每年这个时候,圩野里到处飘浮着阵阵清香,随着小南风吹入鼻孔,总能让西宁的心肺都为之一颤。一场雷暴雨后,他最喜欢看一颗颗晶亮水珠在叶盘的尖刺间滚来滚去,它们像一个个顽皮的小孩,一刻也不肯停歇下来……花苞上也挂着雨珠,就像挂着夏日的梦幻。紫梗鸡头菜开紫花,如果是白梗,就开白花。花苞外包着刺萼片,花瓣像彩纸那么薄,外面是紫的,往里渐渐晕染出霞红,明黄的蕊柱头呈辐射状排列,汇合成一个小小的圆盘。其实,鸡头菜的花只开一个上午,开完后就从戳破的叶子洞窟原路缩回,沉到水底孕育刺包里的鸡头米去了。

鸡头菜在水下都是一窝一窝的,一棵根茎上先后能长出十多个花苞,花谢苞沉,水底坐果。孕实的鸡头苞,海绵泡里包满石榴籽一般的果实,嫩时鲜红,可以连壳嚼,是乡间小儿专享的零食。老了,剥掉黑壳,里面的白米就是芡实,炒熟了当零食嗑。要是舂出来洗成粉,用沸水冲了再撒上糖桂花,比藕粉更稠更香郁。

无论是珍珠粒苞头米还是芡实粉,都可卖到供销社去。收获鸡头苞的季节里,常见一些老头儿老太聚在一起,边拉家常扯九经,边用一把鱼形钳剪鸡头米,飞珠溅玉,手法极是灵泛。他们脚边分别是两个筲箕,一个装黑溜溜的果,一个装莹白的米仁，地上留一堆空洞的壳……仿佛就是那些盈满水泽气息的紫花们遗落的梦。

　　秋天水还不太冷的时候，便有一个满脸胡碴儿的瘦老头儿过来收割鸡头苞。老头儿沉默无语，几乎从来没同别人说过一句话。从水下割出一堆鸡头苞，就坐在塘埂边剥刺，他用脚踏住一只，拿镰刀对着外壳轻轻一拖，脚一踹，皮就脱掉。将一个个白色紫色海绵泡包裹着的石榴状果实摊在地上晒，到晚上就半干了，收入两只麻袋里一肩担走。

　　老头儿的扁担上有暗槽，内藏一截钓竿，随身携带着一个小酒壶和一个小罐。每到近午时，就地用镰刀掘个灶洞，再从掘出的土里捡几条蚯蚓，往塘口撒一小把米，钓竿一伸就有鱼上钩。太大和太小的鱼一律放回不要，只留下巴掌大鲫鱼，收拾到罐里，灶洞塞进干草点燃，一会儿工夫便有香气飘出。老头儿掏出小酒壶就着云淡风轻，慢慢眯着……

打鱼郎

打鱼郎,

要讨亲,

请了媒人蚂蟥虹。

蜊蜊蛄,

穿钗裙,

纺线婆婆来作成。

被喊作"打鱼郎"的翠鸟,有点像啄木鸟,虽然比麻雀壮观不到多少,但身手不凡,捕鱼本领高超,天生有一种别的鸟无法做到的俯冲绝技。让它和蜊蜊蛄成亲,实在是糟蹋了。

早晨,西宁走在水塘边,小路两旁黄豆已经挂花,豆叶遮盖了整个路面,同浅水处繁茂的慈姑禾子、茭瓜草相接,露水很快将裤脚打湿。突然,不知从哪里掠出一只翠鸟,石头一般砸向水面……随着呼啦一声轻响,水面涟漪起处,翠鸟已叼起一条白亮的小鱼飞入塘那边的灌木丛中去了。

"打鱼郎,嘴壳长,背背绿,肚皮黄。"能仔细观察翠鸟的机会可以说是非常稀少。翠鸟羽毛以翠绿色为主,呈赤红色的嘴壳是它吃饭的家伙,硬长而强直,有点大得不成比例。翠鸟头顶黑色,额具白领圈,一条亮橙色的眼带贯穿眼睛如同戴了太阳镜,喉部色黄白,像在脖子下面系了个白色的餐巾。其上体羽蓝色具光泽,下体羽橙棕色,配以宝石红的双腿,在光线照射下,显得异彩纷呈、艳丽夺目!

翠鸟尽管尾巴很短,但飞起来很灵活。它有时紧贴水面直线急掠飞过,并把一串尖细的"唧唧,唧,唧唧"鸣叫融入潮湿的空气里。平时,翠鸟像一个孤独的隐

者，常常一动不动，仿佛粘在荷花的箭苞或水边的木桩上，缩着脖子静静地盯着水面，一副遗世独立的样子。但往往就在你一眨眼的当头，一支宝蓝色的箭矢射入水中，待你定睛去看时，只剩水面荡漾的波纹和兀自晃动的枝头了。

翠鸟很少失手，运气好的时候，可以难得地看到它很有意思的吃鱼镜头：衔着鱼的尾部，急遽地摆动大脑袋甩砸在树枝或石头上，反复数下，直至将鱼砸晕弄服帖了，才一仰脖，用一个小抛接动作调整好鱼体，头先尾后吞将下去。

夏天里，水蒸发得厉害，一些露出新鲜泥滩的鱼塘边常能看到缩头孤立的青桩，别看身架那么大，但它吃得并不多，所以养鱼人也不怎么驱赶。它也从不会去刻意寻找食物，吃饱了，就蜷缩起一只脚，把头与喙插在翅羽下，开始休息，任那些长脚蚊子、水蜘蛛还有开着四瓣小白花的野菱角菜活动散布在它的身边四周。有一种被喊作"跑塘脚"的白脸小鸟，好似系着黑色小头巾、扎着白围裙小姑娘，就爱围着青桩两脚湿漉漉地跑来跑去。而在水塘那边，一些垒得高高的稻草堆在水面上映现出它们沉沉的倒影。

炎热的午后，当隆隆的雷声传到耳底，头顶已是阴云密布。暴雨将临前的池塘，忧郁而宁静，却又积聚了即将爆发的力量，具有一种难以言喻的美。劲风吹过来，能看到天空有好多鸟扇着翅膀急急地飞过……而翠鸟却仍如往常那样一动不动一直守在岸边。水底的鱼也兴奋起来，随着风浪渐大，游鱼激蹿到了水面。这时，翠鸟突然出动，像一枚闪光的弹头，刹那间扎进水里，激起一束水柱，旋即又钻出水面……

翠鸟都是隐蔽地独栖在水边，如果相隔十来米出现了另外一只，那肯定就是一对夫妻。因为好奇，西宁曾下功夫追踪搜觅到一对翠鸟的巢。那是在一处废弃水闸的陡坝坎下一个极粗糙的洞穴，外面有一个枯黑的树桩，树桩下是一层绿茵茵的苔藓，六枚比蚕豆粒稍大一点的莹白色卵就直接产在巢穴泥地上，竟然一点铺垫也没有。这同它们华丽无比的服饰相比差别太大，翠鸟把日子过得简直太马虎了，要是有人帮着打理或指导一下才好哩。生产队在西埂边鹭鸶塘与荷花塘里放了几年鱼苗，却收获无多。先是怀疑给人偷捕了，后来才弄清，原来那两个鱼塘边各住着一对翠鸟夫妻，每年投放下的小鱼苗，几乎都成了它们大嘴壳中的美食……它们于疾飞中从水面叼起那种小指头粗细的又爱浮聚的鱼秧子，实在是太容易了。后来放养鱼苗，将"春花"换成二两左右的大规格的"冬片"，那美丽的偷鱼贼才无法下手了。但次年春上，队长拓佬却又招呼桂子仍挑来少量"春花"投放到两个水塘里。

其实，偷鱼苗最厉害的是夜哇子。夜哇子在晨昏和夜间飞行或觅食，白天藏匿于林中僻静处，或三三两两分开栖息在沟坎、涵洞或水塘小岛上的灌丛中。偶尔梳理一下羽毛，有时单腿站立，身体呈驼背状，大多数时间一动不动，仿佛忘记了时光流转。当你走到跟前时，它才扑棱一声突然从水边或是树丛中冲出，边飞边鸣，鸣声单调而粗犷，是一种轻易不吐的"呱——呱呱"的深沉喉音。树在晚风中摆动着，把一些影有一阵没一阵地投到水面上……这让你无法不对这种水鸟另眼相看，仿佛它们能飞往另一个世界的窗口。

老鼠子啃锅盖

小老鼠，

上灯台，

偷油吃，

下不来。

喵喵喵，

猫来了，

叽里咕噜滚下来！

这种永远长不大的小老鼠，比拇指大不了多少，尖嘴圆耳，黑背白肚，尾巴细长。有一次，小侉子用盛放卡子线的笸箩扣到一只偷吃麦粒的小老鼠，放进大钵子里，没想到这小东西竟然会抱合两只前脚，后脚立起，像是在作揖求饶。后来大家就专门对它进行强化训练，不作揖不给吃，"猫砍柴，狗烧锅，老鼠作揖笑死我……"没想到那天正练着功时，他家那只秃尾巴黑猫从斜刺里冲过来，一口叼起，跑得没影了。

早先，大奶奶家堂屋贴过一张老鼠成亲的画，一伙红衫绿裤的老鼠吹吹打打，张灯结彩，好不热闹。四个尖嘴细腿的家伙抬着花轿，里面坐着穿红衣的新娘，后面跟着头戴官帽、手摇折扇的新郎哥……但一只狸猫已经捉牢最前方的一个傧相抑或是执事，全队难逃猫口却浑然无觉。大家进了屋都喜欢看这张画，指指点点，边看边笑："大红花轿抬新娘，老鼠成亲喜洋洋。新娘刚到老猫家，老猫啊呜就吞下！"

传说中，老鼠嫁女的日子选在正月十六夜。每到这天，大奶奶不让儿媳们端笸箩做针线，特别不准动剪刀，怕扎烂鼠窝，说是你扰它一天，它扰你一年。到了晚上，还要在桌子底下放芝麻糖，为老鼠成亲准备喜糖，并叫孙子们手拿簸箕，到屋子里每个角落敲打，口里念着"十六十六拍簸箕，老鼠子养儿不成器……"这实际上是对老鼠诅咒，希望它们一代不如一代，到最后永远绝迹死翘翘。

乡村夜晚，总是很静，静得能听到一片树叶飘落的声音，还有轻微的流水声和远处一两下狗叫声。但是，你家屋子要是有个顶篷，就没得安生了，成群结队的老鼠整夜里在顶棚上跑马队，呼啦啦，呼啦啦……有时跳到帐顶上、床头边，伴随着吱吱的叫声和激烈的打斗声，吵得你心烦。这已不是那种会作揖的小老鼠，而是拖着好长一截尾巴在灯光的暗影里跑来跑去的灰褐色大老鼠。小老鼠只能在地上钻墙缝，大老鼠上梁蹿脊，比轻功高强的夜行侠还要胜出。其实，白天老鼠也出来活动。母鸡在窝里生了蛋，跳下地咯嗒咯嗒叫，老鼠听见了，从洞里跑出来偷鸡蛋，两只共同作案，一只仰抱鸡蛋躺倒，一只叼住尾巴朝洞里拖……西宁曾在鸡窝边蹲守过好多回，可惜都没能亲眼见证真实场景。

人和老鼠同住在一个屋檐下，你到哪里都摆脱不了老鼠的身影。它们啃锅盖，啃碗厨门，衣服和粮食，稍微保存不当，就给毁得惨不忍睹。"老鼠老鼠你别急，抱个老猫来陪你"——老鼠最怕的当然是猫。小侉子家里常有鱼腥，特别招鼠，于是养了一只很厉害的断了半截尾巴的黑猫。那猫看上去就有点邪门，常在墙根下游走，西宁扔东西给它吃，它回看一眼，似在探究出于什么动机……大多数猫都是只管捉自己家边的老鼠，渐渐地，老鼠就都汇聚到没养猫的人家去了。也有不捉老鼠而只偷吃鱼和小鸡的猫，这种猫不务正业，当然要被清理门户。

猫捉老鼠，老鼠跑进洞，猫也没法。蛇厉害，只要被瞄上，老鼠上梁它上梁，老鼠钻洞它钻洞，撵到最后，老鼠只有束手待毙。要是你听到哪个角落里传来"咔嚓""咔嚓"异响，那就是老鼠数铜钱……洞口被蛇封死，就发出这种恐惧绝望的叫声。还有，听到床底下老鼠叫声不对，通常那就是蛇在盘鼠。所以村里人对蛇总是既憎恶又敬畏，看到墙缝里飘出蛇脱下的皮，小心给塞回，切不可掉地上踩踏到。

要是不养猫不招蛇，那就把东西都收藏在缸里。"家有十口缸，饿得老鼠慌"，老鼠牙齿再利害，总不能把缸啃透。但是，队屋里堆满稻子，屋梁上还吊着稻种包，这等于是敞开嘴喂养老鼠。老鼠多，招来的黄鼠狼和蛇也多，还有猫头鹰。猫

头鹰昼伏夜出，白天藏在队屋檐梁间。这种长相古怪连脚上都裹着毛的钩嘴大鸟，黄绿的双目直瞪着你，脸能随物体移换而前后左右转动，看上去显得很诡异。猫头鹰和猫还真有好多相似处，不仅头形像，双眼像，而且都有吐"食丸"的习性。它们吃过老鼠，常将纠结成团的不能消化的骨头毛发吐出。早晨，在队屋边常能看到这样的"食丸"。

专在田坎边打洞居住的田老鼠也多，而且都长得肥肥壮壮。从家里带来水桶和网兜，找到有爪痕的洞穴，提水往里灌，将凡能见着的出口都堵死，只留一个洞口用网兜罩住。老鼠出逃，必会被网住。有时只要灌几桶水，就把老鼠逮到了，有时要灌几十桶水，才能把老鼠逼出来。

但是像这样灌水捉，往往将洞里的收藏也糟蹋了，最好是挖洞。挖洞最有能耐的是桂子，他那把锋利的鸭锹挖起洞来，真是得心应手。靠外河的滩地上，黄豆和花生早已收完，一片空荡荡的，很容易就能找到一些大洞小窟。桂子说，田老鼠的洞很讲究，困觉的地方铺着干软的豆叶，有专门的茅厕，还有库房储藏过冬的粮食，里头都是籽粒饱满的黄豆、花生。从一只勤快田老鼠洞里挖出十几甚至几十斤黄豆来，一点儿不稀奇。这些东西，没人敢吃，最后当然都喂进了桂子那些鸭子嘴里。

挖掘田老鼠，狗也来凑热闹，偶尔撵出一只灰黄野兔，人喊狗吠，声震四野……但到最后，兔子还是逃脱了。

戏　台

柳树柳，

槐树槐，

槐树底下搭戏台。

梁山伯，

祝英台，

状元骑马来。

唱戏的日子里，不管在哪个村，远远地就可望到戏台。戏台未必真的搭在大槐树下，多数在村口，或在一片旷野上。有一年，河湾村竟然把戏台搭在水里。西宁先是站河滩上看，累了，就退后坐在埂坡上看。到了晚上，台上亮灯，水面上也有灯，戏台上人物就像在仙境里飘来飘去。

有一句歇后语，叫"搭戏台卖豆腐——好大的架子"。其实，这些戏台都非常简单，栽几棵木柱，扎几根横担，再搭上几块跳板或者门板，中间竖两块摊垫或是大晒箕隔开，两边留有空隙供演员出入，后面是化妆室，前面是戏台，锣鼓班子就在台口一侧。乡村草台班子多，男女老少人人都会哼唱几句戏文，没有不会的，只是水平高低而已。走到哪里，都不难听到黄梅戏行云流水一样的曲调。连捉黄鳝的荒佬和做挂面的黄老四这样识不到几个字的人，也能把一本戏从头至尾唱得像模像样。

晚上有戏看，西宁绷了一身劲，吃罢晚饭，跟着人呼啦啦就出发了。从圩埂大路上望去，远处的戏台已是一片灯火通明，连同台下黑压压的人群，像是浮在半空里。走下圩埂后，路两边暖亮的马灯光影里，都是卖小吃的，下馄饨、下汤圆、炸腰子饼的，卖麻饼、杠子糖和麻花馓子的，也有卖荸荠卖甘蔗的，卖那种黑乎乎用细绳串着称作柿坨的。走到近处，台上有几个人正做着开戏前的准备。那些化了妆的演员，上下戏台得爬梯子，在台下，他们和平常人一样吃东西、喝水、说话。

时间一到，锣鼓喧天，这时，必是束发武生装扮的小汪一串空心跟头翻出场。他的跟头翻得又高又快，在空中翻转一圈才落地，人群里一片喝彩声。翻到台口，站定，双手抱拳向台下作揖，说上几句话，介绍过剧情，再纵身一蹿跟头翻进了后台。紧接着，锣鼓声里出来一群拿着刀枪的人，在台上绕行一圈，先是刀枪对峙，接着互抛刀枪，打白手……之后，大幕落下，再拉起时，正戏就开唱了。

这期间，台前台后跑来跑去、又是喊叫又是打手势指挥调度的那个人，仍是小汪。小汪本是江北人，因为戏教得好，就在这边招亲落户，甚至还当上他们那个生产队的会计。每年秋忙后，总有一些村子要排戏，就把小汪请来，由他选定剧目，再把戏中的剧情讲解一下，然后各分角色。对于不识字的，只有一句一句地硬教。小汪在剧情中创造性地增添了一些武术花样，使得台上的戏变得好看多了。

演员大都是这村那庄的，不过化了妆脸上涂满油彩，还真难辨认出来。武打戏少，大多是《董永卖身》《罗帕记》《乌金记》和《雪地仇》之类文戏，行头也是半新半旧的。剧情无非是公子落难，小姐讨饭，或者夫妻离散，幸遇贵人搭救，最后金榜题名，破镜重圆。也有公子忘恩负义，攀附权贵，最终身败名裂……这些，都昭示着一个千古不变的道理：善有善终，恶有恶报。小姐讨饭时，就跪在台前，手执一根长长的竹竿，前头挑一个竹篮，伸到观众面前讨钱，观众纷纷把纸票或者硬币朝篮子里丢……

大人瞧戏，小孩子凑热闹。戏里唱的什么，根本听不懂，也不感兴趣，若是戏中人手上拿了亮闪闪的刀剑，如《白蛇传》水斗那样便十分吸引人，可惜在黄梅戏里很少有使剑耍枪的。大花脸的胡子，文官的乌纱帽，颤颤的帽翅，还有绷在腰间箍不像箍带不似带的玩意儿……都用什么做出来的？倒是很值得大家猜测。俊俏小生落魄的时候，一袭黑衣，激愤时猛一甩头，把披散的头发高高甩起，那真叫一个绝！不过《董永卖身》里许多仙女飘飘荡荡下凡的场景着实好看，还有老槐树开口说话也让人觉得有趣……最不耐烦的，是七仙女烧难香把姐妹们招来"织锦"的那一折，那个大姐一副滑稽相，画着老阔的嘴巴，脸上还有一点点麻子，拿着一柄破芭蕉叶扇坐着织布，什么"一更天"哪，"二更天"哪，咿咿呀呀唱个没完没了——"老妈妈织布，许多的啰唆"，老是赖着不下去，把人都腻烦死了。

台前黑压压的戏迷，多为一大把年纪的人。七女上天，董永昏死荒郊，七女在槐荫树下留下字条："等到来年春暖花开日，槐荫树下把子交"，然后哭倒在地……揪心的场面，让他们一个个瞪大眼睛，抻长了脖子看，一些女人就不断拿手帕擦眼睛。孩子们在人丛中乐此不疲地追逐打闹，撞了人或是踩痛了人家脚，会招来一顿叱骂。

正本子大戏完了，夜已深，人们还不过瘾，不肯离去，一齐叫喊着："再来一本！""再来一本！"不好拂了观众的盛情，于是只好推出一本短短的"侧戏"，什么《夫妻观灯》《打猪草》《讨学钱》等。虽是小菜一碟，但也充满了情趣，引得观众一阵阵叫好，又过了一把戏瘾。

有一晚，戏台上来了个谁也不认识的家伙，戴帽，着长衫领褂，鼻梁架一副圆片墨镜，像个算命先生的样子。他先是抱拳一揖，自称姓秦，名叔宝……呔，这人也配叫秦叔宝？就在有人要起哄叫骂时，只见他摘去墨镜，像是变了一个人，扭扭捏捏走到戏台中间，张口唱出众人熟悉的庐剧调："正月采花无花采，二月采花花正开，三月桃花红满棵，四月葡萄花架上开，五月石榴花红似火，六月荷花水上飘，七月菱角花满池塘，八月风吹桂花香，九月桂花一堆堆，十月风吹胭脂梅，十冬腊月无花采，老天爷降下雪花来。"忽然脱下一只鞋当镜子，学妇人梳头搽粉。然后脱下另一只，放在身后照看，左顾右盼，搔首弄姿，做出种种怪相，口里唱的仍是庐剧腔，却有点不成调："小花鸡花又花，上山打野不来家，家里又有灵芝草，外面又有牡丹花。牡丹花一点油，三个大姐来梳头，大姐梳的金头，二姐梳的银头，三姐不会梳，梳个燕子窝，燕子来生蛋……"唱着唱着，他忽然一把抓下头上的鸭舌帽，露出个秃瓢头："天光哩，鸡叫哩，癞痢起床屙尿哩，烧根香，拜菩萨，保护我癞痢生毛发！"

就在众人抱着肚子狂笑不止时，怪人已穿好鞋自戏台一角纵身跳下，飘然离去。

事后大家猜测，这人八成是来踢台的，听他口音就是江北合肥那边人。江北人喜欢庐剧，庐剧唱词每句都是七个字，故又称"倒七戏"或"小倒戏"，"江北人没出息，出门就唱小倒戏"，这是一句很伤人的调侃。但"小倒戏"形式简单，轻松活泼，唱词诙谐，通俗易懂，和黄梅戏一样，最为乡下人所喜爱……黄梅戏和小倒戏，实在没有必要相互拆台。

忙　喜

新娘子到，

放鞭炮，

噼里啪啦真热闹。

腊月里，村外大路或是弯弯的圩埂上走着长长一队人，抬着箱笼，吹吹打打，后面跟着许多小孩子，那就是接新娘的队伍。抬着挑着的都是陪嫁物品，除了惹眼的箱笼和大红绸缎被子外，还有盆哪桶啊梳镜什么的，一路招徕人观看。走在队伍中间的红衣女子便是新娘，身边有女伴陪着。

一对青年男女经人提亲，相看满意后，接下来就是"送日子"，双方确定一个良辰吉日结婚喽！也有双方自己早就定好终身，媒人提亲只是走个程序，实际并不担任介绍作用。结婚本是件甜蜜的喜事，但由于是离家另投门庭，故新娘多是苦着脸，还有刚出门时娘亲有一场哭嫁，眉眼间泪痕犹在。一些小孩子便撺着喊："丫头丫头你别哭，转过弯弯是你屋。田也有，地也有，打开后门见石榴；石榴树上结冰糖，吹吹打打做新娘！"

新娘离家前一晚，姆妈亲手把女儿嫁妆中的被头、衣裳一件件递给哥嫂，由他们一样样放入箱中，以示女儿从娘家带走的东西，哥嫂都晓得，此谓"填箱"。为了把婚礼办得周全、热闹和喜庆，自然少不了一帮忙喜的人。在男家，布置一新的洞房里已经开始铺床叠被了，这事得由亲友中一个有福气女人来做，预示着新人将来也会幸福满满。铺好的婚床撒上红枣、花生、桂圆，还有一把筷子，寓意"早生贵子"……为了加码，还得抱来一个男童"压床"。

这边新娘亮妆尚未尽兴，媒人已领来一群扛着贴有"囍"字扁担、箩筐的青年人到了村口。鞭炮炸响，姆妈开始哭嫁："娘听后园鸟雀惊，少了房中女儿声……"在抑扬顿挫哭声中，诉说养育女儿的艰辛，教育女儿要做好婆家的媳妇，好好过日子。此时开始发嫁，先是一只红汪汪马桶，与一只里面插着槌棒的提桶配对，由一个半大男伢挑着，再是脚盆、搓衣板、花瓶、热水瓶和洗漱用具雪花膏，等等，甚至还有一台缝纫机，最后是铺盖、衣裳箱子压阵。至于发妆先发马桶，因为马桶又叫"子孙桶"，早先妇女生小孩都在马桶边进行，故马桶是预祝新婚后子孙繁衍的重要物事。为了奖励挑马桶的差使，马桶里特别放了一个红包，红包里有三五元钱，另有几个染红的熟鸡蛋，瓜子、花生、糖果各一把。哭嫁结束，新娘出门上路，步入人生新的旅程。

"一下子哭，一下子笑，两只眼睛开大炮，一开开到前山坳，新娘子哥，哈哈笑！"这样一队人，要把路走完实属不易，路路节节都有人拦着打劫，讨喜烟，讨喜糖，纠缠不休。而这一切，全由媒人出头应对。媒人一路赔礼说好话，嗓子哑了，身上蓝卡其新衣荷包口也给扯裂，甚至头上戴的一顶鸭舌帽也在那次混乱中遭人抢走……总之，是搞得相当狼狈。

年末，鱼塘放干水捉鱼，把塘里肥黑的淤泥戽上来堆在路边，路就显得窄了。而一些出嫁女上路前哭得雨打梨花，被人扶着走，没有心情望路，一不小心，就踩进路边的淤泥里。有一次在程家涝路边，有个新娘一脚踩进泥里，一惊，另一只脚又陷进去，忙乱了一阵子，才把两只脚抽出来，可怜一双花鞋已糊满烂泥。

终于，迎亲队伍进了村，鞭炮声再次响起，新郎家人开始朝涌过来的人群抛撒糖果花生，引发哄抢。在热烈的气氛中，由一位大叔级长辈把新娘背入家门，焚香点烛，鼓乐齐鸣，一对新人开始拜堂……喊堂的主婚人，仪表庄严，跟媒人一样也是身穿蓝卡其上装、头戴鸭舌帽，喊的都是"一拜天地""再拜高堂""夫妻对拜"这样南北流通的词调。

乡下厨师头一天就来了，徒弟挑着一摞蒸屉跟后面。全村碗筷都借来，碗底有记号，不会混淆。拓佬大儿子平水讨亲，西宁跟着外婆吃了一回酒。办酒席称作办"十大碗"，无论穷家富户，都有十碗荤菜。大致为红烧肉、粉蒸肉、狮子头大肉圆、红烧鲢鱼（又称"漂鱼"），"漂圆"即汤肉丸子或汤鱼丸子。其中少不得一碗子糕，是将鸡蛋兑极少水搅匀蒸成糕状，切菱块烩成汤。盛在大海碗里酱红色蹄髈是主菜，上盖一张金黄豆腐皮，蹄髈拿筷子挑到嘴里，咸中带甜，实在好吃。只是这蹄髈端上来时扣着一个碗，要候鞭炮响过，主家带着人由上至下一席一席地敬过酒，每人发两根纸烟，这时才能揭开罩碗吃蹄髈。素菜则有焖黄豆、千张干丝及一些凉拌菜等。

按理说，最辛苦的应该是媒人，媒人在这样的场合应该享受敬重。"差人的腿，媒人的嘴"，媒人靠着自己的巧嘴簧舌，两头说合，终于修成正果了……可是"新娘进了房，媒人撂过墙"，媒人在婚礼宴席上还会遭到男女双方亲友的作弄——抹红和压饭。抹红就是弄些油彩涂脸，压饭则是在灶间帮厨的婶子大嫂端碗米饭过来，趁媒人不备倒进其碗里。按青滩埂规矩，各样的饭不能剩留，必须在众人的嬉笑中一口口咽下，直咽得饱嗝连连为止。

在老圩心里，专有骂媒人的"哭嫁"词："媒人嚼舌根要短命啊，媒人望我要瞎眼睛啊……"媒人要是配错姻缘，就会酿下悲剧——那是一个类似梁祝的故事，三联圩一对男女，在县城念中学时订下情，却未成眷属。原因是女方被邻村大队书记看中，于是请公社书记出面做媒说动了父母。婚礼定在国庆节，可是没等到那一天，姑娘投了河。

阳光很好的秋日午后，西宁去给撑船的丁三送张膏药，看到一个穿白衬衫青年人站在渡口，定定地望向远方，神情很是忧郁。